Wissen und Gewissen

Susanne Bacon

Wissen

und

Gewissen

Ein Wycliff Roman

Weitere deutschsprachige Bücher von Susanne Bacon:

Träume am Sund. Ein Wycliff Roman (2020)

Schweigen ist Silber. Ein Wycliff Roman (2020)

Inseln im Sturm (2020)

<u>Non-Fiction</u>

In der Fremde daheim. Deutsch-Amerikanische Essays (2019)

Für Katja „Tinka" Capito,
Freundin und Unterstützung von Anbeginn.
Und für Donald –
wie immer in Liebe.

Vorbemerkung

Die Stadt Wycliff ist frei erfunden. Das gilt auch für alle Personen in diesem Roman. Jegliche Ähnlichkeiten mit lebenden oder verstorbenen Personen und aktiven oder stillgelegten Unternehmen sind rein zufällig mit Ausnahme der in der Danksagung Erwähnten.

Susanne Bacon

Prolog

Die klare Flüssigkeit tropfte langsam in die Pfütze und formte einen bunten Regenbogen, von dem fast sofort ein beißender Gestank aufstieg. Ein Vogel schrie in einem nahen Gebüsch und flatterte von seinem Sitz tiefer in den Wald, wo er wie Warnung klingende Rufe ausstieß. Eine träge Fliege, die am Rand der Pfütze gesessen hatte, begann sich zu bewegen, taumelte aber plötzlich und fiel schließlich auf den Rücken. Ein paar krampfende Bewegungen ihrer Beinchen – dann erstarrte sie für immer.

Das Fass, aus dem die Flüssigkeit leckte, sah ziemlich harmlos aus. Es war eines aus blauem Plastik mit abnehmbarem Deckel. Sein Inhalt war gekennzeichnet, aber die Hälfte des Aufklebers war abgerissen, und ein weiterer Aufkleber machte deutlich, dass, was da auch immer aus dem Fass austrat, hochgefährlich war. Der Deckel hatte sich nur ein winziges bisschen gelöst, und der Fassinhalt suchte langsam seinen Weg durch die Öffnung über den Rand. Plitsch. Plitsch. Plitsch.

Ein weiteres Fass prallte dagegen und rollte dann zurück. Und noch eins. Und noch eins. Außer dem dumpfen Ton, mit dem sie auf den Waldboden aufschlugen, war kaum etwas zu hören. Nun, ein bisschen Vogelgezwitscher. Und das Rauschen der stetigen Seebrise, die mit den Zweigen der Tannen und Fichten spielte. Mitunter ein Rascheln im Unterholz, das vielleicht von einem Nagetier oder einem geschäftigen Insekt verursacht wurde.

7

Und das schwere Atmen der Person, die so hart daran arbeitete, die Fässer von der Ladefläche zu entladen.

Als ein Dutzend Fässer auf den Boden entsorgt war, endete der Vorgang. Ein paar Schaufeln Erde wurden halbherzig über die Stelle verteilt; weder bedeckten noch versteckten sie diesen Frevel an der Natur.

Ein paar Augenblicke später wurde der Motor angeworfen, und die Abgase vereinten sich mit dem Gestank der Regenbogen-Pfütze. Die bläuliche Wolke schwebte eine Weile über dem Boden und füllte die Luft wie geisterhafter Nebel. Dann wurde sie schubweise vom Wind fortgetragen. Der Waldboden wies in seinen matschigeren Stellen das Reifenmuster eines Geländewagens auf. Ansonsten wirkte alles idyllisch, wenn man sich von den Fässern abwandte.

Aber der Gestank blieb. Und er wurde von Minute zu Minute intensiver.

Plitsch. Plitsch. Plitsch …

*

Tulpenparade kommt

Kommune zugute

judo. **Die 50. Wycliff Tulpenparade präsentierte über 20 Festwagen verschiedener örtlicher Organisationen.** Die Feuerwehr von Wycliff gewann den Titel „Festwagen des Jahres" und schlug den der Polizeiwache mit einem knappen Vorsprung von 2 % der Zuschauerstimmen, ihr fünfter Gewinn in Folge. Die Tulpenkönigin und ihr Hof widmeten die diesjährigen Spenden der Wartung des Wanderwegnetzes innerhalb der Stadtgrenzen Wycliffs sowie im Umland.

Vielleicht war es noch etwas kalt, aber die diesjährige Tulpenparade ließ die viktorianische Stadt Wycliff bereits wie einen Botschafter des Sommers aussehen. Und sie wurde tatsächlich zu einer großen Unterstützung für die Touristensaison, als Tulpenkönigin Mary Hanson (Wycliff High School) bekanntgab, dass sie und ihr Hof entschieden hätten, die Festspenden dem örtlichen Wanderwegnetz zukommen zu lassen. In letzter Zeit gab es immer mehr Beschwerden über überwucherte Pfade und verrottende Bänke. Weitere Vorschläge betrafen das Anbringen „Waschbär-sicherer" Abfalleimer an den Hauptwegen und das Ausstreuen frischer Borke vor allem in schlammigen Gebieten. „Wir alle möchten gesunde Freizeitaktivitäten", erklärte Königin Mary, 16. „Es ist an der Zeit, der Kommune Mittel zu geben, die etwas optimieren, wovon jeder profitieren kann, unabhängig von Alter oder Einkommen." (…)

1

Tipp der Woche von der Grünen Expertin:
Verwenden Sie zum Reinigen angelaufenen Silbers Alufolie,
Salz und heißes Wasser. Legen Sie eine Schüssel mit Alufolie
aus. Legen Sie das angelaufene Silber hinein. Bedecken Sie das
Silber mit Salz. Fügen Sie heißes Wasser hinzu. Nach etwa einer
Stunde sollte Ihr Silber wieder wie neu aussehen. Einfach
abspülen und abtrocknen.

Thora Byrd summte vor sich hin, während sie einen der breiteren Wege im Wald östlich von Wycliff entlanglief. Ihr einjähriger schwarzer Labrador, Bear, trottete neben ihr her und sah immer wieder zu ihr auf, als denke er über ihre Gedanken nach. Thora liebte den April in der Region South Sound im Staat Washington. Und besonders an einem Ort wie Wycliff, einer malerischen viktorianischen Kleinstadt irgendwo an der Küste zwischen Olympia und Seattle. Unter der Woche, wenn sie von ihrer Arbeit als Sekretärin im Rathaus nach Hause kam, schnappte sie sich für gewöhnlich einfach Bears Leine und führte ihn am Strand nahe ihrem winzigen Cottage außerhalb Wycliffs aus. Aber am Wochenende fuhr sie ins Wohngebiet von Wycliff. Es hieß auch Oberstadt, da es buchstäblich oberhalb eines Steilhangs lag, der es von den Geschäften der Unterstadt trennte. Dort wählte sie für gewöhnlich einen der Pfade in den Wald, der sich wild und üppig ausdehnte, bis er von der Interstate I-5 abgeschnitten wurde. Es war ein recht ausgedehntes Wegenetz; die breitesten Wege konnten sogar von Lastern befahren werden, da die Gegend für Waldarbeiter zugänglich sein musste.

Ja, der April am südlichen Sund war herrlich, ganz mild und erfüllt von atemberaubenden Farben. Sogar im Wald. Natürlich interessierte sich Bear mehr für alles, was sich bewegte oder roch. Ein Fleck im Sumpf mit Stinkkohl wurde so intensiv inspiziert wie die Beine einer alten Bank oder die Überbleibsel einer Plastiktüte, die irgendwie mitten im Wald gelandet waren. Thora runzelte die Stirn. Sie zog einen alten Gartenhandschuh an und las die zerfetzte Tüte auf, um sie in eine kleine Mülltüte zu packen, die sie auf ihren Hundespaziergängen mitzuführen pflegte. Da sie ohnehin eine Extra-Tüte zum Auflesen von Bears Kot bei sich haben musste, hatte sie es sich zur Gewohnheit gemacht, eine noch größere Tüte für all das mitzunehmen, was Leute in der freien Natur einfach wegwarfen. Sie fühlte sich deshalb nicht wie ein besserer Mensch, aber sie fühlte sich wegen der Umwelt besser. Heute hatte sie schon eine leere Zigarettenschachtel gefunden, eine leere Limo-Flasche, eine halbe (!) „Swimsuit"-Zeitschrift und eine weggeworfene Kassette, aus der das Band in Knoten heraushing.

Bear legte sich glücklich in die Leine. Thora betrachtete die samtigen Ohren, eines nach vorne geknickt, das andere von innen nach außen gestülpt, als würde er so besser hören. Sie hatte ihren Hund Bear genannt, als sie ihn als 4-monatiges Hundebaby gekauft hatte, weil seine Pfoten im Verhältnis zu seinem Körper auf unglaublich drollige Weise übergroß gewirkt hatten.

Tollpatschig und verspielt hatte Bear sie seither immer wieder zum Lachen gebracht, und sie wusste nicht, wie sie es vorher ohne ihn ausgehalten hatte.

Vorher … Thora seufzte bei dem Gedanken. Letzten Monat war sie zweiundvierzig geworden, und es war ein sehr einsamer Geburtstag gewesen. Nicht so sehr, weil sie keine Freunde gehabt hätte. Nun, oder nennen wir es eher Bekanntschaften. Ihre Familie war über das ganze Land verstreut, und sie nahm selten Kontakt mit ihr auf. Wahrscheinlich ihre eigene Schuld. Aber sie hatte ihre Cousins eben erst spät als Teenager kennengelernt. Abgesehen von der üblichen Weihnachtskarte und einem persönlichen Satz auf der Innenseite erzählten sie einander nicht viel und waren mit den Jahren immer weiter auseinandergedriftet. Ihr Vater war vor über fünf Jahren verstorben. Das war nicht überraschend gekommen. Als gebürtiger Schotte hatte er sich einer Hochseefischerei-Besatzung angeschlossen, und das harte Leben hatte schließlich seinen Tribut gefordert. Ihre Mutter hatte ihn um ein paar Jahre überlebt. Sie war nicht sehr alt gewesen, aber ohne ihren Mann schien sie die Lebenslust verloren zu haben, auch wenn er so oft weg gewesen war. Da Thora keine Geschwister hatte, war sie dieser Tage ziemlich auf sich allein gestellt.

Es hatte Männer in ihrem Leben gegeben. Natürlich. Thora war nicht unattraktiv. Sie trug ihr dunkles, dichtes Haar kurz, sodass ihre Locken vorteilhaft zur Geltung kamen. Sie hatte große haselnussfarbene Augen. Ihre Nase war nicht zu groß und nicht zu klein und mit ein paar fröhlichen Sommersprossen übersät, und ihr wohlgeformter Mund war beinahe herausfordernd. Mit einem Meter siebzig fühlte sie sich auch mit ihrer Größe wohl, und selbst bei ein paar Pfündchen zu viel, die sie sich im Winter angenascht hatte, konnte man sie auch nicht dick nennen. Aber keiner der Männer, die sie gemocht hatte, hatte es lange mit ihr ausgehalten. Nach ein paar ersten leidenschaftlichen Wochen war die Häufigkeit ihrer Verabredungen auf null geschrumpft, und die Entschuldigungen rangierten von „Ich habe zu viel zu tun, um mich derzeit mit jemandem treffen zu können" bis zu einem ehrlichen „Du bist mir zu anstrengend". Es war frustrierend, und manchmal fragte sich Thora, ob Bear das einzig verlässliche männliche Wesen an ihrer Seite bleiben würde.

In gewisser Weise hatte Thora sich an ihr partnerloses Leben gewöhnt. Sie hatte sich ein hübsches, kleines Cottage am Rande Wycliffs gekauft, wo die Küstenlinie sanft wurde und einige Sandstrände hatte, die zu Fuß erreichbar waren. Sie arbeitete gern an der Seite von Bürgermeister Clark Thompson, den sie insgeheim recht attraktiv, aber auch manchmal nervig fand. Sie erwischte sich manchmal dabei, dass sie bei einer ihrer einsamen Mahlzeiten an ihn dachte. Sie wusste, dass er Witwer war – machte ihn das noch einsamer als sie?

Sie widmete einen Teil ihrer Freizeit der Umwelterziehung im Maritime Center, das neu gegründet worden war und neben dem „Flower Bower" am Jachthafen von Wycliff

14

lag. Dort lehrte sie Kinder fast aller Altersstufen über die Richtung die das Wasser an Wasserscheiden durch die Landschaft und durch Städte nimmt auf dem Weg zum Sund und wie sich Verschmutzung auf Meereslebewesen und die Trinkwasserqualität auswirkt. Sie trug auch eine wöchentliche Kolumne zum „Sound Messenger", der Zeitung von Wycliff bei. Sie hatte das Pseudonym „Die Grüne Expertin" gewählt und hoffte, ihre Mitbürger für gesunde Alternativen zu einigen Alltagsgewohnheiten zu sensibilisieren. Sie wusste nicht, ob irgendjemand wusste, dass „Die Grüne Expertin" und die temperamentvolle Rathaussekretärin Thora Byrd dieselbe Person waren, und es war ihr auch egal.

Sie kochte recht gern, und wenn sie einkaufte, zog sie den Bauernmarkt von Wycliff jedem Supermarkt vor wegen der Produktfrische, und weil sie wusste, woher alles kam. Sie las leidenschaftlich gern, und meist schien das Licht aus ihrer Leseecke im Wohnzimmer bis Mitternacht in die Dunkelheit hinaus. Um in Bewegung zu bleiben und sich nicht herausreden zu können, hatte Thora an einem besonders trüben Samstagmorgen Bear gekauft. Aber Bear war rasch weit mehr als der Grund für ihre täglichen Spaziergänge geworden. Seine ulkige Verspieltheit als Hundejunges und seine treue und unverminderte Hundeliebe hatten in einer Weise ihr Herz erobert, die sie früher für unmöglich gehalten hätte.

Im Moment musste sie zugeben, dass sie nicht einmal mehr an überhaupt noch einen Partner in ihrem Leben dachte.

Wovor sie ihre Freundin Dottie McMahon, die Besitzerin von „Dottie's Deli", dem wunderschönen deutschen Laden an der Main Street, sie tatsächlich gewarnt hatte.

„Konzentriere dich nicht zu sehr auf Bear", hatte Dottie gesagt, während sie das seidige Fell des hechelnden Hundejungen zu ihren Füssen streichelte. „Es gibt noch ein paar äußerst passsende Männer da draußen, und du bist innerlich wie äußerlich eine schöne Frau. Ignoriere nicht dein Herz. Bear ist nur bis zu einem gewissen Grad dein Vertrauter. Es wird Zeiten in deinem Leben geben, wo du froh sein wirst, jemanden zu haben, der mehr tut, als dich nur anzusehen und seine Nase in deine Hand zu bohren ..."

Thora lächelte vor sich hin. Gerade jetzt verlief ihr Leben glatt und ohne jegliche Komplikationen. Sie hatte ihre Ziele und solide Lebensumstände. Was wollte sie mehr?!

Jedenfalls ging sie glückselig an diesem schönen Aprilnachmittag spazieren. Ihr Hund Bear stellte ab und zu die Ohren auf oder schnüffelte an einer interessanten Stelle am Weg. Die Vögel sangen. Und die Luft war mild.

Nach einer Weile erreichten sie einen von Thoras Lieblingsorten. Hier war der Wald lichter und zog sich ein wenig zurück von einer farbenprächtig blühenden, natürlichen Lichtung. Sicher, es gab auch eine Kreuzung mit einer schlechten Straße, die breit genug für Nutzfahrzeuge war. Und es gab einen Picknicktisch und Bänke, die zumeist im Sommer genutzt wurden. Aber was Thora wirklich schätzte, war eine Karte, die das

Wanderwegnetz im Wald von Wycliff zeigte und erklärte, was auf der Lichtung blühte.

Bear zog an der Leine. Dann knurrte er. Ein kurzes Welpenbellen folgte, und dann ließ er sich winselnd nieder.

„O um Himmelswillen, Bear!" rief Thora aus. „Wir sind erst auf halbem Weg und mitten im Nirgendwo auf unserem Spaziergang, und du weigerst dich, weiterzulaufen?! Was ist los mit dir?" Bear legte seinen Kopf schräg und sah sie an. Dann begann er wieder zu knurren.

Thora blickte sich um. Bear hatte sich noch nie so seltsam verhalten, wurde ihr klar. Und der Gedanke verursachte ihr Gänsehaut. „Hallo?" rief sie. „Ist da jemand?" Aber niemand antwortete, und nichts rührte sich. Thora rief erneut. Dann zuckte sie die Achseln. „Da ist niemand, Bear", stellte sie fest. „Du hast wohl ein Gespenst gesehen. Komm schon, Junge!"

Sie wollte weitergehen, doch Bear begann, sie in eine andere Richtung zu zerren. „Bear!" protestierte Thora. „Das ist nicht unser Weg zurück nach Hause!" Doch Bear gab nicht auf. Endlich gab Thora nach und folgte ihm ein bisschen weiter die Forststraße entlang. Erst da sah sie die Reifenspuren, die sich in die Wiese hinein- und dann wieder herausgepflügt hatten. Erst da bemerkte sie den beißenden Geruch, so ganz anders als Blumenduft. Erst da entdeckte sie etwas tiefer in der Wiese etwas Blaues aus Plastik. Bear winselte und ließ sich wieder fallen.

„Guter Hund, Bear", sagte Thora mit beruhigender, leiser Stimme und streichelte seinen seidigen Kopf. Bear sah sie an und stülpte eines seiner Ohren nach außen. Thora lachte. Er war zu komisch. „Du bleibst jetzt hier, Bear. Okay? Ich gehe nur ein paar Meter hinein und sehe nach, was da in der Wiese ist." Sie legte die Leine nieder und ging ein paar Schritte vorwärts. Bear winselte lauter. Dann bellte er und kam ihr nach. „Sitz!" befahl Thora. Bear gehorchte. Aber er war sichtlich unglücklich und beobachtete sein Frauchen misstrauisch.

Thora schritt zielstrebig in die Wiese. Die Dämpfe begannen, ihr Augen und Nase zu reizen, und schließlich blieb sie stehen und erfasste die Situation mit einem Blick. „Unglaublich!" rief sie schockiert. Dann drehte sie sich um und ging noch schneller aus der Wiese heraus. Sie ergriff Bears Leine und zog sanft daran. „Komm, Bear. Lass uns so schnell wie möglich zurückgehen. Du hast etwas Widerliches und Schreckliches entdeckt. Und du verdienst ein großes Leckerli, sobald wir wieder daheim sind." Sie verfiel in Laufschritt. Bear bemerkte die Dringlichkeit in ihrer Stimme und rannte neben ihr her.

*

Julie Dolan, eine 27-jährige Journalistin bei Wycliffs einziger Zeitung, dem „Sound Messenger", trank eine Tasse Kaffee auf der Polizeiwache in der Unterstadt und sprach mit ihrem neuen Stiefvater, Luke McMahon, dem Polizeichef. Er hatte ihre verwitwete Mutter Dottie, Inhaberin des deutschen Feinkostladens, erst kürzlich geheiratet. Es fühlte sich immer noch etwas merkwürdig an, die Polizeinachrichten jetzt von einem Familienmitglied zu erhalten anstatt von einem „x-beliebigen" Polizisten. Doch Julie vermutete, dass sie sich rasch daran gewöhnen würde. Luke schien entspannt genug, während er ihr den neusten Bericht erstattete. Ein Verkehrsunfall außerhalb von Wycliff auf der Straße nach Lacey, in den ein Radfahrer und eine freilaufende, desorientierte Kuh verwickelt waren. Auch war auf einer Farm eingebrochen worden, und die Drogerieabteilung von Nathan's (dem regionalen Supermarkt) war wieder bestohlen worden. Dann die Ergebnisse der Alkohol- und Drogenkontrollen von Freitag- und Samstagnacht. Das Übliche, was in einer Kleinstadt von der Größe Wycliffs eben passierte. Julie machte fleißig Notizen.

Eine plötzliche Unruhe in den vorderen Räumen ließ sie und Luke aufhorchen und ihr Gespräch unterbrechen. Eine Frauenstimme bat, wegen eines Notfalls sofort den Polizeichef sehen zu dürfen. Ja, bitte, es sei wirklich ein Notfall, obwohl es keine Verletzten gebe. Noch nicht.

Luke erhob sich. „Ich muss mich darum kümmern", nickte er Julie zu. „Genieß deinen Kaffee, Liebes. Und lass dir Zeit. Wenn es wirklich um einen Notfall geht, wirst du hierbleiben mögen, damit ich dir für deine Zeitung darüber berichte." Er zwinkerte ihr zu.

Als er aus der Tür ging, wurde sein Gesicht sofort ernst. Thora Byrd stand vor der Rezeption und sprach mit dem Polizisten, der dort Sonntags-Tagesdienst hatte. Luke wusste, dass

Thora, die ernsthafte Rathaussekretärin, nicht hierherkommen würde, nur um Aufmerksamkeit zu heischen. Sie war ein gewissenhafter, engagierter Mensch mit einem Hang zu Umweltfragen. Und er vermutete, dass sie die „Grüne Expertin" des „Sound Messengers" war. Sie würde nie aus purer Laune jemandem die Zeit stehlen.

„Hallo, Thora", grüßte er sie. „Ich höre, es gibt ein Problem?"

Thora nickte kurz. „Soweit ich das beurteilen kann, einen schwerwiegenden Ernstfall. Deshalb bin ich sofort hergekommen. Im Wald von Wycliff gibt es eine chemische Verseuchung."

„Eine chemische Verseuchung? Bist du dir da sicher?"

„Ziemlich sicher", bestätigte Thora. „Es ist definitiv kein normaler Müll."

„Was macht dich da so sicher?"

„Ein stechender Gestank, der Augen und Nase reizt", beschrieb Thora. „Die Ursache scheint eine Reihe von Fässern in einer Lichtung zu sein. Ich habe sechs gezählt, aber es könnten gut auch mehr sein. Ich konnte nicht näher herangehen. Die Luft war zu giftig."

„Könntest du mir die genaue Stelle zeigen?"

„O sicher! Ich bringe dich gern hin."

Luke machte ein paar Notizen. „Du müsstest hinterher wieder mit mir hierherkommen, da ich einen vollständigen Rapport aufnehmen muss."

„Kein Problem", sagte Thora. „Das ist wirklich wichtig. Ich tue lieber etwas Nützliches wie das, als dass ich auf meiner Terrasse herumsitze."

„Darf ich mitkommen?" Julie hatte unbemerkt den Raum betreten und den wesentlichen Teil des Gesprächs mitgehört.

Thora blickte Luke mit hochgezogenen Brauen an. „Ich wüsste nicht, warum nicht. Julie wird doch ohnehin in ihrer Zeitung darüber berichten müssen, oder?"

Luke nickte bedächtig. „Nichts spricht dagegen, dass sie mitkommt."

„Worauf warten wir dann noch?" fragte Julie munter und schulterte ihre Tasche, in der sich für genau solche Zwecke ein iTab befand.

Thora verzog ob des vergnügten Tons in Julies Stimme das Gesicht. An einer wilden Deponie war nichts Erfreuliches, schon gar nicht an einer chemischen Verseuchung. Andererseits war die junge Frau eine leidenschaftliche und zugegebenermaßen gründliche Journalistin, die ihr Bestes tun würde, die Geschichte zu erzählen und angemessen zu kommentieren. Wenn sie dabei war, würden vielleicht noch mehr Einzelheiten beachtet werden.

Auf dem Besucherparkplatz der Polizeiwache hinter dem Rathaus hängte Bear seinen Kopf aus einem der hinteren Fenster von Thoras Auto und presste keuchend seine Kehle auf den Türrahmen. Er blickte Thora erwartungsvoll an, als sie auf den Wagen zuging.

„Kann ich mit dir mitfahren?" fragte Julie hoffnungsvoll.

21

„Klar", erwiderte Thora. „Wenn dir stinkender, heißer Hundeatem im Nacken nichts ausmacht ..."

Julie lachte und glitt auf den Beifahrersitz. „Überhaupt nicht. Bear ist so ein Süßer. Labradore sind einfach wundervoll. Und so ulkig!"

„Bis man sich um einen kümmern muss", grummelte Thora und startete das Auto. Aber sie meinte es nicht ernst. Bear war jetzt das wichtigste Wesen in ihrem Leben. Und sie konnte es sich nicht anders vorstellen.

*

Endlich standen sie an der Kreuzung des Forstwegs, wo Bear zuvor entdeckt hatte, dass etwas nicht stimmte. Er war im Auto gelassen worden, wo er unglücklich winselte und mit traurigen Hundeaugen versuchte, Thoras Aufmerksamkeit zu gewinnen, als sie mit Julie und Luke losmarschierte. Sie wollte ihn nicht dem aussetzen, was auch immer da in der Luft hing, sicher schon in den Boden gesickert war und sich vielleicht sogar ausbreitete, während sie noch darauf zugingen.

„Da drüben?" fragte Luke McMahon und deutete in eine Richtung.

„Ein bisschen weiter links. Lass mich dir zeigen, wo die Reifenspuren in die Wiese führen." Thora übernahm die Führung, und Julie machte ihre iTab-Kamera bereit. Als sie die angegebene Stelle erreichten, begann sie zu fotografieren, allgemeine

Aufnahmen von der Lichtung, dann Nahaufnahmen von den Reifenspuren.

Luke ging in die Wiese und bedeckte bald Mund und Nase mit einem Ärmel. Schließlich hielt er an und betrachtete die Szene. Julie, die ihm gefolgt war, hatte das Halstuch, das sie trug, über ihr Gesicht gebunden, sodass nur ihre Augen herausschauten. Sie machte ein Foto nach dem anderen. Dann ging sie langsam und in weitem Bogen um die Stelle und machte noch mehr Aufnahmen. Nach ein paar Minuten kamen beide zurück.

Luke hustete, Julies Augen tränten inzwischen. „Geht es dir gut?" fragte Thora sie. Sie mochte das Arbeitsethos der jüngeren Frau, hatte sie aber gewiss nicht gefährden wollen.

Julie nickte und nahm das Tuch von ihrem Gesicht. „Verflixt!" sagte sie. „Das ist ein übler Gestank. Richtig schlimm. Giftig, sauer, ätzend … alles zusammen. Mann, und ich habe ein ganzes Dutzend Fässer gezählt, nicht nur die sechs, die man nur aus der einen Richtung sieht."

„Ich werde dich vermutlich später um Kopien von deinen Bildern bitten", sagte Luke zu seiner Stieftochter.

„Klar", sagte Julie. „Und was nun?"

„Standortbewertung", stellte Luke mehr zu sich selbst fest. „Kann keinen da hineinlaufen lassen, ohne zu wissen, mit welchen Substanzen wir es zu tun haben."

„Du meinst, es könnte eine Mischung sein?"

„Höchstwahrscheinlich haben wir es mit einer Vielzahl von Chemikalien zu tun. Sie können separat transportiert worden sein. Sie können sich vermischt haben, wenn mehrere Fässer geborsten sind. Es kann bereits im Fass eine Mischung vorliegen. Wir wissen ja noch nicht einmal, wie viele Fässer geborsten sind."

Julie runzelte die Stirn. Sie sah ihre Fotos genau an, fand aber keine Antwort. Sie hatte deutlich einen Deckel offen gesehen, aber keiner der anderen schien sich gelöst zu haben.

Thora nickte ruhig. Sie wusste, obwohl das eine völlig neue Situation hier in Wycliff war, dass Chief McMahon Herr der Lage war und bereits einen Plan gefasst hatte. „Sondermüll-Beseitigung", sagte sie leise.

„Was?" fragte Luke, aus seinen Gedanken gerissen.

„Sondermüll-Beseitigung", wiederholte Thora. „Das heißt, du brauchst eine Menge Leute, um die Stelle abzusichern und reinigen zu lassen."

„Ja, ja", sagte Luke und zog sein Arbeits-Handy heraus.

„Ich meine, ich weiß, dass das vermutlich den Rest deines Arbeitstags in Anspruch nehmen wird. Deshalb komme ich morgen gern zur Polizeiwache und mache dann meine Aussage. Damit kannst du hier ohne Ablenkung weitermachen", bot Thora hilfsbereit an.

Luke nickte sichtlich erleichtert. Er ließ sich nicht anmerken, wie sehr ihn die Situation wütend machte und stresste. Wer lud Sondermüll ab, wo er nicht hingehörte?! Wer riskierte Leben und Gesundheit seiner oder ihrer Mitbürger auf solche Weise? Und war er selbst auf dem laufenden hinsichtlich aller

Einzelheiten, die sich in solchen Untersuchungen ständig änderten, wenn auch nur geringfügig?

„Darf ich etwas länger dableiben?" fragte Julie. „Ich kann den Redaktionsschluss etwas nach hinten verschieben und den Artikel und ein paar Bilder noch in die morgige Ausgabe bringen."

„Ich weiß, dass ich dich nicht überzeugen kann, nicht zu bleiben", antwortete Luke grimmig. „Aber komm uns nicht unter die Füße. Es könnte hässlich werden. Und bring dich nicht in Gefahr. Ich wüsste nicht, wie ich es deiner Mutter erklären sollte, wenn dir etwas zustieße."

„Verstanden", sagte Julie munter, öffnete ein neues Dokument auf ihrem iTab und tippte ihr Kürzel ein, um einen neuen Artikel zu beginnen. „judo" wie in Julie Dolan war ihr Akronym gewesen, seit sie ihre Journalistenkarriere in Seattle begonnen hatte. Sie hatte es seither immer benutzt, obwohl sie ihre Stelle dort vor ein paar Jahren aufgegeben hatte. Die Abkürzung klang beinahe wie der Name eines Kriegers, dachte sie. Und dann begann sie zu schreiben.

„Ich gebe Dottie Bescheid, dass du spät nach Hause kommst", bot Thora an.

„Prima", sagte Luke wie geistesabwesend, während er eine Nummer wählte. Thora nickte und ging mit einem kurzen Winken in Richtung Julie. „Hey!" rief Luke ihr plötzlich nach. Thora wandte sich um und sah ihn an, ihr Gesicht ein einziges Fragezeichen. „Danke!"

Sie lächelte. Aber ihr Lächeln fühlte sich falsch an. Es war etwas Schlimmes passiert. Jemand vergiftete die Umwelt, ohne über die Folgen nachzudenken. Sie hatte das Motiv sofort erkannt. Egal, ob jemand legal eine Fabrik baute, die mehr Schaden anrichtete, als Nutzen brachte, oder ob jemand illegal Sondermüll abkippte – letztlich lief es immer auf das Geld hinaus, das in jemandes Taschen landete. Die Frage in diesem Falle war: in wessen Taschen? War es dieselbe Person, die die Fässer abgeladen hatte? Und wie viele solcher wilden Deponien mochte es sonst noch rundum geben? Der Gedanke verursachte ihr Übelkeit. Da tickten vielleicht Zeitbomben, von denen niemand wusste. Und was waren das für Substanzen, die das Atmen fast unmöglich machten? Woher kamen sie? Welchen Schaden hatten sie bereits angerichtet? Was würde noch passieren?

Als sie den Parkplatz wieder erreichte, bellte Bear aus dem Fenster. „Schhh!" machte Thora. „Es ist alles in Ordnung." Aber sie wusste, dass es nicht so war. Und Bear spürte es auch.

*

Julie hatte noch etwas mehr Informationen sammeln können, als die Sicherung der Stelle begann. Sie eilte nach Hause, um alle Notizen und Zitate, die sie hatte aufschreiben können, in einen Nachrichtenartikel zusammenzufassen, und schickte ihn per E-Mail an ihr Redaktionsbüro. John Minor, Herausgeber des „Sound Messenger", war ein minutiös gewissenhafter Journalist,

26

immer pünktlich, immer bereit, zwischen den Zeilen zu lesen. Hätte Julie ihm am Telefon erzählt, dass sie eine Story habe, aber sie erst nach dem abendlichen Redaktionsschluss würde liefern können, hätte er die Frist weiter hinausgeschoben. Doch Julie wusste, dass ihre Geschichte ohnehin noch nicht abgeschlossen war. Dass sie vermutlich noch ein paar Artikel mehr über das illegale Abkippen von Sondermüll schreiben würde. Also beschloss sie, ihr kurzes Feature rechtzeitig abzuliefern und einen größeren Artikel mit einem Hintergrundkasten über Sondermüll-Beseitigung, die Kennzeichnung von Sondermüll und korrekte Entsorgung ein oder zwei Tage später zu schreiben. Vielleicht würde sie ihren Lesern sogar über einen ersten Verdacht berichten können, wer ein Dutzend Fässer mit Giftmüll in der idyllischen Lichtung im Wald von Wycliff abgeladen hatte.

Sie hatte John wegen des überraschenden Artikels nicht angerufen. Stattdessen hatte er eine Extra-Stunde darauf verwendet, das Layout der Titelseite der Montagszeitung zu überarbeiten. Dieser Artikel war kurz, aber wichtig. Er betraf die Menschen von Wycliff direkt. Ein dramatisch aussehendes Foto wurde dazugesetzt; es zeigte Menschen in Ganzkörperanzügen mit speziellen Gesichtsmasken, die mit Fässern hantierten. Hineinmontiert war das Bild eines halb-abgerissenen Etiketts, das ein Datum, ein paar Ziffern und Abkürzungen, aber nicht den Ursprung des Fasses aufwies. Es würde schwierig sein, die Herkunft dieser Fässer herauszufinden. Aber es war wohl nicht ganz unmöglich.

Später war Julie an die Stelle zurückgekehrt und hatte ein paar Leute interviewt, die den Giftmüll gehandhabt hatten. Sie hatte Luke McMahon gefragt, wann er meine, dass sie Ergebnisse erhielten, welche Substanzen verkippt worden waren, und ob weitere Gefahr von den Lecks zu erwarten sei.

„Kannst du mir irgendetwas zu den Fässern sagen, die ganz geblieben sind?" fragte ihn Julie mit einem Hoffnungsschimmer in den Augen.

Luke sah müde aus. „Julie, ich bin kein Hellseher. Ich sehe selbst, dass die Etiketten zum Teil abgerissen wurden, um die Herkunft des Inhalts zu verschleiern. Ich sehe Ziffern, die etwas Aufschluss darüber geben könnten, was drin ist. Aber die Etikettierung könnte auch falsch sein. Wir werden warten müssen, bis das Labor die Flüssigkeiten analysiert hat. Von dort aus können wir vielleicht Rückschlüsse auf die Herkunft ziehen, und selbst dann kann es noch Wochen dauern, bis wir das Feld auf eine Anzahl Verdächtiger begrenzt haben, sodass es sich detaillierter bearbeiten lässt." Julie blickte enttäuscht. „Ich weiß, das ist nicht, was du hören wolltest, aber es ist alles, was ich im Augenblick mit gutem Gewissen sagen kann."

„Gibt es sonst noch etwas, das du unseren Lesern sagen könntest?"

Lukes Augen wurden schmal. „M-hm. Leider könnte es da draußen noch mehr solche Stellen geben. Jeder der so einen Platz findet – gehen Sie nicht näher hin, weil Sie ihre Gesundheit gefährden könnten. Verständigen Sie sofort die Polizei, und haben

28

Sie keine Angst, dass es ein Fehlalarm sein könnte. Ich ziehe tatsächlich einen falschen Alarm gegenüber einer nicht gemeldeten wilden Giftmüll-Deponie vor. Und das sollte jeder da draußen auch tun."

„Würdest du mich wissen lassen, wenn du einen Hinweis hast, woher die Fässer gekommen sein könnten?"

Luke seufzte. „Ich weiß, du liebst investigativen Journalismus, Julie. Aber vergiss nicht: Die Leute, die diese Fässer abgeladen haben, sind Kriminelle. Grabe nicht zu tief nach, oder du könntest selbst zum Opfer werden. Diese Leute haben überhaupt kein Gewissen. Sie könnten bereit sein zu töten."

„Klingt wie ein richtig cooler Kriminalroman", antwortete Julie.

„Eher wie eine total uncoole Wirklichkeit voller Schlamassel", entgegnete Luke.

*

Es war ein kalter Morgen. Der Nebel hing noch über dem Meer und der Unterstadt Wycliffs, während die Oberstadt bereits die ersten Sonnenstrahlen genoss, die sich durch die Wolken fraßen. Mathilda Barton war es in ihrem winzigen Büro-Container auf der Werft, die sie von ihrem Vater geerbt hatte, sogar noch kälter. Der kleine Ofen in der Ecke blies wilde Hitzewellen aus, die kaum weiter reichten als ein paar Meter und sie frierend hinter ihrem Schreibtisch ließen. Sie rieb sich die kalten Hände. Ihr rotblondes Haar war schulterlang und fiel ihr immer wieder ins Gesicht, während sie ihre Bücher auf die letzten Aufträge und Zahlungen durchsah.

Das Geschäft war im vorigen Jahr schleppend gelaufen, aber mit der neuen Saison und einer stärkeren Lachswanderung sowie einer größeren Plattfisch-Population schien es wieder Fahrt aufzunehmen. Was das sich merkwürdig wiederholende Muster von Jahren mit guten Fischfang-Erträgen und anderen mit schwindenden verursachte, die Fischer in Schulden trieben, wusste sie nicht. Die Tatsache jetzt war, dass sie geschäftlich über Wasser bleiben musste. Sie durfte sich nicht von der langen Warteschlange von Booten entmutigen lassen, die von ihrer Werft bearbeitet werden mussten.

„Barton & Sohn". Ihr Vater war immer ein Träumer gewesen. Die große Werft, die er sich vorgestellt hatte, war bedeutungslos geblieben und hatte es nie zu mehr geschafft, als die Fischer von Wycliff, einige örtliche Bootsfahrer und vielleicht ein paar Touristen zu bedienen, die nach einer kleinen Werft suchten, weil sie glaubten, da seien auch die Preise geringer. Der Sohn, dessen sich der Firmenname rühmte, war auch nie geboren worden. Mathildas Mutter war in ihrem zugigen, kleinen Haus zwischen den Cottages am Rande Wycliffs und der armen Seite der Stadt direkt neben der Werft an Lungenentzündung gestorben. Mathilda war das einzige Kind geblieben. Ihr Vater hatte nie wieder geheiratet; er hatte auch die Werft nie umbenannt. Er dachte vermutlich, dass der Zusatz „& Sohn" das Vertrauen seiner Kundschaft weckte.

Mathilda hatte die Wycliff High School und das Tacoma Community College abgeschlossen. Dann hatte sie eine Mechanikerlehre in einer kleinen Werft in Tacoma begonnen. Die Familie, die sie besaß, hatte gehofft, sie würde sich in ihren Sohn verlieben, der eher introvertiert und zudem linkisch war. Mathildas freundliche und ambitionierte Art machte sie bei allen wirklich beliebt. Und sie mochte wiederum alle – bis auf den Sohn. Sie konnte sich um nichts auf der Welt vorstellen, sich mit ihm zu verabreden, geschweige denn den Rest ihres Lebens mit ihm zu verbringen. Nach einem Jahr trennten die Werftbesitzer und sie sich in Freundschaft. Der Sohn blieb solo. Mathilda ebenso. Doch mit 28 war ja auch noch nichts verloren, und sie machte sich deshalb keine echten Sorgen.

Als ihr Vater ihr auf seinem Hospizbett, wo er an Lungenkrebs sterben sollte, die Schlüssel zur Werft übergeben hatte, hatte sie die Schultern gestrafft und das Geschäft als das betrachtet, was es war: eine Herausforderung, die sie annehmen oder vor der sie davonlaufen konnte. Sie hatte sich zum Bleiben entschieden. Sie hoffte, dass sie eines Tages die Träume ihres Vaters würde verwirklichen können. Den einer bekannten Werft. Mit einem soliden Bürogebäude und einem hübschen Pausenraum für ihre Arbeiter. Brandneue Reparatur- und Wartungsausrüstungen statt alter oder gemieteter. Vielleicht sogar eine Kantine, die sie auch für Arbeiter anderer Hafenunternehmen öffnen würde.

Vorerst musste sie sich auf die neue Woche mit dem Überprüfen eines Fischerboots vorbereiten. Sein Motor hatte gebrannt und es beinahe versenkt, während es noch draußen auf dem Sund war. Ein anderes Boot hatte eine Totalüberholung des Rumpfs benötigt, einschließlich Abdichtens, Streichens und Lackierens. Und einer der ersten Bootstouristen in Wycliff hatte angefragt, ob ihre Leute mehr Sitzplätze in sein Cockpit einbauen könnten, vermutlich, damit er vor weiblichen Gästen mit seinen Fahrkünsten angeben konnte. Mathilda zog eine Grimasse. Der Mann hatte reich gewirkt und sich billig aufgeführt. Er hatte versucht, um den Preis zu feilschen. Aber sie hatte darauf bestanden, dass sie den Stundenlohn, Material und Express-Service nicht drücken könne. Er hatte schließlich nachgegeben und immer noch ein gutes Geschäft gemacht. Grrr!

Mathilda nahm einen Schluck aus ihrer Teetasse. Sie hielt sie in beiden Händen, um ihre kalten Finger zu wärmen und genoss den heißen Dampf der duftend in ihr Gesicht stieg. Lady Grey war eine ihrer Lieblingsteesorten, und sie machte es zu einer besonderen Belohnung an harten Morgen im Büro wie diesen, wenn alles etwas überwältigend wirkte, sie fror, und sie sich alleingelassen fühlte.

Allerdings, um ehrlich zu sein, hatte sie sich seit neuestem nicht mehr so einsam gefühlt. Da gab es diesen netten Eigentümer des Harrison Entsorgungszentrums in der Nähe von Yelm, Daniel

Harrison. Er war wohl etwas älter als sie und kümmerte sich offensichtlich akribisch um sein Unternehmen, was ihr an ihm gefiel. Er war ernsthaft, konnte aber auch sehr humorvoll sein. Er sah gut aus, aber nicht zu offensichtlich, trug sein dunkelblondes Haar fast militärisch kurzgeschnitten, und war muskulös gebaut, aber nicht übertrainiert. Aber am wichtigsten: Er schien sie ernstzunehmen und grinste nicht, wenn sie in Latzhose und Flanellhemd ankam, um mit ihm das Quartalsgeschäft zu bereden. Wenn sie ehrlich zu sich selbst war, ließ der Gedanke an diese Treffen ihr Herz einen Schlag lang aussetzen und dann doppelt rasch schlagen. Albern …

Es klopfte an der Tür. Keiner ihrer Arbeiter klopfte für gewöhnlich. Sie platzten eher herein, besonders an so einem kalten Morgen wie diesem, und stellten sich an den Ofen, um sich mit einer Tasse Kaffee oder Tee zu bedienen, während sie ihr bereits Fakten auftischten. Klopfen taten Besucher von außerhalb der Werft.

„Herein", rief Mathilda freundlich.

Die Tür öffnete sich, und eine Frau so ziemlich in Mathildas Alter betrat den Container. „Guten Morgen", sagte Mathilda freundlich und geschäftsmäßig. „Was kann ich für Sie tun?"

Julie musterte das Gesicht der Frau mit seinen großen braunen Augen, einer winzigen Nase und vollen Lippen. Wahrscheinlich die Sekretärin, dachte sie. „Mmmh … Ich würde gern mit Mr. Barton oder seinem Sohn sprechen", begann sie.

Mathilda seufzte. „Es gibt weder den einen noch den anderen. Sie wollen mit mir sprechen. Ich bin Mathilda Barton."

„Oh", sage Julie und errötete. Sie strich sich eine kastanienbraune Strähne hinters Ohr. „Entschuldigung. Ich hatte keine Ahnung. Nun, ich bin Julie Dolan vom „Sound Messenger", und ich hoffte, Sie hätten vielleicht ein bisschen Zeit für mich, bitte."

Mathilda warf einen Blick auf die Wanduhr gegenüber von ihrem Schreibtisch. „Hätte ich", sagte sie. „Aber nur ein paar Minuten, da ich in Kürze einen Kunden erwarte."

„Oh, das ist in Ordnung", sagte Julie leichthin. „Es dauert nicht lange."

„Bitte, nehmen Sie Platz", bot Mathilda an. „Möchten Sie eine Tasse Kaffee oder Tee?"

„Tee wäre fein", sagte Julie, die ihre Erfahrungen mit Kaffee hatte, der zu lange auf der Heizplatte einer Kaffeemaschine gestanden hatte und einfach grausig schmeckte. Sie setzte sich auf einen Drehstuhl, der bessere Zeiten gesehen hatte, sich aber als erstaunlich bequem erwies.

Mathilda stellte eine Tasse heißen Wassers und einen versiegelten Teebeutel vor Julie. „Zucker?"

Julie schüttelte den Kopf und lächelte. „Nein, danke. Das ist genau das Richtige an einem Morgen wie diesem." Sie packte den Teebeutel aus und versenkte ihn in der Tasse. „Ich recherchiere ein paar Fakten über Werften, und ich hatte gehofft,

Sie würden mir eventuell mit ein paar Hintergrundinfos helfen können."

Mathilda lächelte vage. „Sicher. Ich hoffe doch. Was möchten Sie denn wissen?"

„Was für Wartungs- und Reparaturservices bieten Sie an?"

Mathilda begann, die Aufgaben ihrer Werft aufzuzählen, und ab und zu machte Julie Notizen. Es war eine beeindruckende Liste, und die Hälfte der Begriffe kamen Julie chinesisch vor. Sie würde sie nachschlagen müssen. „Nicht wenige scheinen mit Chemikalien zu tun haben, richtig?"

„Sicher", sagte Mathilda freundlich. „Das ist eben das moderne Leben. Es macht vieles einfacher. Und wo fängt Chemie überhaupt an?"

„Gibt es irgendwelche gefährlichen Substanzen, mit denen Sie in der alltäglichen Arbeit umgehen? Und wenn ja, wie schützen Sie Ihre Arbeitnehmer vor ihnen?"

Mathilda lachte. „Sie klingen fast wie das Gesundheitsamt. Aber bitteschön. Wir verwenden eine Menge Reiniger, Lösungsmittel und Verdünner, alles leicht entflammbare und ätzende Flüssigkeiten. Würden Sie's gern sehen?"

„Klar", sagte Julie.

Mathilda stand auf, und sie verließen den Container. „Wir haben zwei verschlossene Lager. Eines enthält alle Originalprodukte." Julie folgte Mathilda und passte auf, wohin sie trat. Der Boden war uneben und schmutzig, und sie war froh, dass sie sich an diesem Morgen gegen hohe Absätze entschieden, sondern lieber ein Paar alter Turnschuhe gewählt hatte. Sie warf einen Blick in einen der Lagerräume und sah, dass alles sauber angeordnet war. „Und dann haben wir den Lagerraum mit all dem Sondermüll", sagte Mathilda, nachdem sie das Lager wieder abgeschlossen hatte, und führte sie zu einem anderen, garagenähnlichen Gebäude. „Hier lagern wir die Fässer mit all den Flüssigkeiten, die entsorgt werden müssen." Julie durfte in den Raum blicken und sah eine Menge blauer Plastikfässer.

„Wie bekommen Sie all die Flüssigkeiten in die Fässer?" fragte sie.

Mathilda setzte ihre Führung um ihre Werft fort. Sie fühlte sich plötzlich besonders stolz auf ihr Unternehmen. Alles war ordentlich, alles sah perfekt aus. „Meine Angestellten tragen Spezialanzüge und Atemmasken, wenn sie mit gefährlichen Flüssigkeiten hantieren. Natürlich haben wir auch Löschausrüstungen, falls etwas schiefgehen würde und wir Feuer löschen müssten. Und wir haben eine direkte Leitung zur Feuerwehr von Wycliff und zum Krankenhaus. Bisher haben wir nichts davon gebraucht, da ich dafür sorge, dass unsere Sicherheitsmaßnahmen auf dem neusten Stand sind. Ich möchte, dass sich meine Angestellten sicher fühlen."

Julie nickte. Mathilda schien eine sehr besorgte Geschäftsfrau zu sein. Nicht wie solche Leute, die den ganzen Tag im Büro saßen und von ihrer Firma absahnten, ohne wirklich zu wissen, worum es in ihrem Geschäft ging, sondern eine, die zu jedem Punkt im Arbeitsprozess wusste, was wo war und wer was tat.

„Wir haben spezielle Absaugvorrichtungen, die alles …“, Mathilda lachte über ihren Mangel an Worten, „… nun, aufsaugen. Sie werden konstant ausgepumpt, und der Abfall wird in solchen Fässern gesammelt, wie Sie sie gerade gesehen haben."

Julie nickte. Es machte Sinn. „Sie haben also alle möglichen Mischungen in diesen Fässern?"

„Lässt sich nicht vermeiden. Aber da wir die Fässer kennzeichnen müssen, weiß jedes Abfallsammelzentrum, wie damit zu verfahren ist."

„Wie häufig leeren Sie ihr Lager und bringen ihre Sondermüll-Fässer zu einem Abfallsammelzentrum?" wollte Julie wissen.

„So einmal die Woche", sagte Mathilda. „Im letzten Jahr gingen die Geschäfte nicht so gut, also hatten wir eine Vereinbarung mit unserem Partner abzuliefern, wenn nötig. Hat's für alle von uns einfacher gemacht und auch billiger."

„Darf ich fragen, wer Ihr Partner ist?"

„Sicher", lächelte Mathilda. „Das Harrison Entsorgungszentrum bei Yelm. Die haben mit uns gearbeitet, seit mein Vater die Werft gegründet hat. – Sonst noch etwas?" Mathilda hatte den Bootskunden entdeckt, der mit ihr über die Konditionen für die Reparatur einer Lenzpumpe auf seiner Zehnmeterjacht sprechen wollte.

„Nein", antwortete Julie und lächelte zurück. „Das war toll. Danke!"

„Wenn Sie noch mehr Fragen haben, dürfen Sie gern jederzeit während der Geschäftszeiten anrufen oder vorbeikommen. Geben Sie bloß Bescheid, damit ich mir die Zeit einrichten kann."

Julie dankte ihr überschwänglich. „Lassen Sie sich etwas im Gegenzug für Ihre Infos geben. Druckfrisch." Sie griff in ihre Tasche und überreichte Mathilda eine brandneue Ausgabe des „Sound Messenger".

„Hatte noch keine Zeit, mir eine zu besorgen", freute sich Mathilda über das Geschenk. Sie rollte die Zeitung in der Hand auf, verabschiedete sich von Julie und ging auf ihren Kunden zu.

Stunden später saß sie an ihrem Schreibtisch und überflog die Zeitung. Sie biss in ihr Putensalat-Sandwich und wollte gerade ihre stille Mittagsstunde genießen, als sie auf eine kleinere Schlagzeile auf der Titelseite stieß und sich beinahe verschluckte. Plötzlich war mit der Welt nichts mehr in Ordnung.

*

Mysteriöse Fässer im Wald ausgelaufen

judo. **Ein Dutzend Fässer mit unbekannten giftigen Flüssigkeiten wurde am späten Sonntagnachmittag im Wald von Wycliff gefunden. Die Polizei untersucht die in diesem Zusammenhang entstandene Verseuchung und hat das Gebiet zur weiteren Reinigung abgesperrt. Bisher ist die Herkunft der Fässer nicht gesichert.**

Wenn die Wyclifferin Thora Byrd gestern Nachmittag nicht ihren Hund ausgeführt hätte, wäre wohl lange Zeit eine wilde „Giftmüll-Deponie im Wald von Wycliff unentdeckt geblieben. Nahe einem beliebten Picknickareal auf einer Lichtung entdeckte sie ein Dutzend blauer Fässer und bemerkte ätzenden Gestank.

Nähere Untersuchungen durch Polizei und Experten, die im Auftrag der Environmental Protection Agency (EPA) arbeiten, ergaben, dass die Fässer eine Mischung aus toxischen Flüssigkeiten enthalten, wie sie in der Bootsindustrie verwendet werden, z.B. in Bootsbau, -reparatur und -wartung.

„Leider können wir die Fässer nicht zu ihrem Ursprungsort zurückverfolgen", so Luke McMahon, Chief des Wycliff Police Department (WPD). „Die Person oder Personen, die die Fässer abgeladen haben, sind sichergegangen, dass die Etikettierung darauf teilweise entfernt wurde." Ihm zufolge waren die chemischen

Substanzen in den Fässern korrekt auf den Etiketten ausgewiesen, Namen und Adresse des Ursprungs aber zerstört.

„Das könnte bedeuten, dass die ursprüngliche Quelle sich dieses illegalen Vorgehens nicht einmal bewusst ist", sagte McMahon. „Wir hoffen aber auf Kooperation aller Unternehmen in der Region, die toxische Flüssigkeiten in größeren Mengen verwenden." Bislang ist das Gebiet für die Öffentlichkeit gesperrt, und die Reinigungsmaßnahmen haben begonnen. Die EPA-Beauftragten wollten keine Erklärung abgeben, welche Gefahren von der Verseuchung ausgehen könnten, da noch nichts über ihre Dauer und exakte Tiefe bekannt ist.

Das WPD bittet die Bürger von Wycliff und jeden anderen Mitbürger, die Augen offen zu halten hinsichtlich möglicher weiterer wilder Giftmüll-Deponien. Es ist nicht bekannt, wie lange die Fässer auf der Lichtung im Wald von Wycliff gelegen haben oder wie viele ähnliche Stellen es im weiteren Umland geben könnte. Die Bürger sollten sich solchen Stellen nicht nähern und auch entsorgte Fässer nicht anfassen. Im Falle ähnlicher Funde rufen Sie bitte das WPD an unter Telefonnr. ...

2

Tipp der Woche von der Grünen Expertin:
Um einen Ofen zu reinigen, streuen Sie großzügig Backpulver
auf den Boden des Ofens und fügen Essig hinzu. Lassen Sie die
Mischung einige Minuten einziehen, wischen Sie sie
anschließend ab. Wenn nötig, wiederholen.

Das Büro des „Sound Messenger" lag oben am Rand der Klippe neben der Treppe, die von der Unterstadt heraufführte. Es war ein einfaches, kleines weißes Haus mit Blumenampeln voll blutroter Geranien, einem gepflegten Rasen und einem weißen Lattenzaun mit einem kleinen Tor. Es war zugleich das Zuhause des Verlegers und Chefredakteurs, weshalb es mehr wie ein Wohnhaus als wie ein Geschäftsgebäude aussah.

John Minor hatte die Zeitung vor zehn Jahren übernommen und sie im Alleingang geführt, bis er vor zwei Jahren Julie Dolan angestellt hatte. Er war für seinen eklektischen Geschmack bekannt, und es galt immer als etwas Besonderes, zu ihm nach Hause eingeladen zu werden. Sein kleines Büro enthielt zwei schwere antike Tische und ein Mahagoniregal für seine Akten. Ansonsten war es so modern wie nötig mit einem PC, einem Drucker, einer Express-Online-Verbindung zur örtlichen Druckerei unterhalb der Klippe und einer Keurig-Maschine, für den Fall, dass John Besuch hatte – oder er und Julie eine Besprechung hatten so wie heute Morgen.

„Irgendetwas Neues zu deiner Umweltgeschichte?" fragte John Minor Julie, die ihm gegenübersaß. Es war Donnerstag, und Julie sah mit ihrem Chef den Wochenendkalender nach Terminen durch, die sie auf ihre Agenda setzen musste. Wie gewöhnlich würde John alles Kulturelle übernehmen – ein Nachmittagskonzert an der Wycliff High School, eine Foto-Vernissage in der Main Gallery und eine Ballett-Matinee in der Lawrence Hall, einem Veranstaltungsort, der in den 1880ern von den Stadtvätern erbaut worden war und in dem jedes Event ausgerichtet wurde, das ein regionales Publikum anziehen mochte.

„Nun, ich habe das Feld auf fünf Unternehmen in Wycliff eingeengt, von denen die Fässer stammen könnten", sagte Julie.

„Machst du Polizeiarbeit?" fragte John leise amüsiert. „Bist du dir sicher, du hast deine Berufung nicht verfehlt?"

„Ach wo! Du solltest sehen, wie trocken sich die Polizeiberichte meines neuen Stiefvaters lesen. So etwas würde ich bestimmt nicht schreiben wollen. Nicht im Leben", entgegnete Julie. „Aber ich muss zugeben, dass ich es ziemlich spannend finde, auf meine geringfügige Weise mit ihm zusammenzuarbeiten. Die Leute sprechen mit mir anders, als sie mit ihm reden würden."

„Welche Firmen hast du besucht? Und welche Ergebnisse hast du?"

„Nun, ich bin zum Wycliff Airfield gegangen, zur Marina, zur Bootsbau-Abteilung des Maritime Center, zu den Werften, den Autoreparatur-Werkstätten und den Tankstellen. Sie haben mich alle ziemlich bereitwillig herumgeführt und in ihre Werkstätten und Lager schauen lassen. Ich habe ihnen gesagt, ich würde einen Artikel zum Tag der Erde schreiben."

„Weiß eigentlich jemand, warum es nur *einen* Tag der Erde gibt?" fragte John. „Rein rhetorische Frage natürlich."

„Natürlich. – Es stellte sich heraus, dass einige Unternehmen besondere Fahrzeuge mit Absaugvorrichtungen haben, sodass die Flüssigkeiten nie in Fässern oder Kanistern enden. Andere haben besondere Service-Unternehmen beauftragt, die es für sie erledigen. Und die Tankstellen werden von ihrer jeweiligen Kette versorgt. Oh, und ein Unternehmen verwendet ausschließlich gelbe Metallfässer."

John nickte. „Du hast natürlich nach blauen aus Plastik Ausschau gehalten."

„Genau", sagte Julie. „Ich hoffe, die Laborergebnisse sind bis Freitag da. Sie haben versprochen, ihre Analysen zu beschleunigen, da die Kontaminierung so nahe beim Wohngebiet ist."

„Hör dir mal beim Sprechen zu, Julie", warnte sie John. „Sieh zu, dass du es in einfachere Worte fasst. Wir möchten doch, dass jeder deine Story versteht, nicht nur Leute mit College-Abschluss."

Julie errötete. Sie hatte diese Woche offensichtlich zu viele wissenschaftliche und umweltbezogene Artikel gelesen. Auch hatte sie den Fall nur mit Luke besprochen, dessen Polizei-

Jargon in Zeitungssprache umgewandelt werden musste. Ach, die Vorzüge, in so kurzer Zeit mit so vielen Spezialisten zu sprechen …

„Wird es also diese Woche noch eine Story zu der Verseuchung geben?"

„Ich hoffe es", sagte Julie leichthin. „Es könnte sich lohnen, eine große Fläche in der Samstagsausgabe in Betracht zu ziehen."

„Natürlich auf der Titelseite", neckte John.

Julie blieb ernsthaft und erwiderte seinen Blick. „Natürlich", sagte sie.

*

Thora stand im Gang mit den Keksen und Bonbons in „Dottie's Deli", dem deutschen Geschäft an der Main Street in der Unterstadt Wycliffs. Sie verglich die Zutaten zweier Schachteln Bahlsen-Kekse und versuchte, sich zu entscheiden.

„Warum nimmst du nicht einfach beide?" mischte sich eine fröhliche Stimme in ihre Gedanken. „Sie werden ohnehin ziemlich schnell aufgegessen werden. Die sind sowas von lecker."

Thora lachte und drehte sich um. Ihre Freundin Dottie, ein paar Jahre älter und sehr viel kleiner als sie, hielt ihr einen Einkaufskorb hin. „Danke", sagte Thora. „Ich kaufe die nicht für mich, sondern für eine Gruppe Besucher, die unser Bürgermeister heute Nachmittag erwartet. Und ich hätte auch gern ein Pfund von deinem fantastischen deutschen Kaffee."

„Sicher", lächelte Dottie. Die zierliche deutsche Ladenbesitzerin war vor etwas mehr als drei Jahren nach Wycliff gekommen, hatte ein Jahr später den Laden eröffnet und die Herzen ihrer Mitbürger mit ihrer Fröhlichkeit, ihren Geschäftsideen und – vor allem – den Delikatessen, die sie verkaufte, im Sturm erobert. „Du nimmst am besten auch ein paar von den Brezeln für eure Gäste mit", empfahl sie. „Sie sind außen heute besonders knusprig, und sie verkaufen sich schnell." Dottie ließ sich diese aromatischen Brezeln von Hess Bakery & Deli in Lakewood liefern, der traditionelle süddeutsche Rezepte für seine delikaten Backwaren verwendete. Nachdem Dottie Wycliff mit den Backwaren bekannt gemacht hatte, wussten die Feinschmecker der Stadt nicht, wie sie je ohne sie ausgekommen waren. „Darf ich fragen, wer eure Gäste sind?"

Thora runzelte die Stirn. „Ich weiß es selbst noch nicht. Mir wurde nur gesagt, dass fünf Leute zu einer Konferenz kommen und dass ich Notizen machen soll. Ich habe bisher keine Ahnung. Was komisch ist. Normalerweise macht Clark kein Geheimnis daraus, wen er erwartet."

„Oh, Ich bin mir sicher, wir werden es alle bald erfahren", lächelte Dottie.

Thora nickte. „Da bin ich mir sicher."

*

Peter Michaels lehnte seinen drahtigen, muskulösen Körper gegen seinen dunkelgrauen Dodge RAM, zündete sich eine Zigarette an und blinzelte noch ein wenig länger in die Flamme seines Feuerzeuges, bevor er den Knopf losließ. Es war seine erste Fluppe nach stundenlanger Arbeit, und die schmeckte immer am besten. Er sog den bitteren, dicken Rauch tief ein und genoss ihn ein zweites Mal, als er ihn ausatmete. Zur Hölle mit diesen Leuten, die überall Regeln aufstellten. Waren die USA nicht das Land der Freien?! Also war er so frei und würde an öffentlichen Plätzen auch rauchen.

Einer der Werftarbeiter ging vorüber und nickte ihm zu. Er nickte zurück und spuckte aus. Einer von diesen Familienvätern, die genug verdienten, ein kleines Haus zu mieten, das alljährlich kleiner wurde, weil seine Frau ein Baby nach dem anderen zur Welt brachte. Hatten offenbar noch nicht von Geburtenkontrolle gehört. Man sagte, der Kerl bringe auch sein eigenes Mittagessen mit und drehe seine Zigaretten selbst, da er darauf bestand, sie schmeckten besser. Ha, als sei billiger jemals besser! Außerdem bekam man noch Tabakblätter zwischen die Zähne, wenn man sie nicht festgenug gedreht hatte. Eklig. Peter spuckte erneut aus. Sein halblanges braunes Haar fiel ihm ins Gesicht, und er fuhr mit der Hand hindurch, um es aus seinen Augen zu halten. Smaragdgrünen Augen. Er kniff die Augen zusammen.

Noch ein Mann ging vorüber. „Kommst du nachher mit zum Harbor Pub?" rief er herüber.

„Nee", antwortete Peter träge. „Ich muss meine Karre auftanken und heute Abend zu meiner Lady. Bin zwei Nächte nicht bei ihr gewesen, und sie is' 'n bisschen eifersüchtig."

„Gib ihr 'nen Kuss von mir", lästerte der andere. „Muss 'ne heiße Nummer sein, dass du sie 'nem Bier vorziehst."

„Ziemlich knackiger Hintern", kommentierte Peter. Dann bemerkte er, dass Mathilda Barton ihre Container-Tür abschloss und über den Werfthof auf ihn zu kam. Er runzelte die Stirn. Sie hatte ihn heute Morgen angesehen, als zweifele sie an ihm. Vielleicht lag er da schief. Aber sein Bauchgefühl sagte ihm, dass sie ihn diese Woche genauer und kritischer beobachtet hatte als je zuvor, seit sie ihn vor einem halben Jahr unter Vertrag genommen hatte.

„Ma'am", sagte er mit gespielt militärischem Gruß.

„Ich hoffe, Sie rauchen nie in der Nähe der Fässer", sagte Mathilda trocken.

„Nicht im Traum", erwiderte er.

„Gut." Mathilda ging weiter; dann wandte sie sich nochmals um. „Ich möchte morgen mit Ihnen über den nächsten Transport reden. Kommen Sie bitte um neun in mein Büro." Sie erwartete keine Antwort. Sie wusste, dass sie gehört worden war und dass ihre Worte als Anordnung angekommen waren.

„Ja, Ma'am", murmelte er und spuckte aus. Er nahm einen langen Zug von seiner Zigarette. Dann warf er sie auf den Boden und drückte sie mit seinem Stiefelabsatz aus. Ihm war plötzlich die Lust an der Zigarette vergangen. Es war gut, dass er sein eigener Arbeitgeber war. Aber manche Leute schienen zu meinen, er sei ihr Sklave, nicht ihr Dienstleister, der ihnen half, Industriemüll loszuwerden.

Nun ja, das Auto auftanken und hinüber nach Lakewood fahren. Sobald er Alice sähe, wäre die Welt wieder etwas besser. Sein Mädel war einzigartig. Hübsch, wenn auch nicht so heiß wie die Chefin von der Werft. Und fast so etwas wie klug. Zumindest clever genug, sich die Typen, die ihr im Fitness-Studio zu nahe kamen, von der Pelle zu halten. Nicht schlau genug jedoch zu wissen, wie sie ihn von kleinen Abschweifungen abhalten konnte. Ab und zu brauchte Peter einfach Abwechslung. Und er fand sie in einer kleinen Kaschemme nahe dem Towne Center, die aussah, als sei sie nur eine Bierkneipe, aber ein oder zwei willige Extra-Bardamen hatte.

Alice mochte es wissen oder auch nicht. Sie war schlau genug, ihm keine Szene zu machen. Sie wusste, sie würde ihn verlieren, wenn sie ihn an die kurze Leine nähme. Aber vielleicht wusste sie ja auch gar nichts von seinen kleinen Abenteuern. Seine Arbeit − das Einsammeln von Sondermüll aller möglichen Unternehmen der Region und das Abliefern im Harrison Entsorgungszentrum − war eine hervorragende Entschuldigung für unregelmäßige Arbeitszeiten, besonders wenn er zu diesem Entsorgungszentrum bei Yelm fahren musste.

Aber heute Abend würde er sich mit Alice vergnügen und Dampf ablassen. Vielleicht würden sie sogar ein paar Burger grillen. Er würde ein paar Dosen Bier kippen − er hatte eine neue

Mikrobrauerei in der Nähe gefunden, die auch ihre starken Getränke in Dosen abfüllte. Sie würden eine ganze Nacht lang feiern, und morgen war morgen. Seine Auftraggeberin würde vermutlich nur über eine weitere Planänderung hinsichtlich der Ablieferung des nächsten Dutzends Fässer sprechen wollen, da das Geschäft sich belebte und wöchentlich mehr Flüssigmüll anfiel.

Er konnte immer noch nicht sein Glück fassen, dass er bislang von niemandem in Wycliff erkannt worden war. Sicher, er hatte es als dürrer Teenager verlassen. Und was war aus ihm geworden! Seine Eltern hatten ihn verwöhnt. Obwohl seine Mutter später seinen Vater verlassen hatte. Vielleicht, weil sie das Leben mit ihm nicht mehr aushielt. Ganz sicher, weil sie es nicht ertrug, was aus ihrem Sohn geworden war. Ein Kleinkrimineller, später ein Drogendealer und Räuber. Einige Male hatte er sogar auf Leute geschossen, die ihm im Weg gewesen waren. Ab und zu hatte er seinen Namen geändert, aber immer seine Initialen behalten, sodass er alte Unterschriften und Ähnliches nach wie vor benutzen konnte. Er hatte sein Haar zum Vokuhila wachsen lassen und es dann extrem kurz geschnitten. Jetzt hatte es jegliche Form verloren und hing ihm in langen Strähnen um den Kopf. Wenn er arbeitete, trug er manchmal ein Bandana um die Stirn, um es aus dem Gesicht zu halten. In einem üblen Faustkampf vor ein paar Jahren hatte ihm jemand die Nase gebrochen, und sie war krumm zusammengewachsen. Und er trug smaragdgrüne Kontaktlinsen.

Eine Narbe auf seiner linken Wange hatte sein Aussehen ebenfalls verändert.

Er lachte freudlos. Er war wieder daheim, und während das FBI ihn wegen verschiedener Dinge in ihren Akten jagte, verdiente er Geld, wo sie ihn am wenigsten vermuteten. Gutes Geld, das es ihm ermöglichte, eine Wohnung zu mieten, einen ziemlich neuen Dodge RAM zu fahren, gut zu essen, Alkohol zu trinken und jedes Mädchen zu haben, das er dazu bringen konnte, mit ihm zu gehen. Und manchmal eine gute Linie Schnee. Natürlich musste er vorsichtig sein, damit man ihm nicht auf die Spur kam, doch solange er Schecks einkassieren konnte – mehr, als er mit regulärer Arbeit verdiente –, war er's zufrieden. Er wusste, wie er sicherstellen konnte, dass man ihm nicht auf die Schliche kam. Hinterhältige, kleine Journalisten-Schlampe! Was dachte sie sich dabei, Mathilda so wegen der Werft zu behelligen?

*

Thora lächelte die Herren freundlich an, die pünktlich um fünf Uhr nachmittags ihr Rathausbüro betreten hatten. Sie erhob sich von ihrem bequemen Drehstuhl, sicherte rasch ihre Computerdaten und schloss das Fenster, in dem sie gearbeitet hatte. Obwohl nichts wirklich Geheimes an ihrem Dokument auf dem Bildschirm war, wollte sie nicht, dass jemand, der nicht autorisiert war, es lesen konnte, während sie im Konferenzraum saß und weitere Notizen aufnahm.

„Mr. Thompson erwartet Sie", lächelte sie. „Würden Sie bitte mitkommen?" Sie führte die Männer aus ihrem Büro einen langen Flur entlang und in ein Konferenzzimmer mit Blick auf den Jachthafen. Das Mobiliar war modern, aber schwer. Eine große Leinwand war von der Decke für eine Power Point Präsentation heruntergelassen worden, und auf einem Sideboard standen Brezeln, Kekse, eine Kühlbox mit Limonaden und ein paar Kannen Kaffee.

Bürgermeister Thompson erhob sich von seinem Platz. Er hatte einen Stuhl gegenüber der Tür gewählt, nicht gegenüber dem Fenster. Er hatte lieber das Licht hinter sich und im Gesicht der anderen. Er wusste, dass ihm das einen kleinen psychologischen Vorteil verschaffte.

Clark Thompson war tatsächlich ein sehr gutaussehender Mann. Er war etwas über einen Meter achtzig groß und für seine Mitte fünfzig immer noch schlank. Seine Augen waren tiefblau, seine Gesichtszüge konnte man aristokratisch nennen – obwohl ihn das gestört hätte, da er stolz darauf war, aus einer Familie zu stammen, die im Unabhängigkeitskrieg die Briten bekämpft hatte. Sein Haar war früh weiß geworden, und er trug es ordentlich geschnitten und zurückgekämmt. Für gewöhnlich trug er ein Sportjackett und Jeans ins Büro, wenn nichts Förmliches auf dem Plan stand. Doch heute hatte er sich in einen Geschäftsanzug und ein weißes Hemd geworfen, um die Bedeutung der Zusammenkunft zu unterstreichen.

Bürgermeister Thompson begann, Hände zu schütteln und seine Besucher Thora vorzustellen. „Mr. Anvil Senior von AnCoSafe Oil", sagte er.

Der offensichtliche Anführer der Gruppe war ein kleiner, dicklicher Mann mit dem Gesicht einer Bulldogge, umso mehr, als er die Zähne entblößte, um Thora anzulächeln. „Wie charmant, dass Sie unser Treffen mit Ihrer Anwesenheit schmücken", knurrte er.

Thora musste einen Drang unterdrücken, von dem sie nicht wusste, ob er sie lachen oder sich übergeben lassen würde. Stattdessen schenkte sie ihm ihr breitestes Lächeln. „Jemand muss schließlich Notizen von den wichtigen Themen machen, die Sie besprechen werden, richtig?"

Ein anderer Mann, etwas größer und etwas schlanker, war – wie Thora bereits vermutet hatte – Mr. Anvil Junior, der Sohn des Seniors. Die anderen drei eher farblosen, sehr ernsthaften, älteren Männer gehörten zum Vorstand von AnCoSafe Oil: Mr. Jefferson, Mr. White und Mr. Gepetto. Nachdem jeder einen Platz gewählt hatte, notierte sich Thora rasch alle Namen auf einem frischen Notizblock.

„Erst einmal möchte ich mich bedanken, dass Sie die ganze Küste von Kalifornien herauf gereist sind, um mit mir Geschäftliches zu besprechen", sagte Bürgermeister Thompson. „Falls es etwas gibt, was Ihren Aufenthalt in Wycliff angenehmer machen könnte, lassen Sie es mich bitte wissen." Die Männer quittierten seine Worte mit kurzem, leichtem Nicken. „Bislang ist meine Sekretärin die einzige Person, die ich ins Vertrauen gezogen habe. Ich möchte einfach erst einmal genügend ‚Munition‘ haben, um meine Argumente für unser Projekt in der nächsten Rathaussitzung vorzutragen. Ich bin mir ziemlich sicher, dass wir alle von den Vorteilen werden überzeugen können, die eine neue Niederlassung Ihres Unternehmens hier in Wycliff mit sich bringen würde.“

Thora sah ihren Chef erwartungsvoll an. Wann würde er die Katze aus dem Sack lassen und erklären, worum es ging?

„Vielleicht könnten wir zuerst Ihre Präsentation sehen, bevor ich Sie mit Fragen löchere.“ Bürgermeister Thompson lehnte sich bequem in seinem Stuhl zurück, während Thora aufstand, um die Jalousien zu schließen, und Mr. Anvil Jr. eine DVD in seinen Präsentations-Laptop schob. Thora schaltete das Licht aus, und die Scheibe begann zu surren, bevor sie sich mit dem Logo eines Ambosses öffnete, über dem ein gelber Tropfen schwebte – AnCoSafe Oil. Dann begann klassische Musik zu spielen, während die Kamera über einen Regenwald hin zu einer Bohrinsel im Meer flog.

„Vor Millionen Jahren entstanden die Ressourcen für unsere moderne Welt“, tönte eine männliche Stimme in die Stille. „Die Urwälder von einst verwandelten sich in das, was unsere Nation einen Schritt Vorsprung vor allen anderen bringt.“ Hier schaltete der Film zu atemberaubender Geschwindigkeit um und zeigte Standbilder von Chemielaboren, Autos, Medizinfläschchen, Kosmetiktöpfchen, Plastikspielzeug,

Geweben und einer Flamme, die in einer Messing-Schiffslaterne brannte.

Jetzt zoomte die Kamera auf eine Bohrplattform. Um alles authentischer zu machen, konnte man sehen, wie der Schatten eines Helikopters größer wurde, während er immer tiefer sank. Behelmte Arbeiter sahen der Landung zu, während die Stimme fortfuhr. „Seit drei Generationen hat AnCoSafe Oil Offshore-Bohrungen mit dem jeweils neusten Equipment am Markt ausgeführt. Spezialisten kontrollieren die Umweltfreundlichkeit des Vorgangs. Für jede Tausend Gallonen, die unterseeisch hochgepumpt werden, stiftet AnCoSafe Oil Aktienanteile an Umweltprojekte."

Thora verschluckte sich beinahe an ihrem Kaffee. Clark sah sie fragend an. Thora errötete und konzentrierte sich wieder auf den Film.

„… gesunde Nahrungsmittel für die Arbeiter, die in mit AnCoSafe Oil betriebenen Treibhäusern auf der Plattform produziert werden. Dasselbe geschieht in den Restaurants in AnCoSafe Oil Raffinerien an der Küste." Hier zeigte die Kamera ein Büffet, das überall hätte sein können, außer dass die Gäste alle Arbeitskleidung und Helme trugen. Letzteres ergab für Thora keinen Sinn, aber sie nahm an, es sollte beweisen, dass sich das Restaurant tatsächlich in einem Werk befand.

„AnCoSafe Oil Raffinerien sind Ihr sauberer Nachbar, der Ihnen zu günstigerem Öl verhilft. Denn wir sind da, wo Sie uns brauchen. Neben Ihrem Flugplatz oder Ihrem Fährhafen, neben

Ihrer Produktionsstätte oder wofür auch immer Sie uns brauchen. Wir bieten Ihnen Arbeitsplätze, und wir bilden Spezialisten mit einer sicheren beruflichen Zukunft aus. AnCoSafe Oil ist der Nachbar, der Ihr Öl für Ihr Wohlergehen fördert. Entscheiden Sie sich für AnCoSafe Oil!"

Eine glückliche Familie wurde gezeigt – die Mutter erntete Tomaten aus einem Treibhaus, die Kinder fuhren auf Plastik-Spielzeugautos und -traktoren, während der Vater vom Gartentor herwinkte, gekleidet in einen ölverschmierten Overall und einen Helm. Die Sonne verwandelte sich in einen Öltropfen, der über der nun glücklich vereinten Familie schwebte, die sich in einen Amboss verwandelte.

Thora war sprachlos. Nicht dass man von ihr erwartet hätte, dass sie etwas sagte. Immerhin sollte sie nur aufschreiben, was gesagt wurde. Sie erkannte Werbesprache, wenn sie sie sah. Sie fiel auf nicht darauf herein. Tatsächlich war sie nach dem Prinzip erzogen worden, dass wenn ein Produkt Werbung braucht, man es nicht wirklich braucht. Thora war froh, dass sie ihren Gästen einen Augenblick lang den Rücken kehren konnte, als sie die Jalousien wieder öffnete.

„Wunderbar", hörte sie Bürgermeister Thompson sagen. „Sprechen wir jetzt darüber, wie diese Raffinerien aussehen. Wieviel Platz würden Sie brauchen? Wie viele Arbeiter würden Sie einstellen können?" Er stellte eine Frage nach der anderen. Er musste lange über dieses Projekt nachgedacht haben. Es stellte sich heraus, dass er die Raffinerie am Rand der Unterstadt nahe dem Fährhafen haben wollte. Sie würden ein zusätzliches Eisenbahndepot zur Anlieferung von Rohöl haben. Und Wycliff würde direkt vor den Toren der Raffinerie einen Passagierbahnhof bauen und die Vorteile einer AmTrak-Anbindung genießen. AnCoSafe Oil würde solch ein Vorhaben mit Sicherheit unterstützen.

Thora schrieb hektisch mit und fragte sich, ob sie später ihre eigenen Abkürzungen würde decodieren können. Zahlen flogen um ihren Kopf. Es fiel ihr schwer, mit der Diskussion Schritt zu halten. Die Männer hatten sie offenbar vergessen. Sie sprachen über all die Vorteile, die eine Raffinerie für Wyliff haben würde. Die Fähren würden künftig in Wycliff gewartet und betankt werden, was Zeit und Kosten einsparen würde und mehr Geschäft für die örtliche Bevölkerung bedeuten würde. Auch lokale Tankstellen würden mit Benzin beliefert werden können, vorausgesetzt sie wollten das, konnten ihre Verträge kündigen und AnCoSafe Oil Tankstellen werden. Es würde Arbeitsplätze nicht nur für Ölspezialisten geben, sondern auch für Hausmeister, Küchenpersonal und Wachpersonal. Selbst die Feuerwehr von Wycliff würde Personal aufstocken müssen. Ebenso die Spezialabteilung für Brandwunden im Krankenhaus. Thora erschauerte bei dem Gedanken.

„Kurz", fasste Bürgermeister Thompson begeistert zusammen, „das würde Wycliff mehr Bedeutung bringen. Nicht nur als Touristenziel am South Puget Sound, sondern als Stadt, die zu ernsthaften Geschäften fähig ist. Wir würden Leute anziehen, die Arbeit suchen, ein wahrer Segen in diesen Zeiten."

Es folgte Smalltalk. Die Männer scherzten über alle möglichen Themen und befeuerten sich gegenseitig hinsichtlich des Projekts, das sie gemeinsam umsetzen wollten. Thora beschäftigte sich damit, Tassen aufzufüllen, mehr Kekse und Brezeln anzubieten und den Gästen Wycliff-Souvenirs zu überreichen – Tassen mit der Silhouette des Leuchtturms von Wycliff (der ein Wahrzeichen, heute aber automatisiert war), Golfvisiere (übrig geblieben vom letzten Regionalwettbewerb auf dem Golfkurs von Wycliff) und Wycliff Kieselsteine, eine mit Lavendelzucker glasierte Schokoladenspezialität, die vom neugegründeten Lavender Café in der Back Row kreiert wurde.

Etwa zwei Stunden später begleitete Bürgermeister Clark Thompson seine Gäste ins Rathaus-Foyer und schloss die schweren Türen für sie auf. Thora räumte den Konferenzraum auf, als er zurückkehrte, Begeisterung in seinem Gesicht. Er rieb sich die Hände. Thora vermied Blickkontakt.

„Nun, was denkst du? Ist das nicht hervorragend?!"

Thora holte tief Luft, dann sah sie ihn an. „Das kannst du nicht ernst meinen", stellte sie ruhig fest.

Clark blickte sie verwirrt an. „Aber dann – warum hast du nichts gesagt?"

„Es stand mir nicht zu", erwiderte Thora. „Ich war nur als Sekretärin da, die Notizen machte."

„Ja, aber ich dachte, wir sagten einander immer, was wir über städtische Projekte denken."

Thora sah ihn traurig an. „Das hatte ich auch geglaubt, Clark. Bis du mich mit diesem überrascht hast. Und ich bin mir nicht sicher, dass du meine Gedanken dazu kennen willst." Sie verpackte einige übriggebliebene Brezeln und hielt sie ihm hin. „Magst du sie haben?"

Er schüttelte den Kopf und sah sie an, als verstehe er nicht, was sie meinte. „Lass du sie dir schmecken!" sagte er.

„Ich bin mir dessen nicht sicher", sagte Thora.

*

Thora saß auf einem großen Felsbrocken am Strand unterhalb ihres Cottage und sah zu, wie Bear glücklich den sanft schwappenden Wellen hinterherlief. Was war in Clark gefahren, dass er so eine grässliche Idee hatte, eine Raffinerie in Wycliff bauen zu wollen und damit das gesamte Flair dieser entzückenden viktorianischen Stadt zu zerstören? Sie war völlig verwirrt. Das war ein Vorhaben, das gar nicht zu dem Clark Thompson passte, den sie kannte. Allerdings – wieviel wusste sie über ihn denn?

Sie wusste, dass Clark in Wycliff geboren war, Jura studiert hatte und sich als Anwalt in seiner Heimatstadt niedergelassen hatte. Thora wusste auch, dass er in seinem ehemaligen Elternhaus wohnte und dass er Geschwister, ein paar kleine Nichten und einige Neffen hatte. Er hatte seine inzwischen verstorbene Frau Vicky auf dem Golfkurs von Wycliff kennengelernt, aber dann wurde alles zu Gerüchten und Hörensagen. Hässlichem wie, dass sie Alkoholikerin gewesen sei. Thora hielt sich lieber an Fakten. Und die besagten, dass das Paar keine Kinder gehabt hatte. Nach ein paar Jahren Ehe an einem Heiligabend war Vicky unverschuldet bei einem Autounfall ums Leben gekommen. Erst eine Woche zuvor war Clark in sein Amt als neuer Bürgermeister gewählt worden. Clark war seine Aufgabe angegangen, als sei er unerschüttert, aber er hatte nie wieder geheiratet.

Er erwähnte Vicky selten gegenüber jemandem. Thora wusste, dass er immer noch ein Bild von ihr in seinem Rathaus-Büro hatte. Sie hatte ihn eines Tages dabei erwischt, wie er es betrachtete. Sobald Clark bemerkt hatte, dass er nicht allein war, hatte er den Rahmen in seine Schreibtischschublade gleiten lassen und diese zugeschoben.

Thora mochte Clark wirklich. Er war ein freundlicher Chef und normalerweise sehr klar-denkend. Unter seiner Führung war Wycliff zu dem beliebten Touristenziel erblüht, das es jetzt war. Fast jeder in der Stadt mochte ihn, und die meisten Stadträte fanden seine Vorschläge und Ideen fundiert und hilfreich. Clark war außerdem sehr charmant. Thora seufzte. Er war bestimmt einer der attraktivsten Männer, denen sie in ihrem Leben begegnet war. Aber als ihr Chef war er natürlich tabu.

Bear rannte auf sie zu, sein Fell voll Salzwasser. Er stellte sich genau vor sie, keuchte und – sofern Hunde das können – grinste. Dann schüttelte er sein Fell ausgiebig, bis Thora nass war.

„Bear!" schimpfte sie. „Du böser, böser Hund!"

Er winselte und klemmte seinen Schwanz zwischen die Hinterbeine. Aber eine halbe Sekunde später grinste er wieder und rannte davon, um etwas zu finden, das Thora ihn apportieren ließe. Thora seufzte erneut. Ihr war jetzt in der frischen Abendbrise wirklich unbehaglich, aber Bear brauchte die Bewegung. Also gab sie ihm eine Weile nach und warf den Stock, den er gefunden und ihr vor die Füße gelegt hatte. Als die Sonne hinter den Gipfeln des Olympic-Gebirges versank, rief sie nach Bear und ging zurück zu ihrem gemütlichen Cottage.

Sie liebte ihr Zuhause, obwohl sie noch viel Arbeit hineinstecken musste, um es wirklich gut aussehen zu lassen. Die Wände brauchten einen neuen Anstrich. Ebenso das Sonnendeck. Sie wollte ein paar Kästen außerhalb der Reichweite von Wild bepflanzen. Und sie wollte ein Treibhaus aufstellen, in dem sie ihre eigenen Beeren, Kräuter und Gemüse ziehen würde. Das Dach musste von einer winterlichen Moosschicht befreit werden. Und die Fenster konnten es vertragen, geputzt zu werden. Sie wollte in der Küche und im Essbereich neue Hartholzböden legen. Und sie brauchte ein neues Regal für ihre Leseecke.

Ach, diese Ecke. Sie war einer der Gründe gewesen, warum sie das Cottage gekauft hatte. Sie war ein tiefes Erkerfenster mit Blick über den Sund. Thora runzelte die Stirn.

Wenn Clarks Traum von einer Raffinerie verwirklicht würde, wäre es vorbei mit den Sternennächten am Sund, denn alles wäre von der großen Fabrik erleuchtet, die Tag und Nacht arbeiten würde.

*

Clark Thompson hatte sein Büro abgeschlossen und ging die Main Street hinauf. Er hatte kaum etwas von dem gegessen, was Thora für die Sitzung bereitgestellt hatte. Nicht, weil es ihm nicht geschmeckt hätte. Denn wer mochte deutsche Backwaren nicht?! Er war zu begeistert von den Fakten gewesen, die er für seine Präsentation vor dem Stadtrat nächste Woche erhalten hatte.

Doch Thoras Reaktion hatte seine Stimmung ziemlich gedämpft. Was mochte sie nicht an einem Unternehmen, das offensichtlich so viele Arbeitsplätze, Steuern und Vorteile für die Kommune bringen würde? Sie sponserten sogar Umweltprojekte, was doch ganz im Sinne von Thora sein musste.

Als Clark in Richtung „Le Quartier", des kleinen Bistro-Restaurants neben „Dottie's Deli", ging, wurde er von einigen Wycliffern gegrüßt, aber er nickte nur geistesabwesend. Er spürte, dass Thora sich beleidigt gefühlt hatte, aber konnte nicht ergründen, warum oder wodurch. Vielleicht würde ein Glas dieses wundervollen Viogniers, den das junge Bistro-Team seit neuestem ausschenkte, dabei helfen, seine Gedanken über seine

Sekretärin zu klären. Mit einer Vorspeise mochte das genau das Richtige sein, seine Stimmung zu heben.

Doch als er in seiner Lieblingsnische im „Le Quartier" saß – der Tisch geschmackvoll mit einem Bund weiß-rosafarbener Rhododendronblüten und einer weißen Kerze in einem Kerzenglas dekoriert, dank des „Flower Bower" – fand er, dass sein Wein sauer schmeckte. Und die Schnecken in Kräuterbutter fühlten sich so zäh an, wie die Baguettescheiben nach Sägemehl schmeckten. Natürlich wusste er, dass Wein und Essen in Wirklichkeit so exquisit wie immer waren. Doch heute Abend fehlte ihm einfach der Appetit. Und er wusste, dass der Grund dafür Thoras traurige, bestürzte, großen Augen waren.

Véronique, die französischkanadisch-schwedische Miteigentümerin des Bistro-Restaurants und Gastgeberin des heutigen Abends, bemerkte, dass Clark an seinem Tisch ein wenig verloren saß und trat auf ihn zu. „Ist alles mit Ihrer Bestellung in Ordnung?" fragte sie vorsichtig.

Clark blickte auf und fühlte sich schuldig. „Ich finde alles delikat", log er.

Véronique lächelte ihn schelmisch an. „Stimmt nicht, Mr. Thompson. Bei unserem Essen sehen die Leute nie lange traurig aus. Also ist Ihnen heute Abend offenbar nicht danach. Aber ich sag' Ihnen was. Christian und Paul haben heute eine Spezialität gekocht, die sie nächste Woche auf die Karte setzen wollen. Lassen Sie mich mit ihnen reden und Ihnen ein Amuse-Bouche senden – ich bin mir sicher, Ihre Stimmung wird danach gleich besser."

Clark errötete ein wenig, dass sie seine vorgespielte Begeisterung sofort durchschaut hatte. Er sah die hübsche, junge Blondine dankbar an und hob ergeben die Arme. Sie lachte. „Ich schätze, das ist ein Ja." Sie drehte sich mit einem charmanten Wippen ihres Rocks um und ging rasch auf die Küchendurchreiche zu. Ein paar Minuten später stand sie wieder vor ihm und hielt eine Cappuccino-Tasse auf einem Unterteller in der Hand. Heißer, aromatischer Dampf stieg in die Luft, und trotz seines Appetitmangels begann Clark, der Mund wässerig zu werden.

„Ich wusste, dass es funktionieren würde", rief Véronique glücklich aus und setzte die Tasse mit einem knusprigen Käse-Blätterteig-Keks auf der Untertasse ab. „Bon appétit", sagte sie und überließ Clark wieder seinen Gedanken. Neugierig hob er die Tasse und atmete den würzigen, intensiven Dampf ein, der aus ihr aufstieg. Dann setzte er vorsichtig ihren Rand an seine Lippen. „Le Quartier" war bekannt für seine europäisch heißen Suppen und Eintöpfe, frisch aus dem Topf. Nichts verließ seine Küche je lauwarm.

„Ah", er leckte sich die Lippen, nachdem er etwas von dem Gebräu geschluckt hatte. Er schmeckte Rind und hatte tatsächlich etwas Fleisch zwischen den Zähnen. Das Aroma umspielte warm seine Geschmacksknospen, eine Mischung aus Sherry und Lorbeer, ein wenig Zwiebel, vielleicht Sellerie und eine Prise Pfeffer. Es war leicht, es war verspielt, es zog ihn an. Es verführte ihn, mehr zu wollen.

„Oxtail clair", erklärte Véronique im Vorbeigehen und lächelte noch schelmischer. „Ich sehe, es hilft schon."

Clark lächelte zurück und winkte ihr leicht mit dem Keks. „Ihr seid Zauberer, alle miteinander!"

Danach spürte er tatsächlich, dass seine Laune besser wurde, und er genoss doch noch den Rest seiner Schnecken in Kräuterbutter. Dennoch fragte er sich, ob er Thora irgendwie gegen den Strich gebürstet hatte.

Sie hatte angedeutet, dass sie von seinem Plan völlig überrascht worden war. Aber es war nicht die Pflicht eines Bürgermeisters, seine Sekretärin über seine Ideen oder Pläne zu informieren. Noch sie nach ihrer Meinung dazu zu fragen. Halt! Das klang so gar nicht nach ihm selbst. Tatsächlich war Thora Byrd so viel mehr geworden als nur eine Rathausangestellte mit Hingabe an alles, was sie tat. Er bewunderte nicht nur, dass sie hübsch und geradlinig war. Sie war in vielem seine Vertraute geworden, wenn auch nicht in seinem nicht vorhandenen Privatleben. Sie wusste immer, wenn er sich mit einem speziellen Thema zuerst befassen musste, wann er Ruhe brauchte oder wann er in Redelaune war, aber nichts davon sein Büro verlassen durfte.

Ja, er hätte vor der Sitzung mit Thora über seine Ideen sprechen sollen, so wie er sich auch sonst mit ihr beriet, wenn er sich mit Fremden traf. Oder als seine ehemalige Schwiegermutter verstorben war und er nicht gewusst hatte, wie er angemessen reagieren sollte, da er seinen Schwiegervater ein Jahrzehnt lang nicht gesehen hatte. Thora war immer ehrlich zu ihm. Warum hatte er sie also dieses Mal nicht eingeweiht? Weil er insgeheim befürchtete, sie würde es missbilligen? Aber was war da zu missbilligen?!

Und warum machte er sich überhaupt so einen Kopf? Um diese Wahrheit war Clark herumgeschlichen wie die Katze um den heißen Brei. Er konnte sich das Büro mit keiner anderen Sekretärin vorstellen. Er konnte sich nicht vorstellen, seine privatesten Gedanken, so selten sie vorkamen, mit einer anderen Frau oder – um es allgemeiner zu sagen – einem anderen Menschen als ihr zu besprechen. Kurz, er wusste, dass er sich täglich mehr in Thora verliebte und dass sich das nicht gehörte. Er sah sie an und spürte, wie sein über fünfzigjähriges Herz einen Schlag lang aussetzte und dann raste wie das eines Teenagers. Aber es gehörte sich einfach nicht. Er war ihr Chef. Er durfte sie nicht ausnutzen. Außerdem: Würde sie seine Gefühle überhaupt erwidern?

Also, ja, als Bürgermeister hatte er alles richtig gemacht. Als Freund und stiller Verehrer von Thora hatte er alles falsch gemacht. In der Tat, noch schlimmer. Er hatte es fertiggebracht, sie zu verletzen, weil er ihr nicht genug vertraut hatte. Das musste es sein. Er würde versuchen, es wiedergutzumachen. Sie würde ihn wieder mit einem Lächeln in ihren wunderschönen Augen ansehen.

*

Daniel Harrison saß in seinem Büro im Harrison Entsorgungszentrum und rieb sich die Schläfen. Er ignorierte den Ausblick über die herrlichen Prärien von Yelm und das schneeweiße Glänzen des Mt. Rainier. Er konnte, ohne sich zu erheben, nichts von seinem Ladehof sehen. Es war ein puristisches, aber warm eingerichtetes Büro mit großen Fenstern, bequemen Stühlen und Sesseln und einem Flair der Bodenständigkeit. Er bekam eine Migräne und nicht nur, weil offensichtlich in den kommenden 72 Stunden das Wetter umschlagen würde. Seine Geschäfte liefen schlechter. Unvorhergesehen. Nicht auffällig schlechter. Aber irgendwie stetig. Obwohl es mit dem Beginn der Bootssaison ein leichtes Plus hätte geben müssen. Er konnte den Grund dazu nicht finden. Vielleicht belebten sich ja die Werftgeschäfte langsamer als sonst. Er würde Mathilda Barton fragen müssen.

Er lächelte vor sich hin. Seit Mathilda die Werft ihres Vaters übernommen hatte, freute er sich auf ihre monatlichen Sitzungen. Ihr Vater war auch sehr nett gewesen. Aber Mathilda besaß diesen Charme, dieses Aussehen, diese Stimme. Sie konzentrierte sich ganz aufs Geschäft. Sie war ganz Frau. Und sie schien sich weder des einen noch des anderen bewusst zu sein. Wenn sie kam, um mit ihm über Zeitpläne zu sprechen, über Sonderkonditionen, bessere Etikettierung oder neue Verordnungen, verschob er gern andere Termine und ließ jemanden Doughnuts und Kaffee von Dunkin' Donuts holen. Er nahm an, dass sie Süßes mochte, und er wusste, dass viele sagten, Dunkin' Donuts Kaffee sei etwas Besonderes. Es gab noch keine Olympic Beans Coffeeshops in der Gegend von Yelm. Er terminierte Sitzungen mit ihr für gewöhnlich am Spätnachmittag, sodass er sie zum Abendessen einladen konnte. Doch bislang hatte ihm der Mut dazu gefehlt.

Er starrte auf die Bücher, die ihm Mr. Teal vor einer Weile gebracht hatte. Er sah die Zahlen an, und sie sahen gut aus. Aber er wusste, dass es bei seiner Bank anders aussah. Sie hatten ihm heute Morgen seine monatlichen Kontoauszüge geschickt. Er war verwirrt. Er wusste, dass sich seine Bank nicht irrte. Er sah, dass jeder Scheck in seinen Büchern vermerkt war. Daniel erhob sich von seinem Stuhl und ging ans Fenster, das auf den Ladehof hinausging. Einige seiner Angestellten halfen dabei, einen Laster zu entladen. Andere pumpten einen Tank leer. Es schien so geschäftig zuzugehen, wie es sein sollte.

Nun, er würde gewiss noch einmal seine Bücher durchsehen und dann zur Bank gehen und zu Mr. Teal. Mist, solche Perspektiven konnte er Mathilda nicht anbieten. Er würde sie nicht um eine echte Verabredung bitten, solange er ihr nichts Besseres bieten konnte. Mathilda …

*

Noch ein Mann dachte in diesem Moment an Mathilda – Trevor Jones, der Anwalt. Nachdem ihn Kitty Kittrick vom „Flower Bower" abgewiesen hatte, hatte er einige Monate lang still vor sich hin gelitten. Er wusste, es war seine Schuld gewesen, dass er nicht für sie gegenüber seiner Mutter eingetreten war, die dachte, eine Beziehung mit einem Ladenmädchen sei unter ihrer „Familienehre". Und er hatte eine Dame der Gesellschaft nicht zum Schweigen gebracht, die sich öffentlich über Kitty und den nun mit ihr verlobten Eli Hayes mit seiner kleinen Tochter Holly lustig gemacht hatte. Gewiss, sie waren noch Freunde, da er am Ende doch Rückgrat bewiesen hatte, als er Holly aus der Entführung durch ihre Mutter gerettet und sie in die endgültige Obhut ihres Vaters zurückgeführt hatte. Aber er vermisste immer noch die Zeit mit Kitty. Oder vielleicht vermisste er als Mann, der sich langsam seinen Dreißigern näherte, derzeit einfach prinzipiell Treffen mit einer Frau?

Trevor Jones verlor sich in einen kurzen Tagtraum um Mathilda. Er hatte ihr mit einer Menge rechtlichem Rat beigestanden, als ihr Vater ihr das Werftgeschäft übergeben hatte. Sie hatte in seinem Büro gesessen und endlose Verträge und Änderungen im Testament gelesen. Er war nur ein einziges Mal in ihrem Container-Büro gewesen. Es war kalt und ungemütlich gewesen. Danach war er sichergegangen, dass Termine mit ihr in seinem Büro in der Oberstadt stattfanden. Sein Arbeitsplatz war Teil seines Elternhauses und ging nicht auf die Seite mit dem Panoramablick hinaus. Vielleicht war das beabsichtigt gewesen, als die ersten Joneses ihre Anwaltskanzlei eröffneten. Der Blick hätte zu sehr abgelenkt – und Geld verdiente man mit harter und erfolgreicher Arbeit, nicht damit, dass man eine Aussicht hatte. Trevors Büro war ähnlich groß wie Mathildas, aber so viel gemütlicher.

Mathilda hatte zunächst etwas eingeschüchtert gewirkt, als sie das viktorianische Herrenhaus zum ersten Mal betreten hatte. Doch Trevor hatte seinen Charme aufgewandt und sie zum Lachen gebracht. Er hatte ihr die Befangenheit genommen, und sie hatten die Schlüsselübergabe und die abschließenden Unterschriften mit einem netten Geschäftsessen im „Le Quartier" gefeiert. Trevor konnte sich nicht einmal daran erinnern, was die Stadt gemacht hatte, bevor das schicke und innovative Bistro eröffnet hatte. Man war offenbar mit den schweren Mahlzeiten des „Harbor Pub" mit seinen Burgern, Chowder und Sandwiches zufrieden gewesen. Oder mit dem etwas eleganteren Essen des „Ship Hotel" mit einer zusätzlichen Karte ebenso kalorienreicher Fisch- und Steakgerichte. Das Abendessen im „Le Quartier" war entspannt und freundlich gewesen, aber Trevor hatte Mathilda seither nicht mehr dorthin eingeladen. Und auch nicht irgendwo andershin, wenn man es genau betrachtete.

„Hast du die Papiere gefunden, die du gesucht hast?" Sein Vater steckte den Kopf in sein Büro. James Jones war auf die Fähigkeiten seines Sohnes als Anwalt stolz. Und er war froh, dass es Trevor irgendwie geschafft hatte, beidem zu entkommen, einer Beziehung mit der Managerin des Blumenladens, Kitty Kittrick, wie auch einer mit dieser hochnäsigen Rechtsanwältin aus Seattle, Patricia Carson, die sich seine Frau Theodora als Schwiegertochter gewünscht hatte und damit auch beinahe ans Ziel gekommen wäre. Sein Sohn verdiente Besseres. Er wusste, dass Trevor alles andere als perfekt war. Nun, vielleicht musste er einfach nur etwas härter werden und lernen, für jemanden einzutreten, dem er sich nahe fühlte. Frauen träumten immer noch heimlich von einem Helden und Prinzen in ihrem Leben, oder etwa nicht? Trevor hatte alles – blaue Augen, blondes Haar und charmante Grübchen in den Mundwinkeln, einen guten Job, eine ehrliche Seele, eine Zukunft. Das einzige, was ihm mitunter fehlte, war Chuzpe. Aber er war noch jung. Er würde es lernen.

„Ich hoffe, die Papiere werden dir helfen, Dad", sagte Trevor und reichte ihm eine Akte. „Mathilda Bartons Fall war aber vermutlich etwas weniger kompliziert als der, an dem du gerade arbeitest."

James zog ein Gesicht. „Wenn Geschwister um ein Erbe streiten, wird es immer etwas hässlich. Selbst für den Anwalt, der es schafft, den Fall zu regeln. Deshalb sehe ich unsere Gebühren als Schmerzensgeld an." Er wollte schon wieder die Tür schließen.

„Dad?" begann Trevor.

„Hm?"

„Gibt es einen Paragraphen, der besagt, dass ein Anwalt einen ehemaligen Mandanten nicht privat treffen darf?"

„Nicht, dass ich wüsste", sagte James Jones. Dann machte er eine Pause. „Aber dann gibt es immer noch das Buch der Gesetze Theodoras ..."

*

Thora hatte sich für die Stadtratssitzung besonders sorgfältig gekleidet. Das tat sie immer. Schließlich hatten sie meistens Gäste von außerhalb. Und manchmal hörten sogar Leute aus Wycliff dem öffentlichen Teil der Sitzung zu. Der „Sound Messenger" tauchte für gewöhnlich ebenfalls auf und produzierte einen Artikel für den nächsten Tag, mal länger, mal kürzer, je nach Sitzungsinhalt. Thora hatte das Gefühl, sie repräsentiere die Stadt Wycliff mit, selbst in ihrer sehr unauffälligen Rolle als Notizenschreiber.

Heute Abend war sie sicher, dass Clark Thompson dem Stadtrat seine neuste Idee vorstellen würde, wie man Wycliff noch fortschrittlicher machen könnte. Thora war sich nicht sicher, was die Stadträte sagen würden. Sie war sehr besorgt, dass einige von ihnen von der Idee sofort begeistert sein würden. Es würde auch umweltbewusste Menschen geben. Aber würden sie Argumente gegen den Bau einer Ölraffinerie nahe der Unterstadt Wycliffs bereit haben? Und dann gäbe es noch die Unentschiedenen, die beeinflusst werden konnten und würden, entweder weil sie ihre eigene Beliebtheit erwogen oder wegen ihres Wunsches, Geschichte zu schreiben. Sie waren die Unbekannte in dieser

Gleichung. Dazu gab es das neue Mitglied, einen Arzt. Sie wusste nicht, wie er dachte. Sie mochte seine stille Art, und sie bewunderte die Diplomatie, die er in den zwei Sitzungen bewiesen hatte, an denen er bislang teilgenommen hatte. Sein Name war ungewöhnlich, und er musste seine Wurzeln irgendwo in Asien haben mit seinem dunklen Haar und der milchkaffeefarbenen Haut. Indien oder Pakistan nahm sie an. Sein Englisch hatte übrigens einen reinen Washingtoner Akzent. Was Thora sehr neugierig ob seiner Geschichte machte. Aber das ging sie letztlich nichts an, mahnte sie sich selbst.

Sie würde dort sitzen und Notizen machen. Als Sekretärin hatte sie kein Recht, eine Meinung zu äußern. Die Raffinerie zu diskutieren, war Aufgabe der Stadtväter und des Bürgermeisters. Würde Clark zur Besinnung kommen, wenn jemand, egal wer, über die negativen Folgen sprach, die das von ihm anvisierte Projekt auf Wycliff und Umgebung haben würde? Auf Mensch wie Natur?

Bear saß vor der Cottage-Tür und atmete schwer, als sie sich auf den Weg zur Sitzung machte. Er presste sein Gesicht gegen ihren Schenkel, und sie rubbelte noch einmal seinen Kopf. „Ich bin bald wieder da, mein Junge", sagte sie. „Ich wünschte, die Sitzung wäre schon vorbei und ich wüsste, wo wir stehen." Bear winselte und bellte kurz, dann legte er sich neben die Tür. Thora lächelte. Es war so gut zu wissen, dass ihr Hundchen sie bereits erwarten würde, wenn sie heimkam. Bears echte Liebe war ein Anker in ihrem Leben geworden.

*

Clark Thompson saß in seinem Büro, schob Papiere herum und fühlte sich nervös. Heute Abend würde er die Angebote von AnCoSafe Oil Wycliff vorstellen. Er wusste, dass er so transparent wie möglich argumentieren musste. Es musste später von allen Bürgern verstanden werden, und er wollte so viele Stadträte wie möglich auf seiner Seite. Niemand sollte später behaupten können, dass er sie hintergangen habe, indem er nicht alles berichtet habe, was er wusste. Und er musste seinen Vorschlag begeistert genug vortragen, damit andere sich davon anstecken ließen. Oder sollte er stattdessen sehr emotionslos bleiben? Weil er ja nur eine Idee vorstellte?

Er wünschte, Thora wäre jetzt in seinem Büro, sodass sie besprechen konnten, wie er das Projekt präsentieren sollte. Stattdessen würde sie den großen Konferenzraum im ersten Stock vermutlich gerade rechtzeitig zu Sitzungsbeginn betreten. Nicht wie gewöhnlich mit ein paar Minuten Extrazeit für ihn. Normalerweise würde sie überprüfen, ob er alles hatte, was er brauchte. Normalerweise würde sie ihm sagen, ob seine Krawatte gerade saß und dass er wie immer einen guten Job machen würde.

Clark seufzte. In ein paar Minuten würde er dem Stadtrat gegenübersitzen. Er bestand aus allen möglichen Berufsrichtungen in Wycliff. James Jones, der Anwalt, war einer von ihnen, ein Mitglied, auf das er so gut wie immer zählen konnte. Walter May, pensionierter Armeeoffizier, ein eher humorloser, aber gründlicher Mann, der geradlinig war und immer auf den Punkt kam. Bill „Chirpy" Smith repräsentierte offenbar den Einzelhandel, obwohl seine Interessen weit über die Geschäfte der Unterstadt hinausgingen. Philip Nouveau war Feuerwehrmann und Trainer des Football-Teams der letzten High-School-Klasse, ein konservativer, aber aufgeschlossener junger Mann, sehr beliebt bei den Wycliffern. Und dann war da noch der Arzt Dr. Ajith Katkar, der einmal pro Woche, meistens sonntags, auch im Krankenhaus arbeitete. Er war immer noch recht neu in der Stadt und war gewählt worden, um das Krankenhaus zu repräsentieren. Manchmal fragte sich Clark, ob er nicht auch das Feigenblatt politischer Korrektheit hinsichtlich ethnischer Minderheiten war. Er wusste nicht viel über Dr. Katkar, da der Arzt ein sehr zurückgezogener Mensch war. Aber er wusste, dass er akribisch genau und gewissenhaft war, einen feinen Humor besaß und über ein breites philosophisches Wissen verfügte.

Clark warf einen kurzen Blick auf die Uhr. Zeit, zu gehen und seinen Vorschlag zu präsentieren. Später würde er sich Zeit für Julie Dolan vom „Sound Messenger" nehmen, da sie Fragen haben würde hinsichtlich Fakten und Beweggründen zum Bau einer Raffinerie. Er wusste, sie würde einen fundierten Artikel ohne jegliche persönliche Bewertung schreiben. Etwas, was ihm dabei helfen würde, seinen Mitbürgern die richtige Stimmung zu vermitteln.

Clark hoffte auch, Thora nach der Sitzung zu erwischen und mit ihr zu sprechen. Warum merkte er erst jetzt, dass sie ihm so viel mehr war als nur seine Sekretärin? Und dass er ihre Stimme und ihre Umsicht vermisste?

*

Aus dem „Sound Messenger":

Sekretärin kündigt wegen umstrittener Industriepläne

judo. **Die gestrige monatliche Stadtratssitzung im Rathaus von Wycliff endete mit einem Eklat. Sekretärin Thora Byrd kündigte nach einer hitzigen Debatte unter den Ratsmitgliedern über den Bau einer Ölraffinerie in der Nähe des Fährhafens (siehe Textkasten unten).**

Die Stadt Wycliff könnte Standort einer weiteren Ölraffinerie in der Region South Puget Sound werden. Bürgermeister Clark Thompson schlug einen Vertrag mit der bundesweit agierenden Firma AnCoSafe Oil vor, der die Raffinerie von Rohöl beinhalten würde, aber auch die Distribution von Endprodukten und die Betankung der Fähren von Wycliff. Thompson betonte die Vorteile für die Wirtschaft von Wycliff wie mehr Arbeitsplätze, einen finanziellen Aufschwung der Bauindustrie und eine direkte Anbindung an das nationale Schienennetz, da ein Hafendepot für Rohöl-Transporte auch einen

Passagierbahnhof außerhalb der Raffinerie einschließen würde.

Stadtrat Bill „Chirpy" Smith legte sofort ein Veto gegen den Vorschlag ein und erinnerte seine Kollegen an die Risiken für die Umwelt. Stadtrat Walter May hielt dagegen, dass der Umfang an Sicherheitsmaßnahmen in der modernen Ölindustrie jegliche Vorfälle verhindern würde. Die Debatte endete nach über einer Stunde in einer verschärften Pattsituation. Das neue Stadtratsmitglied Dr. Ajith Katkar bat um Vertagung der Sitzung, da alle von dem unvorhergesehenen Projekt überrascht worden seien und ihre Hausaufgaben bezüglich Raffinerien und ihren positiven wie negativen Auswirkungen auf die Kommune machen müssten.

An diesem Punkt erhob sich Rathaus-Sekretärin Thora Byrd und verkündete, dass sie mit sofortiger Wirkung kündige. Als Grund gab sie die Unvereinbarkeit an, die die unterstützende Arbeit hinsichtlich des Raffinerie-Vorschlags gegenüber ihrem Gewissen als Umweltaktivistin für sie bedeute. Des Weiteren kündigte sie an, dass sie gegen diese Pläne angehen und eine Informationskampagne in die Wege leiten werde, „einschließlich und falls nötig Demonstrationen vor dem Gouverneur des Bundesstaates". Bürgermeister Clark Thompson wollte diese Entwicklung nicht kommentieren. (…)

3

Tipp der Woche von der Grünen Expertin:
Verwenden Sie Ihren gebrauchten Kaffeesatz als Dünger für
Rosen, Rhododendron, Azaleen und andere Pflanzen. Warten
Sie, bis der Kaffeesatz abgekühlt ist. Dann streuen Sie ihn um
die Pflanzen und mischen ihn leicht mit der Erde.

„O Bear, was habe ich bloß getan?!" stöhnte Thora aus ihren Kissen, als sie die Augen öffnete und ihren schwanzwedelnden Freund erblickte. Bear stand neben ihrem Bett und fing an, ihre Hand zu schubbern, und Thora musste lachen. „Dein Frauchen hat sich in eine emotionale Schieflage gebracht. Und du wirst die Konsequenzen mit ihr tragen müssen."

Bear winselte. Er schien zu wissen, dass Thora sich über etwas aufregte. Er drehte sich um und ging zu seinem Hundekorb. Als er zurückkehrte, trug er einen abgekauten, aber immer noch als solchen erkennbaren Teddybären zwischen den Lefzen. Er bot ihn Thora an. Einen Moment lang starrte sie ihn an. Dann verschwamm er etwas, weil sich Thoras Augen mit Tränen füllten. „O Bear, mein Bear! Weißt du, ich würde dich jetzt am liebsten umarmen, wenn ich nicht wüsste, dass du dann ausflippen würdest. Aber du bist der beste Hund aller Zeiten. Und du verdienst ein Leckerli dafür, dass du mich so tröstest."

Bear verstand offenbar nur „Leckerli", denn sein Schwanz begann erwartungsvoll den Boden zu klopfen. „Okay", lachte Thora und wischte sich die Tränen fort. „Du hast es

77

geschafft. Jetzt *muss* ich aufstehen. Wie wär's mit einem dieser guten knusprigen, krümeligen Hundekekse, die ich neulich auf dem Bauernmarkt gekauft habe? Magst du das?" Bear wedelte bestätigend, worauf Thora ihre Bettdecke beiseite schlug und sich aus ihrem gemütlichen Queen-Size-Bett schwang, um den Raum barfuß zu durchqueren. „Was?" Sie blickte zurück auf Bear, der immer noch dasaß, den Teddy zwischen den Vorderpfoten. „Kein Leckerli? Na komm!" Bear schnappte den Teddy mit den Zähnen und überrannte sie fast, um die Küche und seinen Fressnapf zu erreichen.

Während Bear an seinem Keks kaute und Thora ihre mit griechischem Joghurt und selbstgemachter Erdbeermarmelade übergossenen Cornflakes aß, wanderten ihre Gedanken. Gestern um diese Zeit hatte sie einen Arbeitsplatz mit Sozialleistungen gehabt. Heute war sie ganz auf sich gestellt. Kein Gehalt mehr. Keine künftigen Versicherungen nach Ablauf des bezahlten Quartals. Keine Möglichkeit, ihre Hypothek abzuzahlen. Und zudem Bear, für den sie sorgen musste.

War sie wirklich so dumm gewesen, ihr eigenes Schicksal in die Waagschale zu werfen wegen einer Raffinerie, die vielleicht trotz ihrer Bemühungen, das Projekt abzuwenden, gebaut werden würde? War ihr Gewissen es wert, dass sie ihren Lebensunterhalt und ihr leibliches Wohl dafür aufs Spiel setzte? Wie viele andere Wycliffer würden auf ihrer Seite stehen und dagegen protestieren, dass ihre Stadt ein Industriezentrum würde? Wer würde ihr eine

Arbeit geben, für die sie sich qualifiziert fühlte? Eine, die ihr Leben wieder in die richtige Spur brachte?

Ein Klopfen an der Haustür riss Thora aus ihren Gedanken. Wer kam schon so früh? Bear tapste zur Tür und wedelte mit dem Schwanz. Dann bellte er.

„Schhh, Bear", beruhigte ihn Thora und drückte ihn beiseite, um die Tür zu öffnen. Auf der Veranda stand Clark Thompson und blickte etwas verlegen. Er trug Jeans und ein verwaschenes T-Shirt wie so viele Männer in ihrer Freizeit.

„Guten Morgen, Thora", sagte er kleinlaut.

„Guten Morgen, Clark", sagte sie etwas unterkühlt. „Du bist schon früh auf."

Er nickte. „Konnte nicht so recht schlafen nach dem, was gestern passiert ist. Deine Kündigung und so."

„Ich schätze, ich sollte sagen, dass es mir leidtut", erwiderte Thora. „Aber das tut es nicht. Ich bleibe ganz sicher bei meiner Entscheidung."

Sein hoffnungsvoller Blick verschwand. „Hör zu, Thora. Darf ich reinkommen und mit dir sprechen? Wie wir es immer getan haben? Als Freunde?"

Thora runzelte die Stirn. „Meine Freundschaft mit dir hat nichts damit zu tun, dass ich bei meiner Entscheidung bleibe. Ich dachte, soviel wüsstest du. Aber komm immerhin herein." Sie hielt ihm die Tür auf. „Magst du einen Kaffee?"

„Ich könnte einen gebrauchen", gab Clark zu. „Der Spaziergang von daheim hierher hat mich ein bisschen durchgepustet. Der Wind ist frisch."

„Du bist gelaufen?!" sagte Thora überrascht. „Das ist echter Frühsport!"

„Sollte ich öfter tun", sagte er mit beinahe schelmischem Grinsen. „Es ist gar nicht so übel, wenn man sich hinterher mit einer Freundin hinsetzen und über dies und das plaudern kann."

Thora beschäftigte sich mit der Kaffeemaschine und einer Tüte gemahlenen Kaffees. „Weißt du, du hast mich echt verletzt", schalt sie ihn, aber ihre Stimme klang weich. „Normalerweise weihst du mich in all deine Projekte ein. Du hast mich sogar immer nach meiner Meinung gefragt. Als Freundin, nahm ich an, natürlich nicht in meiner Position als deine Sekretärin. Dieses Mal hast du einfach alles für dich behalten und erwartet, dass ich voll hinter dir stehe. Aber ich bin eine Umweltaktivistin."

„Vielleicht habe ich mich deshalb nicht getraut, mit dir darüber zu reden", sagte Clark. „Ich wusste, dass du die Motive, warum ich überhaupt eine Raffinerie bauen will, in Frage stellen würdest."

Thora rieb sich den Nacken. „Weißt du, ich verstehe sogar einen Teil des Plans. Den, der Arbeitsplätze und Steuern bedeutet. Aber das ist nicht alles. Wir leben in einer Welt, die gefährdet ist, weil immer mehr Menschen täglich „das wahre Leben" auskosten. Diejenigen, die es zum ersten Mal erfahren, Zweite-Welt-Länder oder Menschen, die aufsteigen, sind nicht bereit, Dinge aufzugeben. Stell dir jemanden vor, der sein erstes Auto bekommt. Oder der zum ersten Mal fliegt. Oder welcher Luxus auch immer in unserem Teil der Welt so alltäglich geworden ist. Nun, in der westlichen Welt sind wir wohlinformiert über die zerstörerischen Folgen solch eines Lebensstils. Und es ist an der Zeit, dass wir uns entsprechend verhalten. Wycliff hat alles … auch ohne eine Raffinerie."

Clark nickte nachdenklich. „Ziemlich idealistisch, meinst du nicht?"

Thora wurde rot vor Zorn. „Weißt du was, Clark? Vielleicht bin ich ein Idealist. Warum nennst du mich nicht auch gleich emotional und naiv? Es ist mir absolut gleichgültig. Aber ich will, dass diese Welt noch ein bisschen länger überlebt. Im Sund sterben schon die Seesterne, und die Lachswanderung im letzten Frühjahr war furchtbar schwach. Man sagt, der Große Thunfisch würde bald vor unserer Pazifikküste aussterben. Und ist das Leben im Meer erst einmal weg, werden das Leben in der Luft und auf der Erde auch schlimm beeinflusst werden. Ich will nicht, dass das passiert. Und ich werde gegen eine Raffinerie nahe einem solch empfindlichen Ökosystem kämpfen."

Clark verbarg seine Augen hinter einer Hand und sah dann langsam wieder auf. „Tut mir leid, dass ich dich schon wieder verärgert habe. Wirklich. Da komme ich, um Frieden zu schließen, und schau, wie ich dir unabsichtlich zu nahe trete. Ich glaube, ich gehe besser." Er stand auf.

„Bleib!" sagte Thora fest. „Ich habe dir eine Tasse Kaffee gemacht. Und die trinkst du jetzt." Sie stellte sie vor ihn hin.

Clark seufzte. „Was wirst du ohne deine Arbeit im Rathaus tun, Thora? Hast du darüber nachgedacht? Gibt es wirklich keine Möglichkeit, dich zurückzugewinnen?"

Thora schüttelte den Kopf und setzte sich. „Ich weiß es momentan nicht." Bear presste seinen Kopf auf ihre Schenkel, und sie streichelte seine Stirn. „Es wird nicht leicht werden, hier überhaupt einen Job zu finden. Vielleicht fällt mir etwas ein. Vielleicht nehme ich einfach nur genügend Gelegenheitsjobs an, um mich über Wasser zu halten..." Ihre Stimme brach.

„Hör zu, Thora." Clark schluckte etwas von seinem heißen, bitteren Gebräu. „Ich weiß, wir stehen in der Raffinerie-Angelegenheit nicht auf derselben Seite. Aber ich betrachte mich immer noch als deinen Freund. Falls ich dir also irgendwie helfen kann, lass es mich wissen, okay?"

Thora zuckte die Achseln und lächelte ihn schwach an. „Sicher. Danke. Irgendwas wird sich schon ergeben."

Clark erhob sich und trank den Rest seines Kaffees aus. Er gab ihr eine halbe Umarmung, tätschelte Bears Kopf und ging zur Tür. „Bis bald, Thora. Ich werde auf dich aufpassen."

Die Tür schloss sich hinter ihm, und Thora blickte auf seine leere Tasse. „Ich weiß nicht, was ich davon halten soll", sagte sie schließlich. „Du vielleicht, Bear?"

*

John Minor starrte auf einen Brief, den er heute Mittag erhalten hatte. Er bestand aus einem einzelnen Bogen Briefpapier, der mit einzeln ausgeschnittenen Zeitungswörtern bedeckt war, die den kurzen an ihn gerichteten Text formten: „John Minor, hör auf, dich mit den Fässern zu beschäftigen. Wenn nicht, outen wir deine sexuellen Neigungen."

Natürlich hatte der Brief keinen Absender. Und seine Adresse war mit der Schreibmaschine geschrieben. Der Stempel war allerdings vom Postamt in Wycliff. Ein Hinweis darauf, dass einer der Angestellten ihn von Hand abgestempelt hatte und der Brief nicht durch die automatische Stempelmaschine gelaufen war. Der Absender konnte also ein Mitbürger aus Wycliff sein. Oder jemand, der in Wycliff arbeitete.

John seufzte. Als er als Journalist bei einer großen Zeitung in Seattle angefangen hatte, hatten einige seiner konservativeren Kollegen sein Leben schon zur Hölle gemacht, sobald sie auch nur vermuteten, dass er schwul war. Sie hatten hinter seinem Rücken geflüstert, einige nicht einmal leise genug, dass er's nicht gehört hätte. Seine Chefs waren nicht eingeschritten. Er hatte lange nach der richtigen Weise gesucht, mit seiner sexuellen Orientierung umzugehen. Aber er hatte es als schwierig empfunden. Er war nicht einer von den Schwulen, die an Regenbogenparaden teilnahmen oder Klubs besuchten. Er hatte sich nie gegenüber seiner Mutter geoutet. Sie hatte es irgendwie schon ziemlich früh erkannt und ihn, statt sich zu entfremden, ihn klaglos akzeptiert, wie er war.

Das Glück wollte es, dass er eines Tages den „Sound Messenger" zum Verkauf ausstehen fand. Er hatte die Chance ergriffen, das Büro in Seattle verlassen, und war nach Wycliff gezogen. Hier hatte er ein ruhiges und friedvolles Leben als einziger Redakteur geführt, bis die junge Julie Dolan in sein Leben gestürmt war. Zuerst war er gar nicht davon begeistert gewesen, sie in sein Unternehmen aufzunehmen. Oder in sein edles Büro in seinem gemütlichen Zuhause. Schließlich lebte er sehr zurückgezogen. Doch Julie hatte sein „Nein" nicht hingenommen. Er musste zugeben, dass er jetzt froh war, dass seine Zeitung sie an Bord hatte. Sie mochte ein wenig kompliziert sein. Aber sie hatte ihm von Anfang an wirklich gute Artikel gebracht. Vor ein paar Jahren war ihre Serie über das viktorianische Weihnachtsevent, das wegen eines Betrugs fast fehlgeschlagen wäre, ein Geniestreich für die Auflage des „Sound Messenger" gewesen.

John seufzte erneut und starrte auf das Papier.

„Schlechte Nachrichten?"

Er blickte auf und sah Julie in der Tür lehnen. Er hatte sie nicht einmal das Haus betreten hören. „Hier", sagte er und hielt ihr den Erpresserbrief hin.

Julie las die Zeilen und runzelte die Stirn. „Was wirst du tun?"

„Fragst du nicht einmal, ob es wahr ist, dass ich schwul bin?"

„Ich glaube nicht, dass mich dein Privatleben etwas angeht, es sei denn, du sagst es. Interessiert es mich, ob du Männer oder Frauen magst? Nein. Interessiert es mich, wenn dich jemand erpresst? Ja."

John lächelte in das junge, eifrige Gesicht ihm gegenüber vom Schreibtisch. „Danke, Julie. – Ja, ich bin schwul. Und nein, ich werde nicht damit aufhören, mich mit einer Story zu befassen, die zum Wohl unserer Kommune aufgedeckt werden muss. Aber ich werde es auch nicht zulassen, dass jemand anders mich outet. Hast du noch mehr zu der Fässer-Geschichte?" Julie nickte. „Gut. Dann platziere bitte einen Textkasten-Platzhalter ins Seiten-Layout. Ich habe den Menschen von Wycliff etwas mitzuteilen."

Julies rechte Hand flog an ihren Mund. „Aber das ist total unfair!"

„Wer hat je behauptet, das Leben sei fair? Ich bin nicht gefragt worden, ob ich schwul oder heterosexuell sein wollte. Und wer würde sich überhaupt bei klarem Verstand dazu *entscheiden*, schwul zu sein, wo wir von so vielen diskriminiert werden, die immer noch glauben, wir hätten eine üble Entscheidung getroffen, und meinen, wir sollten entweder auf die Liebe verzichten oder einfach ,wieder' hetero werden."

Julies Augen füllten sich mit Tränen. „Es tut mir so leid", flüsterte sie. „Es muss so hart sein …"

John lächelte sie schief an. „Es hilft ein bisschen, mit jemandem darüber zu reden, den ich nicht nur für seine großartige Arbeit schätze, sondern auch als Vertrauensperson."

Julie errötete. „Ich werde dich nicht im Stich lassen, John.
Versprochen."

*

Im Postamt an der Back Row wurde es allmählich ruhiger.
Der Schatten der Klippe hatte sich früh am Nachmittag über die
Straße gelegt. Nun wurden drinnen die Neonlichter angeschaltet,
und eines von ihnen flackerte nervös, während es deutlich
brummte.

„Vielleicht können wir heute alle früher nach Hause
gehen", scherzte Gary mit einem der Kunden vor seinem Schalter.
„Ich kann bei diesem Licht kaum die Adresse lesen. Oder
vielleicht liegt das an Ihrer Kalligraphie?" Gary und sein Kollege
Arnie arbeiteten normalerweise im Postamt von Steilacoom, aber
ein paar Wochen lang hatten sie die Zeitpläne mit den
Mitarbeitern von Wycliff getauscht. Ihre Stellen wurden
unterdessen von einem weiteren Kollegen besetzt. Wegen
Mitarbeiterurlaub wechselte die Post mitunter die Mitarbeiter aus.

Aber während die Leute von Steilacoom die Witze und
Wortspiele der beiden Postangestellten sehr schätzten, war die alte
Dame, die gerade vor Gary stand, gar nicht amüsiert. Ihr Haar war
von einem fast unglaublichen Rubinrot, und das Strasstop, das sie
zu ihren engen Leggings trug, hätte auch an einer Frau, die halb
so alt war wie sie, verboten ausgesehen. Ihr Gesicht wirkte, als
habe sie in eine extra-saure Zitrone gebissen. „Es überrascht mich,

86

dass jemand wie Sie überhaupt lesen kann", fauchte sie. „Jetzt verkaufen Sie mir die Briefmarken dafür und stehlen Sie mir mit Ihrer Impertinenz nicht die Zeit."

Arnie, der schon drauf und dran gewesen war, zum Spaß beizutragen und den jungen Asiaten vor seinem Schalter in den Scherz einzubinden, schluckte seine Bemerkung herunter und rollte seine großen braunen Augen. Gary warf ihm nur einen Blick zu und arbeitete stumm weiter. Schließlich kehrte ihm die Frau den Rücken und ging.

„War ich wirklich so schlecht?" fragte Gary die nächste Person in der Schlange. Zufällig war es Julie Dolan.

Julie zuckte die Achseln. „Ach, das liegt an der Chemie. Angela Fortescue gefällt es nie."

„Oh, und das reimt sich eklatant ohne Sinn oder Verstand", rief Arnie herüber, und Julie musste lachen.

„Aber Sie müssen noch an der Silbenzahl in ihrem Vers arbeiten", fügte Gary hinzu. „Es klang schrecklich holprig."

„Sie sind mir ja zwei", rief Julie aus. „Haben Sie immer auf alles eine Antwort?"

„Außer es nennt uns jemand impertinent", gab Arnie zu.

„Ein starkes Wort für einen schwachen Witz", entgegnete Gary. „Und welchen schlechten Dienst darf ich ihnen heute erweisen?"

Julie schob einen Umschlag über den Schaltertisch. „Erinnern Sie sich zufällig, wer das hier abgesendet hat?"

Gary warf einen kurzen Blick darauf. „Als ich den zum letzten Mal gesehen habe, war er nicht geöffnet", begann er, bemerkte aber sofort, dass Julie diesmal ernst blieb. „Was Schlimmes?" fragte er.

Julie nickte. „Jemand versucht, die Zeitung zu erpressen. – Nun, erinnern Sie sich zufällig daran, wer das hier abgeschickt hat? Es ist offensichtlich hier drinnen von Hand abgestempelt worden ..."

„War das nicht der kleine Junge neulich? Kurz vor Schluss? Kam herein und hatte alles in Zehnern und Cents?" warf Arnie ein.

„Stimmt", sagte Gary. „Ungefähr so groß", er hielt die Hand ein paar Zentimeter über den Schaltertisch. „Ich konnte kaum sein ganzes Gesicht sehen. Könnte ihn auch kaum beschreiben. Blondes Haar, glaube ich. Ein ziemlich schüchterner Junge."

„Er hinkte leicht", sagte Arnie.

„Ja, stimmt", fügte Gary hinzu. „Auch nicht wie bei einer Sportverletzung, sondern wie eine Behinderung am Bein."

Julies Gesicht leuchtete auf. „Das ist eine ziemlich gute Beschreibung. Danke."

„Hören Sie", sagte Gary. „Der Junge sah mir aber nicht nach einem Erpresser aus."

„Muss er ja auch nicht sein", sagte Julie nachdenklich. „Eher der Überbringer als der Erpresser, denke ich. Und außerdem vermutlich total im Dunkeln darüber, was er da tat."

„Worum ging's denn überhaupt bei der Erpressung?" fragte Arnie neugierig.

Julie hob entschuldigend ihre Hände. „Ich darf nicht darüber reden, tut mir leid. Deshalb muss ich Sie auch bitten, nicht darüber zu reden, bis wir wissen, wer dahintersteckt."

„Klar", antworteten Arnie und Gary.

„Brauchen Sie Briefmarken oder Bargeld?" Gary wandte sich wieder dem Geschäft zu, um zu betonen, wie ernst er es damit nahm, die Sache für sich zu behalten.

„Nein, danke. Nicht heute Abend", sagte Julie. Sie lächelte ihnen zu, hob einen Daumen, drehte sich um und ging, während sie den Umschlag in ihre Schultertasche stopfte.

*

„Hallo, Daniel?" Mathilda Barton saß in ihrem Bürostuhl, den Telefonhörer zwischen Schulter und linkes Ohr geklemmt, während sie durch einen Ordner blätterte.

„Hallo, Mathilda!" Daniel Harrisons Stimme klang überrascht. „Wie geht's?"

„Gut", antwortete Mathilda. Dann zögerte sie. „Nun, ehrlich gesagt, nicht so gut." Sie schwieg wieder.

„Kann ich irgendetwas für Sie tun?" fragte Daniel vorsichtig.

„Ich bin mir nicht sicher", sagte Mathilda.

„Hmmm", brummte Daniel. „Ich kann nichts tun, wenn Sie mir nichts verraten."

Pause.

„Ich weiß nicht, wie ich es in Worte fassen soll", begann Mathilda erneut. „Heute Morgen war unsere Zeitungsreporterin in meinem Büro. Sie behauptet, dass die im Wald von Wycliff verkippten Fässer genau den Sondermüllmix enthalten, wie ihn eine Werft wie meine produziert."

„Es gibt Dutzende Werften an der ganzen Küste des South Puget Sound."

„Ich weiß. Aber warum sollte jemand aus Olympia oder Tacoma oder Federal Way oder irgendwo sonst so weit fahren, nur um ausgerechnet hier seinen Müll abzukippen?"

„Aber Sie können beweisen, dass es nicht Ihre Fässer sind. Sie haben schließlich die ganzen Unterlagen."

Mathilda lachte freudlos. „Habe ich. Aber die Andeutung, es könnten unsere Fässer sein, macht mir total Sorge. Sagen Sie – haben Sie unsere letzte Lieferung erhalten?"

Daniel hustete, während er den Hörer weghielt. Dann sprach er wieder. „Ich müsste bestimmt entsprechende Unterlagen dazu haben."

Mathilda holte tief Luft. „Warum habe ich trotzdem das Gefühl, dass da etwas ganz falsch läuft?"

Pause.

„Möchten Sie sich vielleicht heute Abend mit mir zum Essen treffen und wir sprechen dann darüber? Ich bringe meine

Lieferakten, und wir können sie gemeinsam durchgehen. Das Essen geht auf … meine Firma. Wir können ein Arbeitsessen daraus machen. Wie wär's?"

Mathilda rieb sich die Stirn. „Sagen Sie Mittagessen, und ich sage okay. Gut. Danke. Wann und wo?"

*

„Was ist bei deinem Schulbesuch heute herausgekommen?" fragte Julie Luke und nahm einen weiteren Bissen Huhn und Reis.

„Mit vollem Munde spricht man nicht", mahnte Dottie nicht wirklich ärgerlich.

Sie saßen alle um den Esstisch im Haus der McMahons. Dottie hatte eines der Lieblingsessen der Familie zubereitet, Hühnerfrikassee mit weißem Spargel und Champignons in einer Estragonsoße und einen erfrischenden grünen Salat als Beilage. Luke machte seiner Frau mit einer liebevollen Geste ein Kompliment. Dann schluckte er und wandte sich seiner erwachsenen Stieftochter zu.

„Deine Recherche war uns eine echte Hilfe, Julie", lobte er sie. „Ich bin zu den Rektoren aller Schulen in Wycliff gegangen und habe nach Jungen gefragt, auf die deine Beschreibung passt. Am Ende fand ich vier mit Gehbehinderungen, aber nur einer hatte etwa die richtige Größe und blondes Haar."

Julie setzte sich aufrechter. „Mann! Das klingt ziemlich aufregend."

Luke nickte, und selbst Dottie, die über ihren Feinkostladen nachdachte und welche weiteren kleinen Veränderungen sie dort vornehmen sollte, horchte auf. „Natürlich habe ich mit dem Jungen nicht sofort in der Schule gesprochen. Das würde seinen Klassenkameraden einen falschen Eindruck vermittelt haben."

„Natürlich", nickte Julie, blickte aber ein wenig enttäuscht.

„Weißt du, die anderen Kinder könnten denken, er hätte etwas Kriminelles getan, oder ihn deshalb hänseln, weil ihn ein Polizist in der Schule aufgesucht hat." Dieses Mal blickte Julie überzeugter. „Also ließ ich mir vom Rektor seine Adresse geben und fuhr hin, um erst einmal mit seinen Eltern zu reden."

„Jemand, den wir kennen?" fragte Dottie neugierig.

„Gibt es jemanden in und um Wycliff, den du *nicht* kennst, Dottie Süße?" scherzte Luke. Dann wurde er wieder ernst. „Ich darf natürlich nicht den Namen verraten. Ihr wisst über den Fall ohnehin schon mehr als alle anderen." Er trank einen Schluck Wasser aus seinem Glas und seufzte. „Die Eltern waren natürlich nicht sehr glücklich, mich vor der Tür und mein Auto direkt vor ihrem Haus geparkt zu sehen. Ich sah auch tatsächlich eine von diesen alten Tratschtanten vorbeigehen und sich umdrehen, als sie die Tür öffneten. Ich scheuchte sie mit ein paar Gesten fort. Ich kann Leute einfach nicht ausstehen, die ihre Nase in anderer Leute

Angelegenheiten stecken, nur um Gerüchte zu verbreiten." Er nahm noch einen Schluck Wasser. „Jedenfalls sprach ich mit den Eltern des Jungen, und wir warteten, bis er aus der Schule heimkam, was er auch bald danach tat."

„Er muss ziemlich entsetzt gewesen sein, als er herausfand, dass es um ihn ging", stellte Dottie mitfühlend fest.

„War er auch", bestätigte Luke. „Und zuerst hat er alles abgestritten."

„Wie das?" fragte Julie, spießte ein Stück weißen Spargel auf und leckte sich die Lippen.

„Er hatte offenbar Angst", antwortete Luke. „Ich meine, er muss gemerkt haben, dass es seltsam war, von einer ihm unbekannten Person gebeten zu werden, einen Brief für ihn abzuschicken, wenn er das auch ganz einfach selbst hätte erledigen können." Luke lud noch eine Kelle Frikassee auf seinen Teller.

„Ha", strahlte Julie.

Dottie wandte sich ihr zu. „Was meinst du mit ‚ha'?"

„Jetzt wissen wir also, dass die Person, die dem Jungen den Brief gegeben hat, ein Mann war. Luke hat es gerade verraten."

„Hab' ich nicht", brummelte Luke und errötete leise.

„Hast du doch!" grinste Julie.

„Was soll's?!" sagte Dottie. „Erzähl' weiter."

„Es ist keine große Geschichte", behauptete Luke. „Der Junge gab schließlich zu, dass er auf seinem Weg von ‚Fifty

Flavors' zurück nach Hause von einem Mann angesprochen wurde. Der Mann gab ihm tatsächlich zehn Dollar dafür, dass er den Brief im Postamt händisch abstempeln ließe als Garantie dafür, dass er den Adressaten so schnell wie möglich erreichen würde." Luke wischte sich den Mund mit einer Papierserviette. Dottie legte immer hübsche Servietten neben den Teller, wenn sie den Tisch deckte. „Zehn Dollar sind eine Menge für ein Kind."

„Auf jeden Fall", nickte Julie. „Also nahm er das Geld und führte den Auftrag aus …"

Luke kaute heftig und schluckte, damit er seine Geschichte fortführen konnte. „Er brach in Tränen aus, als ihm klar wurde, was für einen Brief er da abgeschickt hatte."

„Aber wenn er's nicht gewesen wäre, wäre es ein anderes Kind gewesen", warf Dottie ein.

„Genau. Das habe ich ihm auch gesagt", erklärte Luke. „Also habe ich ihn gefragt, ob er die Person beschreiben könne, die ihm den Erpresserbrief gegeben hat. Und er sagte ja. Seine Beschreibung klang sogar so interessant, dass ich ihn für morgen zu uns auf die Wache gebeten habe, damit er mit einem unserer forensischen Zeichner ein Phantombild von dem Typen erstellt."

„Wycliff hat forensische Zeichner?" fragte Julie total begeistert.

Luke schüttelte den Kopf. „Haben wir nicht. Aber das County hat welche, um deren Hilfe wir ansuchen können. Ich hatte Glück, einen so schnell zugewiesen zu bekommen."

Glaubst du also, dem Erpresser bald auf die Spur zu kommen?"

„Vielleicht, vielleicht auch nicht, je nachdem, ob er noch hier ist."

„Aber John zu erpressen, macht nur Sinn, wenn die Person noch in der Nähe ist und Angst hat, überführt zu werden. Ich meine, offenbar sind die Person, die die illegale Verkippung im Wald von Wycliff vorgenommen hat, und der Erpresser ein und derselbe." Julie fühlte sich beflügelt.

„Das habe ich nicht gesagt", warnte sie Luke. „Ziehe keine Schlüsse, bis wir den Kerl und seine Aussage haben. Und um Himmelswillen schreib noch nichts darüber."

Julie sank in ihrem Stuhl zusammen. „Würde ich natürlich nicht tun", schmollte sie. „Das wäre unprofessionell. Gerüchte zu verbreiten, ist sowas von nicht mein Ding. Überlass das der Yellow Press … Trotzdem: Du musst zugeben, es würde Sinn machen." Sie musterte Lukes grübelndes Gesicht.

Schließlich gab er nach und zwinkerte ihr zu. „Würde es, nicht wahr?"

*

„Verkaufst du Wurstenden und Wurstreste billiger?" Thora flüsterte beinahe, während sie sich über die Theke lehnte, da sie nicht wollte, dass die anderen Kunden in „Dottie's Deli" sie hörten.

Dottie stand hinter ihrer Frischtheke, bereit sie zu bedienen. In ihrem Gesicht malte sich Überraschung wegen Thoras Frage, aber sie blieb wie immer ruhig. „Tun wir nicht", sagte sie. „Du dachtest vermutlich an Bear, richtig? Aber diese Art Fleisch wäre für dein süßes Hundi ohnehin ungesund."

Thora errötete und nickte. „Natürlich. Du hast recht."

Dottie sah in Thoras Augen, dass ihre Freundin allerdings etwas anderes im Kopf hatte. Und dann kam es ihr. Dass sie ihre Arbeit wegen ihrer Umweltmission aufgegeben hatte, hatte Thora die Freiheit gekostet, so einzukaufen, wie sie gern wollte. Sie versuchte immer noch lokal einzukaufen, aber sie hatte gewiss ein begrenztes Budget. „Eigentlich macht es Sinn, mal darüber nachzudenken – statt Wurst an Leute zu verschenken, die ohnehin schon richtig schönen Aufschnitt gekauft haben. Im Augenblick habe ich keine Wurstenden, aber in etwa einer Stunde – so wie wir heute unsere Wurst abverkaufen – könnte ich da etwas haben."

Thoras Miene entspannte sich etwas. „Das wäre wundervoll", sagte sie fast schüchtern. „Ich mache noch ein paar Besorgungen und komme dann wieder. Was würde ein Pfund kosten?"

„Es wird günstig sein, versprochen", sagte Dottie. Sie seufzte, als sie ihre tapfere Freundin zur Tür gehen sah. Das Leben war nie einfach. Eine leichte Wendung, und alles konnte zerfallen. Und wenn man keine Freunde hatte, war man sich selbst überlassen. Dottie hatte das durchgemacht, als sie ihren ersten Mann, Sean Dolan, plötzlich verloren hatte. Frisch verwitwet und neu in der Stadt war sie nur zu dankbar gewesen, eine Freundin wie ihre Nachbarin Pattie May gefunden zu haben, die ihr geholfen hatte, ihren deutschen Feinkostladen aufzubauen, und die seither an ihrer Seite arbeitete.

„Vielleicht bin jetzt ich an der Reihe", dachte Dottie bei sich und beschloss auf der Stelle, Thora stolz auf ihre Haltung und nicht verschämt wegen ihrer Konsequenzen zu machen.

„Vielleicht bin jetzt ich an der Reihe", unterbrach eine scharfe Stimme ihre Gedanken, und Dottie blickte in Angela Fortescues überschminktes Gesicht mit einer Frisur, die „selbstgefärbt" geradezu schrie.

„Entschuldigung, Angela", sagte Dottie und lächelte besonders warm. Diese Frau war vom ersten Tag an ihr Alptraum gewesen, als sie den ersten Preis ihrer ersten Weihnachtstombola gewonnen hatte und wegen der Lieferung hochnäsig gewesen war. Damals hatte Dottie nur einen Blick auf die armseligen Umstände erhascht, unter denen Angela in einem heruntergekommenen Wohnkomplex nahe den Werften lebte. Seitdem hatte Dottie versucht, besonders nett zu sein, aber es war jedes Mal anstrengend. Konnte denn nichts diese alte Hexe besänftigen?

„Fragt nach Wurstresten, ha! Vor nicht allzu langer Zeit hat sie noch ihren Korb bis zum Rand mit diesem exklusiven Zeug aus Ihren Regalen gefüllt, wo Nathan's in der Mall dieselben Marken zu niedrigeren Preisen führt."

„Sie kaufen en gros", versuchte Dottie zu erklären.

Angela winkte ab. „Ich bin nicht hirnlos. Aber ich fände es unter meinem Niveau, andere Leute um einen Gefallen zu bitten, wie sie es gerade getan hat."

„Es ist nicht jedem gegeben, um einen Gefallen bitten zu können", erwiderte Dottie ruhig, während sie innerlich vor Zorn kochte. „Vielleicht sollten wir alle öfter mal um einen Gefallen bitten. Es würde es auch einfacher machen, einen zu erwidern."

„Hmpf", erwiderte Angela. „Wie auch immer. Ich habe allerdings Ihre Vereinbarung mit ihr mitgekriegt. Ich nehme an, was für einen Kunden gilt, gilt für alle, richtig? Haben Sie auch für mich irgendwann heute Wurstreste?"

Dottie schluckte, bevor sie mit sehr sanfter Stimme antwortete. „Es wird mir ein Vergnügen sein, Angela."

„Gut", schnappte die Frau. „Und wohlgemerkt – ich mag keine Lyoner mit Pistazie. Und um Himmelswillen keine Blutwurst oder Sülze." Noch bevor Dottie etwas erwidern konnte, drehte sie sich um und ging hocherhobenen Hauptes den Gang hinunter.

Dottie sank gegen den Arbeitstisch hinter sich und hätte beinahe verzweifelt gelacht. Typisch Angela, um einen Gefallen zu bitten und es so aussehen zu lassen, als habe sie ein Anrecht auf noch mehr. Manche Leute gehörten einfach zurechtgestutzt. Aber das war nicht Dotties Angelegenheit. Irgendetwas würde es sicher tun. Eines Tages. Hoffentlich bald.

Währenddessen ging Thora die Main Street hinab und grübelte über ihre nächsten Schritte. Sie würde ihren Haushalt streng budgetieren müssen, bis sie wieder Arbeit gefunden hätte. Inzwischen musste sie zu ihren Worten im Rathaus stehen und etwas unternehmen. Dieses Raffinerie-Projekt drohte, ihre entzückende Heimatstadt in einen weiteren Industriestandort zu verwandeln, was schon nur beim Gedanken daran einen schlechten Nachgeschmack hinterließ. Sie wusste, dass sie es nicht allein tun konnte. Sie musste also ihre Mitbürger in der Stadt zu Treffen und Märschen zusammenrufen, damit man ihre Stimmen hörte. Und sie würde nötigenfalls mit ihren Argumenten bis zum Gouverneur gehen.

Ihr drehte sich der Magen um. Politisch wie ökologisch gesehen war der Protest gegen die Raffinerie ein offensichtlicher Schritt für Thora. Aber gleichzeitig lief sie Gefahr, eine wundervolle, langjährige Freundschaft zu verlieren. Um ehrlich zu sein, waren ihre Gefühle für Clark Thompson seit geraumer Zeit viel mehr als das gewesen. Aber sie hatte sich davor zu hüten gewusst, ihnen nachzugeben, da er ihr Chef war. Jetzt war er das zwar nicht mehr, aber er war noch weniger erreichbar geworden. Die Zukunft sah sehr rosig aus, wollte Thora eine öffentliche Karriere als Sprecherin für die Natur und für Nachhaltigkeit. Aber sehr trist, wenn es um ihre persönlichen Träume ging.

„Sie sehen so aus, als brauchten Sie eine Aufmunterung", rief ihr Kitty Kittrick zu, als sie in ihrem Farm-Lieferwagen auf dem Weg zum „Flower Bower" an ihr vorbeifuhr. Die sehr junge Geschäftsführerin des Blumenladens an der Front Street hatte sich erst vor kurzem mit Eli Hayes verlobt, einem Farmer aus dem

Medicine Creek Valley, und seine kleine Tochter Holly angenommen, als sei es ihre. Ihr Herz saß auf dem rechten Fleck.

„Warum kommen Sie nicht auf einen kurzen Plausch vorbei? Ich muss ein bisschen mehr über die Raffinerie-Sache erfahren. Und was das für uns Unternehmen bedeutet."

Thora, aus ihren Gedanken gerissen, winkte kurz und nickte. „Ich komme vorbei", rief sie dem Wagen nach. Und da wusste sie, was sie als Nächstes tun würde.

*

Kitty hatte ihre Ellbogen auf den Tisch in der Küche der Hayes Farm und den Kopf in ihre Hände gestützt. Eine Kerze warf ihr leise flackerndes Licht auf die rohe Holztisch-Oberfläche und beleuchtete Eli, der ihr gegenübersaß. Es setzte ein paar seltsam rötliche Akzente in sein dunkles, kurzes Haar, als glühe es. Beide blickten nachdenklich.

„Sie ist ziemlich mutig", sagte Kitty. „Weißt du, ich frage mich, wie sie zurechtkommen wird, wenn ihr letztes Gehalt aufgebraucht ist. Sie hat nichts über ihre eigenen Sorgen erwähnt, aber ich hab's in ihren Augen gesehen."

Eli griff nach der Hand seiner jungen Verlobten. „Du bist ein Schatz", sagte er leise. „Und ich weiß, wie du dich fühlst. Also hast du ihr Blumen und Kartoffeln gratis gegeben …"

Kitty lächelte wehmütig. „In dem Moment fiel mir nichts Besseres ein."

„Ich schätze, sie ist nicht auf dem Laufenden, was jetzt im Rathaus vor sich geht. Was sie da vorhaben. Was plant sie jetzt als Nächstes?"

Kitty malte unsichtbare Linien mit dem Finger auf die Tischplatte. „Sie will vor dem Rathaus eine große Demonstration organisieren. Sie sagte, sie arbeite ein Infoblatt aus, das sie für alle Haushalte und Unternehmen in Wycliff kopieren will. Sie will auch von Tür zu Tür gehen, um jeden zu überzeugen, der noch überzeugt werden muss."

Eli pfiff leise. „Das ist wirklich eine Herkulesaufgabe. Aber bis sie auch noch den letzten Haushalt in Wycliff mit ihrer Botschaft erreicht hat, werden sie mit dem Bau der Raffinerie schon begonnen haben."

„Du bist so ein Optimist!" schalt Kitty ihn sanft. „Natürlich braucht sie Leute, die ihr dabei helfen."

Eli nahm seine halbleere Dose Bier und nahm einen Schluck aus ihr. Dann zog er ein Gesicht. „Abgestanden."

„Du hast es gerade erst geöffnet."

„Nun, ich schütte es trotzdem weg. Es schmeckt mir nicht mehr."

„Lass es stehen. Es ist immer noch prima für die Schneckenfallen in meinen Salatbeeten. Noch so ein Tipp von der ‚Grünen Expertin'. Weißt du, dass ich vermute, dass in Wirklichkeit Thora hinter dem Pseudonym steckt?"

Sie saßen stumm beieinander.

„Ich denke, Thora sollte zuerst nur mit den Unternehmen und einigen der einflussreicheren Bürger in Wycliff sprechen, nicht auch mit jedem einzelnen Haushalt", sagte Eli nach einer Weile, wobei er Kittys letzte Bemerkung überging. „Damit kann sie eine solide Protestführung aufbauen und ihre Information dann während eines Protestmarsches verbreiten. Oder was sie auch immer plant."

Kitty nahm einen Schluck Eistee. „Das klingt nach einer Menge Zeit- und Aufwandsersparnis", stimmte sie zu

„Sie wird mit Sicherheit jedes bisschen davon gegen so einen Riesen wie AnCoSafe Oil und den Bürgermeister brauchen", antwortete Eli. „Und sie wird auch Sponsoren brauchen."

„Du meinst für Essen und so?" fragte Kitty eifrig.

Eli lächelte. „Ich dachte eher an Poster, Anzeigen, Buttons und Ähnliches."

„Oh", sagte Kitty.

„Wir können nicht viel geben, da wir dein Unternehmen *und* die Farm konsolidieren müssen. Und wir müssen auch an Hollys Sommerferienlager denken. Ich will ihr diese Aktivität nicht nehmen."

Kitty schüttelte den Kopf. „Natürlich nicht. Aber sag mal, würde es dir etwas ausmachen, wenn ich ihr bei der Tür-zu-Tür-Aktion helfe?"

„Nur zu", sagte Eli. „Meinen Segen hast du. Vor allem nach dem Fund heute auf dem kleinen Stück Niemandsland zwischen unserer Farm und der von unseren Nachbarn."

Kitty beugte sich vor. „Was für ein Fund?"

Eli sah jetzt grimmig drein. „Du wirst es nicht glauben. Jemand hat ein Dutzend oder mehr Fässer Sondermüll in den Sumpf abgekippt."

„Die haben was ...?!"

„Genau. Juan hat sie entdeckt, als er eines unserer Kälber auf die Weide zurückgetrieben hat. Die Fässer sahen genau wie die auf dem Zeitungsfoto aus. Während Juan den Weidezaun repariert hat, habe ich die Polizei angerufen. Die Beamten waren darüber ziemlich sauer. Niemand weiß, wie viele solcher illegalen Müllkippen hier in der Gegend noch gefunden werden."

„Das ist furchtbar!" rief Kitty aus. „Warum tut jemand sowas?!"

„Geld", sagte Eli trocken. „Ich vermute, jemand spart oder verdient Geld daran, Giftzeug nicht zu recyceln oder ordnungsgemäß verbrennen zu lassen. Wenn man Verbrechen betrachtet, geht es in den meisten Fällen nur um Geld. Nun ja, in fast allen ..."

„Umso wichtiger, dass wir uns auf Thoras Seite schlagen und für ihre Sache kämpfen", sagte Kitty. „Diese wilden Deponien sind zwar verhältnismäßig klein, aber wahnsinnig gefährlich. Um wieviel schlimmer wäre eine Raffinerie hier in Wycliff?!"

Sie saßen wieder schweigend da. Dann hörte man ein leises Tapsen kleiner nackter Füße auf dem Hartholzboden. Ein kleines Mädchen mit riesigen blauen Augen und glattem schwarzem Haar stand in der Tür.

„Ich kann nicht schlafen", sagte Holly.

Kitty stand lächelnd auf. „Ich glaube, der Mond scheint genau auf deine Nasenspitze?" Sie nahm Holly bei der Hand. „Lass uns zusammen hochgehen. Ich glaube, ich kenne da ein altes Märchen, warum der Mond immer wieder größer wird und dann wieder kleiner …"

*

Das Klopfen an John Minors Bürotür war so schüchtern, dass er es zunächst nicht einmal hörte. Es war eher das plötzliche Gefühl einer zusätzlichen Anwesenheit, die ihn von einem Stapel Einladungen, Briefen und Manuskripten von Möchtegern-Journalisten aufblicken ließ. Er sah einen kleinen, schlaksigen Jungen auf der Schwelle. Große braune Augen mit langen Wimpern blickten ihn durch eine dicke Brille an, und der weiche Mund stand leicht offen.

„Ja!" sagte John Minor.

Der Junge schrumpfte zusammen und trat einen winzigen Schritt zurück. Er machte einen kleinen Laut wie ein verwundetes Tier, riss sich dann aber zusammen. „Sind Sie Mr. Minor?" fragte der Junge scheu.

„Und wer bist wohl du?" fragte John den Jungen mit dem blonden Haar stirnrunzelnd.

„Ich, ich …", stammelte der Junge. Dann schloss er seinen Mund. „Ich bin Eddie Beale", begann er von Neuem.

John Minor ahnte jetzt, mit wem er sprach. „Eddie Beale", wiederholte er. „Warum kommst du nicht her und setzt dich?"

Eddie gehorchte. Er hinkte deutlich wegen eines Hüftfehlers, der wohl nach der Geburt nie behoben worden war. John Minor seufzte. Er wusste, dass es andere Länder gab, in denen so etwas bald nach der Geburt korrigiert worden wäre, und welchen wichtigen Einfluss das auf das Dasein eines Menschen hatte. Er wurde sanfter.

„Also … Was kann ich für dich tun?" fragte er.

Eddie wagte kaum, ihn anzusehen, und als er es schließlich tat, sah er ganz elend aus. „Ich bin's gewesen, der den scheußlichen Brief abgeschickt hat", flüsterte er.

John Minor war überrascht von der klaren Aussage. „Hast du ihn auch geschrieben?" fragte er, obwohl er es besser wusste. Julie hatte ihn sofort informiert, nachdem Luke ihr von der polizeilichen Untersuchung berichtet hatte.

„Nein!" rief der kleine Junge. „O nein! Sowas würde ich nie tun!"

„Du hast ihn also nur abgeschickt?"

„Ja", sagte Eddie. Dann griff er mit seiner rechten Hand in seine Hosentasche, nahm etwas heraus und legte es auf Johns Schreibtisch. Es war eine zerknitterte Zehn-Dollar-Note. „Und ich wollte mich auch entschuldigen. Und ich will das Geld, das ich dafür bekommen habe, nicht mehr."

John griff nach dem Schein und nahm ihn. Er glättete ihn sorgfältig und studierte ihn intensiv. „Du denkst also, indem du mir Geld bezahlst, ist alles wieder in Ordnung?" knurrte er.

Der Junge rutschte auf seinem Stuhl hin und her. „Ja. Nein. Ich meine …"

John seufzte. „Zehn Dollar sind eine Menge Geld für ein Kind, richtig?" Er blickte Eddie an, dessen Augen sich mit Tränen füllten. „Und eine unglaubliche Menge dafür, einen Brief für jemanden abzuschicken, der es ganz einfach auch selbst hätte tun können." Der Junge nickte stumm. „Hast du je über die Verhältnismäßigkeit zwischen der Schwierigkeit deines Auftrags und der Geldmenge nachgedacht, die du dafür erhalten hast?" Eddie schaute ratlos. „Wenn dir jemand mehr anbietet, als die Arbeit wert ist, Eddie, hat die Sache immer einen Haken. Entweder ist die Aufgabe verkehrt, oder jemand möchte, dass du nach seiner Pfeife tanzt. In jedem Fall gelangst du in eine Situation, in der du nicht sein möchtest." Diesmal nickte Eddie.

John gab dem Jungen den Geldschein zurück. „Behalte es, Eddie. Und Entschuldigung angenommen. Man muss schon ein ziemlich mutiger Junge sein, allein herzukommen und für seine Tat geradezustehen." Er lächelte das Kind wohlwollend an. „Eine Menge Erwachsene hätten es nicht getan."

Eddie erhob sich aus seinem Stuhl. „Dann verzeihen Sie mir wirklich?"

„Und keine weiteren Fragen", nickte John, und der Junge lächelte scheu zurück. „Oh, nun ja, doch, eine noch. Hast du schon das Portrait mit dem Polizeizeichner erstellt?"

„Hab' ich", sprudelte Eddie plötzlich hervor. „Und das war so cool! Er hat mich aus allen möglichen verschiedenen Gesichtsteilen auswählen lassen und sie dann am Computer zusammengesetzt. Und dann hat er mit der Maus Details eingearbeitet. Ich finde, das Bild sieht aus wie der Mann."

„Gut", sagte John. „Siehst du, das war weit mehr wert als zehn Dollar."

Eddie nickte leicht. „Ich verstehe. Aber *dafür* hätte ich kein Geld gewollt. Es war einfach nur richtig."

John lachte in sich hinein. „Du bist ein guter Junge, Eddie Beale. Jetzt lauf schon, und lass mich weiterarbeiten!" Und er vertiefte sich wieder in einen Stapel Papiere.

„Sir?"

„Bist du immer noch hier?!"

„Danke."

John starrte den Jungen an, während der sich umwandte und hinaushinkte. Er rieb sich mit beiden Händen die Stirn. „Ich kann's genauso so gut tun", murmelte er vor sich hin. Dann nahm er einen altmodischen Füller und ein Blatt Papier und begann zu schreiben.

*

„Hallo, Mattie?" Trevor Jones ging mit seinem Mobiltelefon in seinem kleinen Büro auf und ab, während er aus dem Fenster sah.

„Hallo, Trevor."

„Hast du einen Moment Zeit?"

„Stimmt etwas nicht mit den Unterlagen?"

Trevor lachte nervös. „Nein. Um Himmelswillen."

Ein erleichterter Seufzer am anderen Ende. „Einen Augenblick lang habe ich mich gesorgt. Was gibt's?"

Trevor räusperte sich. „Ich habe mich gefragt, ob du mal Zeit zum Mittagessen hättest. Oder zum Abendessen?"

„Es geht also doch um die Papiere?"

„Wieso glaubst du das?" Trevor war verwirrt und gereizt. „Kann man dich nicht einfach zum Ausgehen einladen?" Stille. „Nun?"

„Nun ... Ich bin dieser Tage keine so gute Gesellschaft, Trevor. Ich habe zu viele Sorgen."

„Das ist also ein Nein?"

„Bitte nicht böse sein."

Trevor legte langsam auf. „Sie hat Nein zu mir gesagt ..." Er strich sich das Kinn, während er das Telefon auf seinen Schreibtisch legte. „Ich kann nicht glauben, dass sie Nein zu mir gesagt hat."

*

Heraus mit der Wahrheit

Kommentar von Julie Dolan, Redakteurin

Jeder hat eine Leiche im Keller, manche größere, manche kleinere. Zumindest vermute ich das, und Sie dürfen natürlich in einem Leserbrief gegen diese Annahme protestieren. Unlängst sind wir über eine riesige, hässliche Leiche gestolpert ... und wir suchen noch die Person, aus deren Keller sie herrührt.

Klar ausgedrückt: Der Verleger und Chefredakteur des *Sound Messenger*, John Minor, ist erpresst worden. Von ihm wurde gefordert, den investigativen Journalismus in Sachen wilde Deponie im Wald von Wycliff einzustellen. Andernfalls werde man seine sexuellen Neigungen offenlegen. Wie Sie sehen, hat John dennoch den jüngsten Artikel über eine weitere wilde Deponie im Medicine Creek Valley drucken lassen. Und er hat sich Ihnen, seinen Lesern, gegenüber geoutet.

Ich frage mich immer noch, was der Erpresser mit seiner Drohung bezweckt hat. Wir leben in einer Gesellschaft, die zunehmend akzeptiert, dass Sexualität jedermanns Privatsache ist, solange es dabei legal und im Einverständnis miteinander zugeht. Hier im Bundesstaat Washington ist offene Homosexualität nicht nur gesetzmäßig zugelassen, es ist auch kein gesellschaftlicher Makel mehr, sofern man nicht aus religiösen Gründen dagegen eingestellt ist. Aber wird ein Journalist deshalb weniger glaubwürdig, weil er homosexuell ist? Als

Anderson Cooper sich vor einer Weile outete, war das eine echte Nachricht. Vermutlich umso mehr wegen der Enttäuschung seines weiblichen Publikums, dass er nicht mehr der Stoff ihrer heimlichen Träume ist. Er ist immer noch im Fernsehen. Er wird immer noch für seine Arbeit geschätzt. Sein Privatleben könnte uns nicht gleichgültiger sein!

Ist John Minor ein weniger wertvoller und glaubwürdiger Redakteur und Verleger, wo er sich nun geoutet hat? Oder ist sein Mut, es zu tun und seine verletzlichste Seite der Öffentlichkeit auszusetzen, nicht ein Grund mehr, anzunehmen, dass seine Arbeit fundiert ist? Macht es nicht sogar seine Hingabe, über ein Umweltverbrechen zu berichten und den Täter trotz eines Erpresserbriefs zu suchen, glaubwürdiger?

Der Erpresser ist offenbar sehr stark in die skrupellose Verkippung von Sondermüllfässern in ökologisch empfindlichen Gebieten verwickelt. Er braucht das Schweigen der Presse und die verschlossenen Augen der Öffentlichkeit, um sein lebensgefährliches Verbrechen fortzuführen. Er hat geglaubt, John Minor würde sein Privatleben über das öffentliche Interesse stellen, so wie der Erpresser selbst seine private Gier über das öffentliche Interesse gestellt hat. John hat die Wahrheit über sich erzählt. Weil er auch die Wahrheit über einen Kriminellen erzählen will. Und während er sich danach wieder in sein Privatleben zurückziehen kann, sollte der Erpresser besser achtgeben, denn er wird bald eine äußerst öffentliche Figur sein.

4

Tipp der Woche von der Grünen Expertin:
Klebriges Harz auf der Kleidung? Tragen Sie kaltgepresstes
Olivenöl auf die Stelle auf, und reiben Sie sie sanft ab. Danach
behandeln Sie sie wie einen normalen Fettfleck und waschen
anschließend das Kleidungsstück.

Mathilda saß an einem der Tische weiter hinten im „Bair Bistro" in Steilacoom und wartete ziemlich nervös auf Daniel. Sie hatten sich darauf geeinigt, über Geschäftliches zu sprechen, wo niemand sie kannte. Steilacoom lag für keinen von beiden zu weit weg. Es war also rasch abgemacht.

Das Restaurant war ziemlich ungewöhnlich. Jetzt Teil des historischen Museums der Stadt, war es einst eine Drogerie gewesen, wie man an Flaschen, Fläschchen und anderen Utensilien erkennen konnte. An einem Ende der Theke, die sich durch den ganzen Raum erstreckte, befand sich auch ein alter Limonadenmischer. Der Schaukasten war gefüllt mit ein paar Scones und Pies; die Gäste von heute Morgen hatten wohl schon ihren Anteil genossen. Und in ihrer Nähe, am Ende des Raums, entdeckte Mathilda einen alten Postschalter mit uralten Postfächern.

„Unterhalten Sie sich gut?" fragte Inhaberin und Chefköchin Sarah Cannon Mathilda und reichte ihr eine Karte. Sie hatte sehr viel zu tun, legte aber stets Wert darauf, sich persönlich um ihre Gäste zu kümmern. „Ich habe Sie noch nie bei uns gesehen …"

Mathilda sah die junge Köchin mit dem fröhlichen Lächeln an und strahlte zurück. „Weil ich hier zum ersten Mal bin. Es wird übrigens ein Arbeitsessen. Ich warte noch auf meinen Geschäftspartner."

„Dann überlasse ich Sie sich selbst und komme wieder, wenn Ihr Tisch vollzählig ist. Wie viele Gäste werden Sie sein?"

„Nur zwei", erwiderte Mathilda. „Oh, und da ist er auch schon."

„Wie gut für Sie", lächelte Sarah. „Ich gebe Ihnen ein bisschen Zeit, die Karte zu studieren, und bin dann gleich wieder bei Ihnen."

Während sie zurück in die Küche ging, kam Daniel an den Tisch. „Tut mir leid, dass ich Sie habe warten lassen", sagte er. „Die Straßen waren ein einziger Zirkus. Überall Bauarbeiten, sobald der Sommer kommt."

„Ich weiß", sagte Mathilda. „Ich habe auch im Stau gesessen." Sie lächelten einander an, ein bisschen verlegen. „Warum schauen wir nicht kurz in die Karte und essen erst zu Mittag. Wir können über das, was wir entdeckt haben, beim Essen sprechen und hinterher in die Bücher sehen."

Daniel setzte sich und überflog die Karte. „Mmmh", sagte er. „Chowder, Lachssalat … Sieht gar nicht übel aus."

„Ich dachte, es seien immer wir Frauen, die Suppe und Salat wählen", neckte Mathilda ihn.

Daniel lachte leise. „Mir passen Suppe und Salat, wenn sie meine Vorliebe für Meeresfrüchte bedienen."

Mathilda nickte. „Das geht mir genauso. Und macht es einfach für die Küche."

Daniel drehte sich um, suchte die Aufmerksamkeit einer Kellnerin und winkte sie herbei. Nachdem sie bestellt hatten, beugte er sich vertraulich über den Tisch. „Ich bin so froh, dass wir endlich einmal miteinander essen gehen. Es war an der Zeit."

Mathilda lächelte ihn an. „Ich hoffe, das finden Sie immer noch, wenn wir das Geschäftliche besprochen haben."

„Ich bin mir ziemlich sicher", sagte Daniel und wusste nicht woher sein plötzlicher Mut rührte. Immerhin schien es ja erst gestern gewesen zu sein, dass er darüber nachgedacht hatte, Mathilda auszuführen, und es wieder wegen seiner finanziellen Ungereimtheiten verworfen hatte.

Sarah erschien wieder mit zwei Schalen heißen, duftenden Clam Chowders. „Ich hoffe, es schmeckt Ihnen", sagte sie fröhlich. „Ich wünschte, es wäre heute draußen ein bisschen wärmer. Sie hätten unsere Terrasse genießen können. Vielleicht nächstes Mal?"

Daniel nickte. „Klingt einladend", sagte er. „Wenn der Clam Chowder so gelungen ist wie Ihre Inneneinrichtung, kommen wir gern wieder." Er tauchte seinen Löffel in das sahnige Gericht und kostete. „Abgemacht", stellte er fest. Sarah schenkte ihm ein strahlendes Lächeln und ging zurück in ihre Küche.

„Sie haben heute mit Sicherheit ein Herz gewonnen", bemerkte Mathilda und entdeckte, dass sie ein bisschen eifersüchtig klang. Sie gewann ihren Gleichmut wieder, strich sich eine Strähne ihres rotblonden Haars hinters Ohr und begann, ihren Chowder ebenfalls zu essen. „Mmmh", sagte sie. „Ziemlich bemerkenswert."

Sie aßen eine Weile schweigend und beobachteten einander verstohlen.

Schließlich sprach Daniel wieder. „Ich muss zugeben, dass auch mit meinem Unternehmen nicht alles in Ordnung ist, Mathilda."

„Mattie", sagte sie sanft und hob ihren Blick vom Löffel auf.

„Mattie", wiederholte er. „Ich habe mir meine Bücher angeschaut. Ihnen zufolge wurden alle Schecks, die eingingen, korrekt abgewickelt. Oberflächlich scheine ich alles auf dem Konto zu haben, was ich haben sollte. Außer ein paar Dingen, Mattie."

„Welchen?" Ihre Augen blickten erwartungsvoll, und sie legte den Löffel nieder.

„Ich finde Einträge über Lieferungen und Schecks von Ihnen, aber beim besten Willen keine Einträge im Entsorgungsbuch oder auf dem Bankkonto meiner Firma. Und möglicherweise gilt das auch für andere Leute."

Mattie schnappte nach Luft. „Was?!"

„Sie haben richtig gehört", sagte Daniel. „Ich habe es wirklich doppelt geprüft. Ich habe nicht *einen* Eintrag in den Büchern, der besagt, dass in den letzten vier Monaten irgendwelcher Abfall von Barton & Son beseitigt worden wäre. Nichts davon ist in unsere Kläranlage oder in die Verbrennungsanlage gewandert. Ich hätte es nicht einmal bemerkt, weil ich nie nachsehe, wessen Lieferungen oder Schecks eingegangen sind. Bis Sie mich angerufen und mir gesagt haben, dass gegen Sie und Ihr Unternehmen ein scheußlicher Verdacht vorliegt."

Mathilda war blass geworden. Nur zwei winzige rote Flecken leuchteten auf ihren Wangen, ein Zeichen dafür, dass sie höchst aufmerksam und zugleich sehr aufgeregt war. Ihre Hände hatten angefangen zu zittern. „Aber Dan, ich meine Daniel ..."

„Dan passt", sagte er und fühlte sich fast begeistert, obwohl die Lage alles andere als großartig war.

Mathilda schien seinen Einwurf zu ignorieren. „Das bedeutet, dass ich nicht einmal weiß, wohin meine Fässer mit dem Sondermüll gelangt sind!" Sie presste eine Hand vor ihren Mund und starrte Daniel entsetzt an. Dann begann sie, mit ihrer Serviette herumzuspielen. „Das bedeutet, dass Julie Dolan recht damit haben könnte, dass die Fässer Barton & Son gehören. Und das wiederum bedeutet, dass es mehr wilde Deponien an noch anderen Orten geben muss."

Daniel sog tief die Luft ein und atmete sehr langsam wieder aus. „Das wird etwas Ernstes“, sagte er. „Wer liefert normalerweise Ihre Fässer an mein Unternehmen?“

„Ich hätte es einem meiner eigenen Angestellten anvertrauen sollen. Da ist dieser Mensch von Collection Services irgendwo in Lakewood. Er hat mir ein Angebot gemacht, als ich knapp mit dem Personal dran war und keinen meiner Leute losschicken wollte. Er schien immer pünktlich zu sein und hat mir auch jedes Mal eine Quittung von Ihrem Entsorgungszentrum gebracht.“

„Und die Schecks?“

„Wurden bei verschiedenen Banken in und um Yelm eingelöst. Ich habe nie genauer darüber nachgedacht, warum Sie plötzlich zu verschiedenen Banken gingen. Ich dachte, es sei vielleicht bequemer für Sie oder den Buchhalter, Wechselgeld für Ihr Entsorgungszentrum zu holen, während Sie andere Dinge erledigten.“

Daniel lachte freudlos. „Mein Buchhalter ist angewiesen, zweiwöchentlich alle Schecks an ein und dieselbe Bank in Yelm zu schicken. Und die deponieren das Geld in einem Firmenkonto. Sie sollten in keiner Bank ausbezahlt werden. Verflixt!“ Er hieb mit der Faust auf den Tisch, dann sah er sie zaghaft an. „Entschuldigung, Mattie. Das bin so gar nicht ich selbst. Es macht mich sowas von wütend.“

Eine Kellnerin deckte ihre jetzt leeren Chowder-Schalen ab und ersetzte sie durch zwei große Teller Lachssalat. Keiner von ihnen nahm eine Gabel auf, als sie ging, da sie beide von ihren Entdeckungen zu schockiert waren.

„Das bedeutet, dass ich von meinem eigenen Dienstleister betrogen werde", sagte Mattie fast tonlos.

„Falsch. Das heißt, dass wir beide betrogen werden. Der Service, den Sie erhalten, ist kriminell. Und ich werde vermutlich von meinem eigenen Angestellten betrogen", stellte Daniel fest.

„Wie das?"

„Nun, es sieht so aus, als nähme Ihr Dienstleister Ihre Fässer, lüde sie irgendwo ab, käme dann zu uns und ließe meinen Buchhalter einen legal aussehenden Lieferschein unterzeichnen. Der für uns bestimmte Scheck endet bei einer Bank, um ausgezahlt zu werden, aber nie auf einem Konto, auf das er gehört. Sie erhalten alle Papiere, die Sie brauchen. Ich erhalte alle Papiere, die ich benötige. Ihre Fässer verschwinden an irgendeinem Punkt im Nirwana. Ich habe Kopien der Quittungen für Ihre Schecks und Lieferscheine, aber keine Einträge im Entsorgungsbuch. Die Fässer gehen zwischen angeblicher Lieferung und Verbrennungsanlage einfach „verloren". Und auf meinem Firmenkonto sind absolut keine Scheckeingänge."

„Alles sieht legal aus, bis jemand genauer hinsieht", setzte Mattie atemlos fort.

„Genau. Niemand merkt es, und Ihr Abholdienstleister und mein Buchhalter teilen sich die Schecks." Daniel runzelte die Stirn. „Leider scheint Julie im Fall Ihrer Fässer recht zu haben. Ich frage mich, was für Vereinbarungen außerdem mein Angestellter mit anderen Leuten oder Ihrem Dienstleister getroffen hat. Schließlich sind es nicht nur Ihre Schecks, die auf meinem Konto fehlen."

„Aber das ist furchtbar!" sagte Mathilda. „Stellen Sie sich die Umweltkatastrophe vor, die diese Leute verursachen. Und sie ruinieren außerdem Ihr Unternehmen."

Daniel zog ein Gesicht. „Nicht mehr lange, darauf können Sie wetten." Er nahm seine Gabel auf, nahm seinen Salat in Angriff und fügte etwas von der sauren Zitronenvinaigrette hinzu, die dazugehörte. Er kaute und dachte nach, wobei sein Gesicht seine grimmigen Gedanken verriet. „Und all das aus reiner Geldgier."

Mathilda stach in ein Stück Räucherlachs. „Ich könnte den Mann erwürgen!" Sie hielt die Gabel auf dem Weg zum Mund an. „Jetzt wird jeder denken, dass ich dahinterstecke. Das wird meine Werft ruinieren."

„Nein, wird es nicht", unterbrach sie Daniel. „Schließlich ist er nicht Ihr Angestellter. Und wir beide werden einfach das Richtige tun."

„Zur Polizei gehen …" Mathilda stellte es fest und fragte gar nicht erst.

„Zur Polizei gehen", nickte Daniel. „Ist Dolan nicht irgendwie auch verwandt mit dem Polizeichef von Wycliff?"

„Sie ist seine Stieftochter", sagte Mathilda. „Deshalb legt sie wohl auch solche Leidenschaft in die Berichterstattung zu diesem Fall. Damit sie seine Unterstützung in den Ermittlungen hat. Und natürlich professioneller Ehrgeiz."

„Nun, es kann nicht verkehrt sein, beide einzuweihen und sie uns dabei helfen zu lassen, sie auf frischer Tat zu ertappen. Was meinen Sie?"

Mathilda schluckte. „Ich kann es nicht fassen, dass wir beide in solch einem Schlamassel stecken und es nicht einmal bemerkt haben. Aber ich schätze, es bleibt uns nichts anderes übrig. Entweder helfen wir, das alles aufzuklären, oder wir können beide unseren Unternehmen gute Nacht sagen."

„Genau das, meine Liebe", sagte Daniel und prostete ihr mit seinem halbleeren Glas Green River Limo zu.

Auch sie hob ihr Glas. „Mögen sie an ihrer Gier ersticken", stimmte sie ihm zu.

*

Thora war stolz auf die Flugblätter, die sie aufgesetzt hatte. Sie waren auf glänzendweißes Papier gedruckt und sahen wie offizielle Unterlagen aus. Das Layout-Programm ihres PCs hatte ihr ein paar ziemlich attraktive Möglichkeiten geboten, und die Druckerei in der Back Row hatte ihr einen guten Preis für den Auftrag gemacht. Sie fragte sich, ob man dort von ihren finanziellen Sorgen wusste und deshalb so entgegenkommend gewesen war. Oder ob man das Flugblatt gelesen hatte und ebenfalls gegen die AnCoSafe Oil Raffinerie war. Sie hatte nicht zu fragen gewagt, da sie die finanziellen Engpässe, auf die sie zusteuerte, nicht betonen wollte.

Jetzt stapelte sie erst einmal die zwei großen Pakete auf den Boden ihres Beifahrersitzes. Bear schnüffelte neugierig und versuchte, nach vorne zu gelangen, aber Thora sagte ein strenges „Nein" zu ihm.

„Du bleibst schön, wo du bist, und benimmst dich, Bear", ermahnte sie ihn, während sie einen kleinen Stapel Flugblätter in eine hübsche Stofftasche packte, die sie immer bei sich führte. „Ich bin in ein paar Minuten wieder da. Mal schauen, wie meine Freunde auf die Blätter reagieren."

Sie ließ das Fenster einen Spalt weit offen, sodass Bear noch seine Schnauze hindurchschieben konnte. Dann schloss Thora das Auto ab und spazierte mit den Drucksachen in ihrer Tasche los.

„Dottie's Deli" war eines ihrer ersten Ziele. Sie traf dort zu einem günstigen Zeitpunkt ein. Das Geschäft ebbte gerade nach dem Frühstücksansturm ab. Dottie und ihr Team bereiteten die Vitrinen für den Mittagsansturm vor. Sie putzten die Glasscheiben und die Aufschnittmaschinen. Eine von ihnen bereitete einen schwäbischen Wurstsalat aus einer Mischung aus Blutwurst und Lyoner mit einer Zwiebelvinaigrette zu. Was Dottie als Experiment begonnen hatte, funktionierte richtig gut. Seltsam genug, denn die meisten ihrer amerikanischen Kunden fanden das Konzept einer Blutwurst immer noch beunruhigend.

„Guten Morgen", rief Thora munter.

Dottie blickte von ihren Dillgurken-Gläsern auf, die noch ins Regal mussten. „Guten Morgen, Thora. Wie geht's?" erwiderte sie.

„Gut", sagte Thora. „Kommt eigentlich drauf an. Du weißt doch von der AnCoSafe Oil Raffinerie, die Bürgermeister Thompson so gern hier in Wycliff bauen würde, oder?"

„Und so eine Schande aber auch", sagte Pattie May, die aus dem Büro kam. Sie war neugierig, was Thora heute hierherbrachte. Pattie hatte einen siebten Sinn, wenn jemand den Feinkostladen betrat und etwas anderes vorhatte als einzukaufen.

„Genau", sagte Thora. „Und deshalb bin ich heute Morgen hier. Ich denke, wir können das nicht so einfach hinnehmen. Wenn wir diesen Plänen nicht zustimmen, müssen wir den Mund aufmachen und etwas sagen. Wir müssen gegen die Sache protestieren."

„Ich dachte, du und Clark wäret Freunde", warf Dottie ein.

Thoras Gesicht verriet Unbehagen. „Irgendwie … sind wir das immer noch. Aber deshalb muss man sich ja nicht in allem einig sein, oder?"

„Es könnte einen großen Unterschied ausmachen, wenn du vortrittst und deinen Standpunkt öffentlich vertrittst", gab Dottie zu bedenken. „Er wird es sicher nicht komisch finden."

„Nun, das tue ich auch nicht", sagte Thora.

Der Rest des Teams hatte sich nun um sie versammelt und hörte aufmerksam zu.

„Es könnte bedeuten, dass es ein paar coole Jobs für die Leute hier in der Gegend bringt", sagte Sabine.

„Genau das ist eines der Argumente von Bürgermeister Thompson" erwiderte Thora. „Und ich kann darüber nicht hinwegsehen. Aber brauchen wir wirklich mehr Arbeitsplätze in unserer schönen Stadt? Hat hier nicht jeder schon gute Arbeitsmöglichkeiten? Und wollen wir, dass Leute nach Wycliff ziehen und noch mehr Häuser bauen und die Preise hochtreiben, bloß wegen eines entstellenden Bauwerks direkt neben dem Fährhafen?"

Dottie nickte nachdenklich. „Da hast du ein paar gute Punkte, Liebes. Was können wir also tun, um dich zu unterstützen?"

Thora holte den kleinen Stapel Blätter wie einen nachträglichen Einfall aus ihrer Stofftasche und zeigte ihn ihnen. „Das ist eine Einladung für diesen Freitag, an einer Demonstration vor dem Rathaus teilzunehmen. Wir müssen Bürgermeister Thompson und allen im Stadtrat, die dafür sind, zeigen, dass auch wir berücksichtigt werden müssen. Ich werde Schilder malen. Ich werde an alle Haushalte in Wycliff Flyer verteilen. Ich werde …"

„Halt!" sagte Pattie. „Du kannst das nicht alles allein machen. Das kostet ziemlich viel Zeit und Geld."

„Um die Zeit geht's mir gerade nicht", lachte Thora bitter.

„Hey", sagte Sabine. „Ich kann mithelfen. Ich kann diese Blätter in die Briefkästen in meiner Straße und in der Nachbarschaft stecken."

„Das würde Ihnen nichts ausmachen?" fragte Thora überrascht.

„Absolut nicht!"

„Nun, Dankeschön!"

„Du kannst auch ein paar Flyer an unserer Kasse dalassen", schlug Dottie vor.

„Aber ist das erlaubt?" fragte Thora. „Das ist wie eine politische Unternehmenserklärung. Soweit ich die Stadtstatuten kenne, darf kein Unternehmen in Wycliff eine politische Meinung vertreten."

„Stimmt", lächelte Dottie. „Aber das hier ist keine Meinungsäußerung. Das ist eine Information und Einladung zu einem Event. Es könnte genauso gut für eine Signierstunde oder eine Parkreinigungsaktion sein, nicht?"

Thora lachte leise. „Erklär das mal Bürgermeister Thompson. – Willst du das wirklich tun?"

„Mitgegangen, mitgefangen", bestätigte Dottie. „Ich werde auch Flugblätter verteilen. Hast du noch irgendwo mehr davon?"

„Im Auto", sagte Thora.

„Nun, dann bringst du mir besser noch welche. Und vielleicht fragst du auch unsere Freunde nebenan. Ich weiß, dass sie umweltbewusst sind."

„Du meinst also, ich könnte mit dieser Kundgebung Erfolg haben?"

Dottie legte eine Hand auf Thoras Arm. „Ich könnte wetten. Den meisten von uns sind Tourismusgeschäft und die Fähre genug. Aber sobald man hier auch nur eine große Konservenfabrik bauen würde, wären sie auf den Barrikaden. Und hier reden wir über eine Raffinerie mit all ihren Folgen. – Wie bezahlst du eigentlich all dieses zusätzliche Demomaterial?"

Ein Schatten überflog Thoras Gesicht. „Ich weiß nicht. Ich schätze, irgendwann werde ich von der Hand in den Mund leben müssen, wenn nichts passiert."

„Sie haben da aber eine hübsche Tasche", unterbrach Sabine. „So etwas habe ich noch nirgends gesehen. Haben Sie die selbstgemacht?"

Thora errötete. „Dankeschön. Und nein. Meine Mutter hat mir zu Lebzeiten einiges genäht, und diese Stofftasche aus Patchwork-Stoff ist so ziemlich die letzte Handarbeit, die ich noch von ihr habe."

Sie hörte hinter der Gruppe ein leichtes Räuspern. Im Umdrehen entdeckte sie Angela Fortescue, die sich ihnen mit neugierigem Blick näherte. „Darf ich auch mal sehen?" fragte sie, und jeder versteifte sich. Thora hielt ihr vorsichtig ihre Tasche hin, und Angela griff danach, um sie sich genau anzusehen. „Saubere Arbeit", sagte sie. Und Dottie dachte, sie habe sich verhört. Ein Lob aus Angela Fortescues Mund? Von ihrer meistgefürchteten Kundin?

Thora lächelte schwach. „Dankeschön."

„Aber nichts, worauf man besonders stolz sein müsste", fuhr Angela fort. Und alle waren fast erleichtert, dass sie wieder wie immer nörgelte. „Alles gerade Säume und dazu nur wenige. Trotzdem – saubere Arbeit." Sie gab Thora die Tasche zurück. „Sie sind eine echte Umweltaktivistin, richtig?"

Thora errötete noch mehr. „Ich versuche nur, meine Kleinigkeit beizutragen."

Angela nickte beinahe königlich – ein seltsamer Anblick, da sie mit ihrem leuchtend rubinroten Haar, noch so einem Glitzer-Shirt unter einer Kunstlederjacke und Leggings, die ihre Magerkeit verrieten, so fehl am Platz wirkte. „Sie können die auch selbstmachen, wissen Sie?"

„Ich kann gar nicht nähen", sagte Thora traurig.

„Die einfachste Sache der Welt", entgegnete Angela.

„Leichter gesagt als getan", gab Thora zu bedenken. „Ich stelle mich mit Nähmaschinen total trottelig an. Und das Nähen von Hand dauert seine Zeit."

Angela musterte Thoras Gesicht mit schlauem Blick. „Sie sollten sich jemanden suchen, der nähen kann." Und damit drehte sie sich um, schnappte sich von einem Regal Pumpernickel und ging damit zur Kasse. „Himmel, ich nähe eine Menge für mein Zuhause!"

Alle beobachteten sie verdutzt.

„Will denn hier keiner Geld von mir?" spottete Angela und hielt das Brot hoch.

Pattie May eilte an die Kasse. „Natürlich. Entschuldigung, Angela."

Thora starrte immer noch auf ihre Tasche. Dann folgten ihre Augen Angela, wie sie den Laden verließ. Einige Worte Angelas hatten etwas in ihr aufgewühlt. Sie war sich darüber noch nicht ganz im Klaren. Aber sie hatte das Gefühl, dass da noch mehr daran wäre, wenn sie sich erst hinsetzte und über die Lage nachdachte. Aber erst einmal hatte sie Wichtigeres zu tun.

Als Thora zwei Stunden später zu ihrem Auto zurückkam, nachdem sie alle Unternehmen der Main Street abgeklappert hatte, war eines der großen Pakete in ihrem Auto bereits leer. Bear wedelte glücklich mit dem Schwanz, als er Thora sah; sie lächelte und tätschelte seinen Rücken. „Sieht so aus, als würde sich alles besser fügen, als ich zu hoffen gewagt habe, mein Freund", sagte sie zu dem Hund. „Hoffen wir, dass genügend Menschen zusammenkommen und ihre Stimme erheben. Kannst du dir vorstellen, wie es wäre, wenn Tag und Nacht der Gestank von Öl über Wycliff hinge?"

Bear kläffte.

„Ich mir auch nicht", sagte Thora und startete den Wagen. „Ich mir auch nicht."

*

„Hör zu, Mann", sagte Peter Michaels leise und dringlich. „Wir müssen uns für eine Weile zurückhalten." Er verstummte.

126

Durch sein Smartphone klang eine offenbar ärgerliche und aufgeregte Männerstimme.

„Nein, nein, hör zu", versuchte Peter die Person am anderen Ende der Leitung zu beruhigen. „Ich versuche nicht, da rauszukommen. Ich drücke mich vor nichts. Ich habe nicht einmal Beweise. Es ist nur so eine Ahnung, Junge."

Noch mehr aufgeregte Worte von der anderen Seite.

„Ich weiß, dass bisher alles gut gelaufen ist. Aber vielleicht sollten wir jetzt erst mal eine Pause machen und etwas anderes planen. Mein Bauchgefühl sagt mir, dass uns ein paar Leute zu sehr auf die Pelle rücken. Wir müssen eine kurze Weile wieder nach den Regeln spielen. Und dann machen wir wieder alles wie normal."

Die andere Person grummelte etwas.

„Ich weiß. Diese Schecks kommen uns gelegen, und ich könnte auch ein paar Scheinchen gebrauchen, um wieder alles im Griff zu haben. Muss auch ein paar Dinge mit meinem Mädel regeln. Egal. Gehen wir erst mal auf Nummer sicher. Nach einer Weile werden sie nicht mehr so genau hinschauen, und wenn sie glauben, sie hätten sich am Ende doch geirrt, kehren wir zu unserem Spielchen zurück."

Er hörte sich noch ein paar Argumente an. Dann nickte er grimmig.

„Okay, noch ein Mal. Aber ich habe dabei kein gutes Gefühl. Ich tu's auch nicht mit einer Barton-Fuhre. Die hängen mir schon zu dicht drauf. Machen wir's stattdessen mit der Ladung heute aus University Place."

Sie wechselten noch ein paar Worte. Dann schaltete sich Peter weg und steckte das Telefon zurück in seine Brusttasche. Er blickte sich um. Auf der Werft war es ruhig. Auf dem Trockendock saß ein Boot, dessen Rumpf die Arbeiter in der letzten Woche versiegelt und gestrichen hatten. Vor einer Stunde hatten sie die Arbeit beendet und waren auf ein paar Bierchen zum Feiern in die nahe „Dock Tavern" gegangen. Peter hatte versprochen, er werde in Kürze nachkommen.

Aber dann hatte er Mathilda vor einer Weile von irgendwoher zurückkommen sehen, und sie hatte eine Akte in den Händen gehalten. Eine Akte, von der Peter wusste, dass sie Lieferscheine und Scheckquittungen enthielt. Er war vor Jahren zu hart geworden, um sich Sorgen zu machen. Aber er wusste, dass er entweder seine Pläne verbessern oder eine Weile ruhen lassen musste. Er wusste, dass sie ihre Aktionen sorgfältig verdeckt hatten. Jeder Scheck war sauber durch eine Quittung vom offiziellen Quittungsblock des Harrison Entsorgungszentrums bestätigt worden. Jede Lieferung, die er hatte machen sollen, war durch einen Formbrief mit Firmenbriefkopf quittiert worden. Selbst wenn Mathilda ganz genau hinsah, würde sie nicht bemerken, wo er und sein Partner ins Spiel kamen. Es fehlten einfach Beweise.

Mathilda hatte zu ihm herübergesehen, kurz genickt und war zu ihrem Büro-Container weitergelaufen. Peter grinste. Wenn die Schlampe dachte, sie sei besser als er, hatte sie sich getäuscht. Sie war mit einem Silberlöffel geboren worden. Und was hatte er außer einem ausgesprochenen Wanderleben?

Peter fiel nicht auf, dass er so lag, wie er sich selbst gebettet hatte. Es war ihm auch gleichgültig, ob Mathilda mit ihrem Unternehmen wirklich erfolgreich war. Er brauchte Geld, und sie war ein Mittel dazu, es zu erlangen. Ende des Gedankengangs.

*

Daniel ging in seinem Büro über dem Lieferhof des Harrison Entsorgungszentrums auf und ab. Es war ein arbeitsreicher Tag gewesen. Das war es freitags oft, da viele Unternehmen den unter der Arbeitswoche angesammelten Müll anlieferten, weil sie fürs Wochenende aufräumten.

Auch eine Lieferung von Barton & Son war fällig gewesen. Mathilda hatte es ihn wissen lassen, und er war neugierig gewesen, ob es geschehen würde. Falls Mathildas Abhol-Dienstleister wie erwartet kommen würde, würden sie es schwer haben zu beweisen, dass er mit einem der Angestellten von Harrison unter einer Decke steckte. Daniel hatte beinahe gehofft, es käme keine Lieferung von Barton & Son, sondern stattdessen eine gefälschte Quittung. Am liebsten hätte er diese Typen auf frischer Tat ertappt.

Aber dann fuhr der Truck mit den Fässern von Mathildas Werft in den Hof und wurde entladen. Einer seiner Angestellten machte Notizen und begleitete den Fahrer ins Bürogebäude. Daniel war beinahe enttäuscht gewesen.

Jetzt war es Abend, das Gelände war über Nacht abgeschlossen, und Daniel wartete auf Luke McMahon. Er fragte sich, ob er eigentlich auch den Polizeichef von Yelm hätte einladen sollen, um ihm die seltsame Geschichte zu erzählen und ihn in seine Bücher sehen zu lassen. Andererseits betrafen die Lieferungen eine Firma aus Wycliff, und daher war höchstwahrscheinlich McMahon zuständig. Am Ende, dachte sich Daniel, würde das die Polizei intern regeln. Alles, was er wollte, war, die Kerle zu schnappen und ihrem Treiben ein Ende zu setzen.

Er hörte ein Auto ankommen, und wenige Augenblicke später wurde eine Seitentür in seinem Gebäude geöffnet.

„Mr. Harrison?" rief eine kräftige Männerstimme.

„Komme!" Daniel ging ans Ende der Treppe und sah unten Luke McMahon zusammen mit seiner Stieftochter.

Julie Dolan lächelte ihn vorsichtig an. „Ist es in Ordnung, dass ich mitgekommen bin?"

Daniel nickte. „Immer herein. Je mehr, desto besser", sagte er ohne ein Lächeln. „Sie schreiben am Ende Ihren Artikel ohnehin, und mir ist es lieber, Ihre Fakten stimmen dann."

Sie schüttelten alle einander die Hand und gingen dann in Daniels Büro. Da die Dämmerung rasch einsetzte, war der Raum von den letzten Sonnenstrahlen und ein paar kalten Neonleuchten erhellt. In der Sitzecke am Fenster lagen ein paar Akten. Eine Kanne Kaffee dampfte auf einem Beistelltisch, und ein Teller Kekse stand daneben.

„Ich dachte mir, wir knabbern nebenher was, während wir arbeiten", sagte Daniel und lud sie ein, sich zu setzen.

Luke lächelte ihn kurz an. „Kaffee tut es für mich, danke." Dann lehnte er sich vor, um sich eine der Akten zu greifen. „Also erzählen Sie mal: Weshalb vermuten Sie, dass in Ihrer Firma Betrug vor sich geht?"

Daniel berichtete Julie und Luke, dass er sich Sorgen wegen des stetigen Rückgangs seines Firmenkontos machte, während seine Bücher einen anderen Eindruck machten. Er erwähnte auch, dass er schließlich bemerkt hatte, dass einige seiner Stammkunden seit einer Weile nicht mehr erschienen waren. „Nicht, dass ich nachverfolge, wer wann kommt. Aber als mich Mathilda Barton anrief, weil sie wegen illegaler Müllverkippung verdächtigt würde, habe ich eins und eins zusammengezählt."

„Hat sie Beweise, dass sie nicht involviert ist?" warf Julie ein.

„Sie hat alle richtigen Quittungen und Formbriefe von uns. Und ihre Schecks wurden, wann immer sie ausgeschrieben wurden, bar ausbezahlt."

„Bar ausbezahlt?" Luke runzelte die Stirn.

Daniel seufzte. „Offenbar wurden diese Schecks nicht wie sonst mit der Firmenpost ausgesandt, sondern sie und ich haben sie zu diversen Banken in der Gegend zurückverfolgt. Übrigens keine von ihnen unsere Hausbank."

„Und sie hat nie Verdacht geschöpft?"

„Nicht wirklich." Daniel zuckte die Achseln. „Jede Firma hat irgendwo Bargeld. Sie hat einfach angenommen, dass ihr Geld dazugelegt wurde und dass es für denjenigen, der es ausbezahlt bekam, bequemer war, einfach eine Bank irgendwo zu benutzen."

Luke öffnete eine Akte. Er begann zu lesen und blätterte dann um. Dann ging er über die nächste Seite. Er ließ sich Zeit, und Julie lehnte sich zu ihm hinüber und begann, über seine Schulter mitzulesen.

Daniel beobachtete sie etwas ungeduldig. „Alles ist so aufgelistet, wie es sein sollte", bemerkte er.

„Hmmm", murmelte Luke, ohne aufzublicken. Er blätterte erneut um.

„Warte!" sagte Julie plötzlich.

Luke hob überrascht sein Gesicht. „Eine Seite zurück?"

„Ja, und dann noch ein paar."

Luke erwies ihr den Gefallen. Daniel reckte den Hals, um zu entdecken, worum es ging. Julie überflog Seite um Seite. Dann blätterte sie die Seiten wieder vorwärts. Sie verglich mit dem Finger spezifische Teile des Formulars. Schließlich sah sie Daniel an und lächelte. „Ich hab's!" atmete sie auf.

Daniel erstickte fast. „Dann liegt hier wirklich Betrug vor?"

„Ganz sicher." Sie lehnte sich zurück, während Luke die offene Akte auf den Tisch legte, sodass sie alle sehen konnten, was Julie gefunden hatte. „Ihr Buchhalter benutzt offensichtlich nummerierte Quittungsblöcke."

„Richtig", bestätigte Daniel. „Natürlich."

„Nun, er oder sie hat mit den Quittungen für Barton & Son einen Riesenfehler gemacht."

„Wie das?"

Julie lächelte geheimnisvoll. „Es ist ganz offensichtlich, aber andererseits vermutlich das Letzte, wonach jemand nachschauen würde."

„Heraus damit, Mädchen", sagte Luke jetzt auch ungeduldig.

„Die Blocknummern sind's. Die meisten Quittungsformulare in dieser Akte stammen vom selben Block. Nicht die für Mathilda Barton. Ihre stammen aus einer völlig anderen Nummernreihe."

„Wie meinen Sie …?" platzte Daniel heraus. Dann wurde es ihm klar. „Der verflixte Betrüger hat also einen anderen Block für all die Schecks verwendet, die in seine eigene Tasche gewandert sind."

„Genau das." Julie schob ihm die Akte zu. „Sehen Sie dies und das?" Sie deutete auf ein paar Formulare mit Folgenummern. „Dann kommt plötzlich die Barton-Quittung mit einer völlig anderen Nummer. Und die nächste Quittung ist wieder vom anderen Block."

Daniel stand auf und ging erregt in seinem Büro auf und ab. „Ich kann's nicht glauben. Meine eigenen Angestellten bestehlen mich!"

„Nur einer – Ihr Buchhalter", sagte Luke ruhig.

„Ist das nicht genug?!"

Luke nickte. „Kann ich bitte eine Kopie davon bekommen?"

„Natürlich", sagte Daniel, leerte die Akte auf einen Kopierer im Raum und begann zu kopieren. „Was werden Sie damit machen?"

„Ich werde Mathilda Bartons Bücher durchsehen und prüfen, welche Quittungsnummern sie hat. Wenn es alles Folgenummern sind, haben wir einen Fall festgemacht. Wenn ihre Quittungsnummern Lücken aufweisen, haben wir noch andere Betrugsfälle. Dann ist es wieder an Ihnen zu prüfen, für wen diese Quittungen waren und in welcher Höhe."

Daniel holte tief Luft und seufzte. „Was bedeutet, dass das auch ein Hinweis auf weitere wilde Deponien ist."

Julie hielt die Luft an. „O mein Gott, einen Moment lang hatte ich das total vergessen."

Luke griff sich die Akte und stand auf. „Ich denke, wir sind hier etwas Größerem auf der Spur. Teilen Sie es noch nicht Ihrem Mitarbeiter mit, Mr. Harrison. Er muss so weitermachen, bis wir seinen Komplizen festgemacht haben, der die

Schmutzarbeit vermutlich ganz allein erledigt. Wir haben eine ziemlich gute Vorstellung, aber noch keinen Beweis dafür, um wen es sich handeln könnte. Sie werden nicht wollen, dass Ihr Buchhalter diesen Kerl warnt."

Daniel schüttelte heftig den Kopf. „Was glauben Sie, wie lange das dauert?" fragte er.

„Ehrlich gesagt, weiß ich das nicht", sagte Luke. „Wir müssen herausfinden, wer sonst noch Schecks einliefert und für eine angebliche Entsorgung seines Sondermülls bezahlt. Und dann müssen wir herausfinden, ob hinter dem Plan dieselbe Person steckt."

„Mein Stiefvater findet sowas meist schnell heraus", tröstete Julie Daniel augenzwinkernd.

„Wecke nicht Erwartungen, die ich vielleicht nicht erfüllen kann", warnte Luke sie. Sie zuckte die Achseln mit einem lustigen Lächeln. „Ich tue mein Bestes, versprochen", fügte er jedoch an Daniel gewandt hinzu.

Sie schüttelten einander die Hand und gingen.

„Hey", rief Daniel ihnen nach. Sie wandten sich um. „Danke!"

Sie lächelten. Die echte Arbeit lag noch vor ihnen.

*

Am selben Abend inspizierte Eli Hayes die Zäune einer seiner Kuhweiden. Eines seiner Kälber hatte versucht zu entwischen, und seine Mutter hatte ängstlich über die Wiese gemuht, als ihr Junges sich in einem Gewirr aus Draht und Unterholz verfangen hatte. Der Schaden am verängstigten Kalb war nur oberflächlich gewesen, und einer der Hufe war auf Elis Fuß gelandet und hatte da einen Bluterguss hinterlassen. Juan, einer der Landarbeiter, war von dem Tier mit dem Kopf gestoßen worden, hatte es aber solange festgehalten, bis der Metallschneider durch den Draht geschnitten und den kleinen Kerl befreit hatte.

Nachdem sie die Herde in ein anderes eingezäuntes Gebiet getrieben hatten und Eli etwas kühlende Salbe auf seinen geschwollenen Fuß aufgetragen hatte, waren sie zurückgegangen, um das Loch im Zaun zu flicken. Nachdem sie damit fertig waren, hatte Eli Juan zurück ins Haus geschickt, um Pause zu machen und zu Abend zu essen. „Sag Kitty, ich brauche noch 15 Minuten, um zu sehen, ob noch andere Abschnitte im Zaun versorgt werden müssen. Ich will unser Vieh da nicht wieder drin, bevor alles sicher ist."

Jetzt ging er am Zaun entlang, prüfte den Draht und hielt immer wieder an, um den Geräuschen seines Lands zu lauschen. Ach ja, sein Land. Er liebte es sehr, obwohl sein Vater sich sorgte, ob er es seinem Sohn nicht aufgezwungen hatte. Doch Eli hatte von Anfang an eine starke Neigung für die Farm gehabt. Er liebte die Ferne von der Betriebsamkeit der Stadt, die Langsamkeit der Natur, den Wechsel der Farben, Wachstum und Verfall alles Lebenden, den Geruch des reichen Bodens im Medicine Creek

Valley und die beruhigenden Laute von Mensch und Tier, die sich davon ernährten.

Umso beunruhigender war der Lärm eines Fahrzeugs mit starkem Motor, das durch eine abgelegene Ecke seines Farmlands rumpelte. Es klang nicht wie der Farm-Laster, den sein Nachbar fuhr. Oder wie einer der anderen Wagen, die er benutzte. Dies hier klang wie einer dieser übergroßen Gelände-Laster, die Arbeiter benutzten oder Leute, die sich gern den Anschein von Rauheit gaben.

Eli strengte seine Augen an und versuchte, die rasch einfallende Dämmerung zu durchdringen. Wenig später wechselte der Lärm von Fahren zu Leerlauf. Und dann hörte Eli einen dumpfen Aufprall in der Dunkelheit.

„Was zum …", murmelte er für sich. Plötzlich ahnte er, was da in seiner unmittelbaren Umgebung passierte. Er hob den Drahtzaun mit seinen dicken Lederhandschuhen und schlüpfte auf die andere Seite. Dann bewegte er sich so leise wie möglich auf das Gebiet zu, von dem er das Geräusch gehört hatte.

Noch ein Aufschlag. Eli erschauerte. Er war gewiss kein Feigling, aber er wusste, dass er eine Gefahrenzone betrat. Das konnte die Person sein, nach der die ganze Gegend suchte, die eine weitere Ladung Fässer mit Sondermüll ablud. Die absichtliche Begegnung mit einem Kriminellen in der Dunkelheit sollte niemand wagen, der nicht dafür geschult ist. Das wusste er wohl. Für den Fall der Fälle zog er sein Smartphone heraus. Er wünschte sich jetzt, es wäre ein Revolver gewesen. Bei dem Gedanken lächelte er grimmig.

Dann erblickte er die Rückseite eines großen grauen RAM, und auf der Ladefläche stand ein Mann mit Handschuhen, der ein weiteres Fass nach hinten rollte. Eli konnte das Gesicht des Mannes nicht erkennen, da der Kopf von dem Schild einer Baseballkappe und einer Kapuze verdeckt war. Aber er konnte deutlich das Nummernschild des Wagens erkennen. Einen Augenblick lang musste er seine Hand, die das Smartphone hielt, ruhig halten, weil sie auf beinahe lächerliche Weise zitterte. Plötzlich ging der erste Blitz los und erhellte die Dunkelheit – Eli hatte sich nicht die Zeit dazu genommen, herauszufinden, wie man diese Funktion ausschaltet – und er eilte zurück ins Unterholz.

„Hey!" hörte er eine erschrockene raue Stimme vom Fahrzeug her. Er nahm wahr, dass die Person von der Ladefläche heruntersprang und ein paar Schritte auf ihn zu rannte. Dann hielt der Mann mit einem Fluch inne, weil seine Füße nass geworden waren.

Eli duckte sich im Sumpf am Zaun. Nur gut, dass er sein Land gut genug kannte. Sümpfe waren trügerisch, und man konnte rasch darin versinken. Aber er wusste, wohin er treten musste, und jetzt war die tiefer werdende Dämmerung sein Freund.

Ein paar Augenblicke später zogen sich die Schritte zurück, der Motor wurde in einen Gang geschaltet, und der RAM raste über den holperigen Weg zurück zur Kreuzung mit der

Ausfallstraße. Eli wartete noch etwas; dann erhob er sich und machte sich auf den Weg zurück zur Farm.

Kitty stand auf der Veranda des Haupthauses, als er leicht hinkend aus der Dunkelheit der Weide auftauchte, die Hosen nass bis ans Knie. Sie eilte ihm entgegen. „Was ist passiert? Bist du okay?" fragte sie besorgt.

„Mit mir ist alles in Ordnung", versicherte er ihr. „Kein Grund zur Aufregung."

„Juan ist vor einer halben Stunde gekommen, und du sagtest, du würdest in Kürze nachkommen. Ich habe dein Abendessen im Herd warmgestellt. Wofür hast du so lange gebraucht?"

Eli legte seinen Arm um seine Verlobte und stieg die Verandatreppe hinauf. „Du wirst nicht glauben, was ich gesehen habe", sagte er. Er zog sein Smartphone aus der Tasche und schaltete die Fotospeicher-App ein. Das Bild zeigte die Rückseite eines grauen RAM mit einem Nummernschild aus dem Bundesstaat Washington. Aber Kitty japste, als sie sah, warum Eli das Foto überhaupt gemacht hatte. Auf der Ladefläche standen Fässer und ein Mann, der damit beschäftigt war, ein Fass abzuwerfen, wo bereits andere auf dem Boden lagen.

„Der Kerl, der hier überall rundum wild Müll ablädt?" fragte sie ungläubig.

„Derselbe", bestätigte Eli.

„Das war total gefährlich!" sagte Kitty.

„Ich weiß", gab Eli zu. „Ich schätze, ich hab's nicht ganz durchdacht."

„Bist du deshalb so nass und schlammbedeckt?"

Eli zog Schuhe und Socken aus und betrachtete sie reumütig. „Musste mich im Sumpf verstecken." Kittys Hand flog an ihren Mund. Er umarmte sie. „Hör zu. Es ist nichts passiert, und alles ist gut. Der Typ hat nur den Blitz meiner Kamera gesehen, ist mir ein paar Schritte gefolgt und dann geflüchtet. Er hat mich nie gesehen."

Kittys Augen waren immer noch schreckensweit. „Was wirst du jetzt tun?"

„Die Polizei anrufen und dann zu Abend essen", sagte Eli ruhig. „Wenn sie dann hier sind, hat mein Magen aufgehört zu knurren, und ich kann sie hinüber zu der wilden Deponie führen."

„Weißt du was?" flüsterte Kitty aus seiner Umarmung heraus.

„Was?" fragte Eli.

„Du bist ein richtiger Held."

„Ich weiß", lachte er leise und selbstbewusst.

„Und ich hasse es, dass ich dich liebe, wegen all der Sorgen, die du mir verursachst!" brach es aus Kitty heraus. Dann lachte sie. „Komm rein, du verwegener Mann, du. Lass mich deinen Teller füllen, und zieh dir etwas Warmes und Vorzeigbares an."

*

„Bist du wahnsinnig? Ich kann damit nicht weitermachen!" Peter starrte seinen Besucher mit großen, ungläubigen Augen an. „Was denkst du, was ich hätte tun sollen?!"

„Ihn erschießen", sagte der Mann ruhig.

„Im Dunkeln!" schnaubte Peter. „Du bist ein idiotischer Amateur, und ich hätte nie auf deinen Plan eingehen sollen."

„*Mein* Plan?! Ist er das jetzt?"

„Nun, du hast alle Schecks einkassiert, nicht wahr?"

„Ich hab' dir deinen Anteil gegeben."

„Ich hatte das ganze Risiko mit den Fässern."

„Glaubst du, die Bücher waren einfacher?!"

Die beiden Männer versuchten einander anzustarren, bis einer nachgab, und scheiterten beide gleichzeitig.

„Mist!" sagte Peters Besucher. „Und was jetzt?"

„Ich muss eine Weile untertauchen", antwortete Peter und kratzte sein stoppeliges Kinn. „Hab' diese kleine Hütte im Wald da beim Mt. Rainier gefunden. Scheint keiner zu benutzen. Kann genauso gut dahin gehen und es da eine Weile aussitzen."

„Warum wirst du nicht den RAM los?"

„Spinnst du?! Das ist der beste Wagen, den ich je gehabt habe. Nein, Mann! Den behalte ich bei mir. Und wenn ich eine Weile in den Bergen bleibe, wird er von den Leuten vergessen, wetten?"

„Was ist mit deinem Mädchen?"

„Die? Easy. Ich hab' ihr schon eine E-Mail geschickt. Sie findet schon jemand anders. Wäre früher oder später ohnehin passiert. Die Schlampe ist mir ein bisschen zu anhänglich geworden."

Der Besucher verzog das Gesicht. „Nun, dann ist es das wohl vorerst."

„Ich schätze." Peter öffnete eine Dose Bier und nahm einen tiefen, langen Schluck daraus. „Hey, Mann. Tu mir einen Gefallen. Halt den Ball niedrig, und wir sind irgendwann wieder im Geschäft."

„Klar."

„Cool."

Der Besucher schlug Peter auf den Rücken und verließ den Raum, ohne zurückzublicken. Peter trat die Tür zu und sackte auf einen Stuhl. „Weichei!" sagte er. „Ich wette, die kriegen ihn."

Er leerte seine Bierdose. Dann holte er seine Sporttasche und begann, seine Habseligkeiten hineinzuwerfen.

*

Mathilda wartete am nächsten Morgen auf der Werft vergeblich auf Peter. Als es schließlich an ihre Container-Tür klopfte und sie öffnete, stand sie stattdessen Chief McMahon gegenüber.

„Guten Morgen, Mattie", sagte er und lächelte. „Darf ich reinkommen?"

Zur Antwort hielt sie ihm die Tür auf und wies ihn zu einem der Stühle gegenüber ihrem Schreibtisch. „Möchten Sie Kaffee?"

Luke schüttelte den Kopf. „Nein, danke. Es wäre heute Morgen meine dritte Tasse, und es würde mich zittrig machen."

Mattie schloss die Tür und setzte sich Luke gegenüber. „Was kann ich dann für Sie tun?" fragte sie.

„Dürfte ich bitte einen Blick in Ihre Bücher werfen?" bat Luke.

Matties Miene wurde besorgt, und ihre Stimme schwankte leicht. „Natürlich dürfen Sie. Ich vermute, Sie haben bereits mit Mr. Harrison gesprochen?"

Luke nickte. „Ja, habe ich. Julie und ich haben ihn gestern Abend besucht, und Julie hat den Beweis für seine Behauptung gefunden, dass er von einem seiner Angestellten betrogen wird."

Mattie öffnete eine Schublade unter ihrem Schreibtisch und zog einen Hängeordner hervor. Als sie ihn Luke reichte, wurde sie rot. „Ich hätte nie gedacht, in so einer Situation zu landen. Beweisen zu müssen, dass ich nichts Kriminelles getan habe."

„Langsam, Mädel", sagte Luke, und seine Stimme beruhigte sie ein wenig. „Sie sind überhaupt noch keiner Sache beschuldigt. Und soweit die Dinge stehen …" Er öffnete die Akte und blätterte rasch durch, wobei er die Seiten mit denen einer Akte verglich, die er mitgebracht hatte. Dann reichte er sie ihr zurück. „Dürfte ich auch Ihre Bankauszüge sehen?" Mattie reichte ihm eine weitere Akte. Er überflog die Seiten und legte dann die Akte zurück auf den Tisch. „Sie sind sauber, Mattie."

„Was?!"

„Mein Kollege in Yelm ist tatsächlich in diesem Moment im Einsatz im Harrison Entsorgungszentrum. Ich rufe ihn in ein paar Minuten an und lasse ihn wissen, dass wir richtig vermutet haben. Ihre Quittungen stammen von einem Block, der von unserem Verdächtigen außer der Reihe für seine Betrügereien benutzt wurde. Die ‚echten' Quittungen stammen von einem Block mit völlig anderen Seriennummern. Wir prüfen gerade, ob Sie das einzige Opfer sind oder ob es noch andere gibt."

Mattie war aufgesprungen und ging nun im Container auf und ab. „Ich glaub's nicht! Ich glaub's nicht!"

„Sollten Sie aber besser. Übrigens – kennen Sie einen Mann, der so aussieht?"

Luke zog das Phantombild heraus. Julie starrte mit großen Augen darauf und öffnete den Mund. Dann schloss sie ihn.

„Und?"

„Das ist Peter Michaels, der Mann, der mein Abhol-Dienstleister ist. Hat er es getan? Ich meine, die Fässer abgekippt?"

Luke legte die Zeichnung zurück in seine Akte. „Das wissen wir noch nicht."

„Ich hatte ihn heute Morgen erwartet, um mit ihm über die nächsten Lieferungen ans Harrison Entsorgungszentrum zu sprechen. Aber er ist nie aufgetaucht."

„Das kann natürlich Zufall sein. Nein, wir prüfen derzeit eine Angelegenheit, die nur eventuell mit den wilden Deponien zu tun hat. Es ist noch zu früh, um mehr darüber zu sagen."

„Aha", erwiderte Mattie. Dann setzte sie sich wieder. „Ich fühle mich ein bisschen wackelig."

„Verständlicherweise", sagte Luke. „Sie haben nicht jeden Tag so dicht mit Kriminalität zu tun. Vielleicht sollten Sie es sich heute einfach gemütlich machen. Gehen Sie zur Massage, oder essen Sie etwas Schönes zu Mittag. Denken Sie nicht mehr an diesen Fall. Er liegt nicht in Ihren Händen, und wir sind dran. Keine Sorge. Wir kriegen das hin."

Matties Gesicht entspannte sich ein wenig, und sie hob die Hände. „Ich weiß nicht einmal, was ich sagen soll."

„Dann sagen Sie nichts", lachte Luke leise. „Vielleicht erledigen es schon Ihre Augen für Sie." Er zwinkerte ihr zu and stand auf. „Auf zu weiteren Angelegenheiten. Und nicht vergessen – entspannen Sie sich einfach."

Er ging hinaus und blickte hinüber zu den Booten auf den Trockendocks und den schweißenden oder anstreichenden Arbeitern. Barton & Son war selbst so früh in der Bootssaison ein geschäftiger Ort. Wenn es an ihm lag, wollte er dazu beitragen, dass es so bleibe. Er würde den Kerl kriegen, der illegal Sondermüll verkippte, und ihn für die Gefahr, in die er die Stadt brachte, bezahlen lassen. Luke warf sich ins Kreuz.

*

145

Aus dem „Sound Messenger":

Festnahme und Suche nach Komplizen im Fall wilder Deponien

judo. **Die Polizei hat den Buchhalter des Harrison Entsorgungszentrums in Yelm festgenommen. Der 27-jährige Julian Teal steht vermutlich mit den wilden Deponien in Verbindung, die im April im Wald von Wycliff und Anfang Mai im Medicine Creek Valley entdeckt wurden. Die Suche nach einem Komplizen dauert an.**

Als Daniel Harrison, Eigentümer des Harrison Entsorgungszentrums in Yelm, Anfang dieses Monats seine Konten überprüfte, stellte er ein paar Fehler fest, die ihn in Alarmbereitschaft versetzten. „Ich hatte keine Ahnung, dass ich tatsächlich weit mehr als eine finanzielle Fehlverhaltenssituation in meinem Unternehmen entdeckt hatte", berichtete er dem *Sound Messenger*. „Ich wollte lediglich ein paar Zweifel an meinen Scheckübertragungen und an der Zufriedenheit einiger meiner Kunden klären. Stattdessen habe ich anscheinend in ein Wespennest gestochen."

Die Polizei überprüft derzeit Harrisons Angestellten, den Buchhalter Julian Teal, wegen eines besonders schweren Falls von Scheckbetrug. Teal scheint im letzten Vierteljahr nicht nur für das Harrison

146

Entsorgungszentrum bestimmte Schecks einkassiert zu haben, er hat auch Quittungen über Entsorgungen von Sondermüll gefälscht, der tatsächlich nie bei der Firma eingetroffen ist. Stattdessen wurde derselbe Sondermüll illegal verkippt. Bislang sind im Wald von Wycliff und im Medicine Creek Valley drei solcher wilder Deponien gefunden worden. Die Polizei forscht nach möglichen weiteren Fällen Scheckbetrugs und damit bislang unbekannten oder unentdeckten Abladeorten.

In Verbindung mit dem illegalen Verkippen sucht die Polizei nach einem grauen RAM Pick-up Truck mit Washingtoner Nummernschild. Einem Augenzeugen ist es gelungen, das Bild unten aufzunehmen, das eine Person beim illegalen Müllabladen zeigt. Der Eigentümer des Fahrzeugs ist Peter Michaels, 28, Dienstleister zur Sondermüll-Abholung für Firmen in Pierce County. Michaels ist möglicherweise identisch mit der im Bild gezeigten Person, wurde aber eindeutig in Zusammenhang mit der Erpressung des Verlagsleiters John Minor Anfang dieses Monats in Zusammenhang gebracht, die ein Versuch war, Nachforschungen hinsichtlich der wilden Deponie im Wald von Wycliff zu ersticken. Ein Polizeizeichner erstellte ein Phantombild anhand der Beschreibungen eines weiteren Augenzeugen.

Eines der Scheckbetrugsopfer ist die Wycliffer Werfteigentümerin Mathilda Barton von Barton & Son. „Ich hatte keine Ahnung, dass ich je in Verbindung mit einem Tatort gebracht werden könnte", sagte sie, immer noch sichtlich erschüttert. „Ich habe mich immer und überall an die Gesetze gehalten und dabei besonders Wert darauf gelegt, dass der Sondermüll der Werft fachgemäß entsorgt wird. Sie können sich nicht vorstellen, wie schockiert ich bin, dass die Fässer, von denen ich geglaubt hatte, sie seien zum Harrison Entsorgungszentrum gebracht worden, in Wirklichkeit im Wald von Wycliff gefunden worden sind. Da geht es nicht nur um finanziellen Schaden bei einem kleinen Familienunternehmen. Das zieht den Namen einer ehrlichen Firma durch den Schmutz."

Falls Teal für schuldig befunden wird, drohen ihm eine Gefängnisstrafe und eine hohe Buße wegen Mitschuld an absichtlicher Umweltverschmutzung. Peter Michaels ist offenbar untergetaucht und steht auf einer Suchliste des Bundesstaates Washington.

Das Wycliff Police Department (WPD) bittet die Bürger von Wycliff und alle anderen, die Augen nach möglicherweise weiteren wilden Sondermüll-Deponien offenzuhalten. Die Bürger sollten sich solchen Stellen nicht nähern und auch entsorgte Fässer nicht anfassen. Ebenso bittet das WPD um Hinweise zum Aufenthaltsort von Peter Michaels und/oder seinem Fahrzeug. Kontaktieren Sie bitte das WPD unter Telefonnr. ...

5

Tipp der Woche von der Grünen Expertin:
Verwenden Sie alte T-shirts wieder, indem Sie daraus Taschen
machen. Schneiden Sie die Ärmel ab, und behalten Sie die bereits
bestehenden Seiten- und Schulternähte bei. Nähen Sie Arm- und
Halsöffnungen zu. Nähen Sie zwei kräftige Bänder jeweils an der
Vorder- und Rückseite unten am Shirt als Henkel an. Diese
Taschen sind wiederverwendbar und waschbar.

Thora fuhr die Main Street entlang, die am Harbor-Mall-Kreisverkehr begann. Die Mall bot die übliche Mischung aus Kettengeschäften, aber auch „Nathan's", einen lokalen Supermarkt. Es war einer jener windigen, nieseligen Maitage an der Küste von Washington, und Thora wäre nur zu gern zum Stöbern in einen der Läden gegangen. Aber ohne Geld war es leichter, von solch einem Plan ganz abzusehen, als sich in einem der Läden wiederzufinden und den plötzlichen Wunsch zu verspüren, etwas zu kaufen, das sie sich nicht leisten konnte. Außerdem wusste sie noch nicht, wie sie wieder Geld verdienen sollte. Tatsächlich war das überhaupt der Grund, warum sie unterwegs war.

Hundert Meter hinter dem Kreisverkehr fand sie die Einfahrt zu einem heruntergekommenen Wohngebiet. Ein riesiges Schild verkündete stolz „Maritime Palace". Thora fragte sich, wie die abstoßendsten Wohngegenden in Western Washington immer zu den stolzesten Namen kamen. Es war mehr als euphemistisch, Wohnwagensiedlungen oder, wie in diesem Fall, halbverfallenen

Häusern überhaupt einen schicken Namen zu geben. Es lief schon auf sadistische Ironie hinaus, diese schmalen Behausungen mit ihren abgesunkenen Veranden, abblätternder Farbe und schiefen Türen und Fenstern überhaupt „Paläste" zu nennen. Doch hier lebte eines von Wycliffs Stadt-Originalen, das sich in einem Herrenhaus in der Oberstadt nicht königlicher hätte betragen können.

Thora suchte nach einer bestimmten Hausnummer und parkte ihr Auto direkt vor der Veranda. Sie zitterte ein wenig vor Erwartung. Angela Fortescue wurde von einer Menge mutigerer Stadtbewohner als Thora gefürchtet. „Du bleibst hinten drin und benimmst dich, Bear", befahl Thora ihrem sanftmütigen Labrador. „Vielleicht komme ich schon in ein paar Minuten wieder heraus. Falls sie mich überhaupt einlässt. Aber zumindest kann ich dann nicht sagen, ich hätte es nicht versucht." Sie streichelte Bears Kopf und gab ihm ein Leckerli. „Es gibt mehr, wenn du im Auto keinen Unfug anstellst." Bear legte den Kopf schief und winselte.

Thora ließ ein Fenster leicht offen, schloss ihr Auto ab und ging vorsichtig zur Veranda von Angelas Haus. Es gab kein Lebenszeichen in diesem heruntergekommenen Haus, und Thora war schon halbentschlossen, umzukehren und wieder zu gehen.

Als hätte sie es gespürt, riss Angela plötzlich die Tür auf. „Wen haben wir denn da?!" rief sie aus. „Das Rathaus besucht das Armenhaus."

Thora war erschrocken und schockiert zugleich. „Ich repräsentiere nicht das Rathaus", brachte sie heraus. Die andere

Hälfte von Angelas Aussage ließ sie unkommentiert, da sie zu schmerzlich wahr war.

Angela lächelte sie plötzlich verlegen an. „Ich weiß, ich sage die Wahrheit, wenn ich das ein Armenhaus nenne. Selbst der Besitzer hat uns aufgegeben." Sie trat beiseite. „Ich kann Ihnen nicht viel anbieten, aber warum kommen Sie nicht herein?"

Thora war überrascht. Sie blickte zurück auf ihr Auto mit Bear darin, als wolle sie ihm sagen, dass alles in Ordnung sei. Dann trat sie ein. Es gab keine Diele, sondern sie stand sofort in einem Wohn-Esszimmer mit einer Küche, deren Einrichtung aus der Zeit vor der Arche zu stammen schien. Das Sofa vor einem uralten Röhrenfernseher war so abgesessen wie der Sessel neben einem kleinen Kaffeetisch. Ein Campingtisch und Campingstühle bildeten die Esszimmereinrichtung. Eine weitere Tür führte nach weiter hinten im Haus. Thora dachte, sie führe vermutlich zum Schlafzimmer.

„Willkommen in meinem edlen Palast", spottete Angela. „Sie sind tatsächlich der erste Mensch, den ich hereinlasse."

„Und warum?" fragte Thora. „Sie kennen mich ja nicht einmal wirklich."

Angela zuckte die Schultern. „Vielleicht haben Sie unlängst Mut bewiesen, als Sie Ihre Stelle aufgaben, weil sie gegen Ihr Gewissen verstieß." Sie winkte Thora zum Sofa. „Möchten Sie sich setzen?"

„Danke", sagte Thora und setzte sich vorsichtig. Sie musste zugeben, dass, obwohl das Haus mit alten und armseligen

Dingen eingerichtet war, alles absolut sauber gehalten war. „Wie sind Sie überhaupt hier gelandet?"

Einen Moment lang dachte Thora, dass ihre Frage ziemlich impertinent war. Es ging sie nichts an, woher Angela kam oder wie ihre Lebensumstände waren. Doch alles, womit sie sich gedanklich beschäftigte, musste auch diese Tatsachen einschließen. Sie musste wissen, dass Angela verlässlich und ehrgeizig war. Nun, falls Angela sich so entschied, konnte sie Thora ja auch wieder hinauswerfen.

Angela setzte sich mit einem Becher Kaffee in ihren Sessel. „Es ist keine schöne Geschichte", sagte sie und wirkte plötzlich verletzt und zerbrechlich. „Sind Sie sicher, dass Sie sie hören möchten?"

Thora spürte in sich eine Welle der Sympathie aufsteigen. Ließ die eigenbrödlerischste Frau in ganz Wycliff sie wirklich nicht nur in ihr Haus, sondern auch in ihr Leben? „Bitte", sagte sie. „Ich würde Sie gern besser kennen lernen. Und ich verspreche, ich werde nicht urteilen."

„Wenn ich das geglaubt hätte, hätte ich's nicht angeboten." Plötzlich klang Angela wieder hochmütig. Aber es war mit einem Hauch Wehmut verbunden und mehr als nur einem bisschen Bitterkeit.

*

Angela Meier war in den späten 1940ern in Deutschland geboren worden. Sie wuchs in einer Atmosphäre auf, in der man die Wunden des 2. Weltkriegs verheilen ließ und erfuhr, dass man mit etwas Anstrengung eine Menge erreichen kann. Ihr Vater war einer der Männer, die recht schnell ein Vermögen als Volkswagen-Händler machten. Jeder wollte ein Auto, und der Käfer war erschwinglich. Ihre Mutter bewirtete gern seine Freunde, von denen einige nach einer Weile auch die ihren wurden. Und sein bester Freund wurde sogar noch etwas mehr als das.

Angela war die Tatsache peinlicher, dass sich ihre Eltern scheiden ließen, als sie noch ein Teenager war und sie nun gebrandmarkt war als aus einer zerrütteten Familie kommend, als dass sie sich über den Verrat ihrer Mutter erregt hätte. Ihr Vater zahlte ihrer Mutter genug, dass sie noch anständig mit Angela leben konnte. Aber sie wohnten nun in einem alten Mehrfamilienhaus nahe dem Hauptbahnhof in Nürnberg, nicht mehr in einem schicken, kleinen Haus in einem seiner Vororte. Vorbei waren die Tage der Festlichkeiten, und Angelas Mutter begann, sie sehr zu vermissen. Ihr Liebhaber hatte ihr rasch den Rücken gekehrt, sobald sich ihre Lebensumstände verschlechtert hatten. Damals suchte jeder Erfolg. Deutschland war erst vor kurzem gescheitert. Niemand brauchte obendrein einen Versager als Partner, nicht wahr?

Nach einer Weile suchte Angelas Mutter Arbeit und landete in der Bleistiftindustrie, für die Nürnberg und Umgebung immer noch weltberühmt sind. Ab und zu erhielt Angela eine Schachtel nur wenig beschädigter Bleistifte. Oder später Kosmetikstifte, da diese Firmen auch dies für alle großen Marken der Welt produzieren. Angela schätzte die Kosmetik mehr als die Zeichenstifte. Und manchmal sah sie – zum Amüsement ihrer Mutter – fast so farbenprächtig aus, als habe sie sich mit den regulären Buntstiften angemalt.

Da ihr Vater immer noch näher dem wundervollen, ländlichen Franken als der Stadt lebte, nahm er wenig oder gar keinen Einfluss auf Angelas Erziehung. Hin und wieder schrieb er ihr einen Brief, ermahnte sie, in der Schule aufzupassen und einen Beruf anzustreben. Meistens schickte er ihr noch einen Zehn-Mark-Schein mit. Aber er rief nie an, da er nicht versehentlich an seine Exfrau geraten wollte. Und er lud Angela nie in ihr früheres Zuhause ein, da ihr Aufenthalt bei ihrer Mutter sie ebenfalls verdorben hatte.

Angela sehnte sich nach der Aufmerksamkeit ihres Vaters. Da sie von ihm nie mehr als alle zwei Monate einen Brief und etwas Geld bekam, begann sie, die Aufmerksamkeit von Männern im Allgemeinen zu suchen. Sie hatte inzwischen gelernt, ihr Make-up zu mäßigen, wenn auch die Mode bald genug einen ziemlich dramatischen Stil mitbrachte. Und da sie wirklich hübsch war mit ihrer schlanken, doch kurvigen Figur, dunklem Pixie-Haarschnitt und einer irgendwie herausfordernden Nonchalance in ihren gelangweilten Bewegungen, erregte sie bald die Aufmerksamkeit mehr als nur eines Mannes. Doch Angela ließ sie nur schauen und vielleicht Händchen halten. Die Schule wurde immer weniger interessant, und nach der zehnten Klasse ging sie einfach ab und wurde Sekretärin. Ihr Vater, der sich für sie mehr erhofft hatte, war etwas enttäuscht und hörte auf, ihr Geld oder Briefe zu schicken. Bis sie 21 war, bekam sie nur noch Weihnachts- und Geburtstagsbriefe. Dann hörte auch das auf.

Ihrer Mutter gefiel Angelas Entscheidung. Als Sekretärin konnte Angela einen echten Fang machen. Vielleicht würde sie den Kopf eines der Geschäftsführer von Nürnbergs größeren Firmen verdrehen. Sie würde vielleicht in einer schicken Villa landen, Partys veranstalten und reisen. Vorerst würden sie einfach die Wohnung weiterhin teilen und ein mädchenhaftes Dasein genießen.

Natürlich spielt das Leben nie nach dem Willen der Eltern. Eines Samstagabends begegnete Angela einem gutaussehenden jungen Amerikaner. Er war ein US-Soldat, in der Nähe von Frankfurt am Main stationiert und war nur übers Wochenende gekommen, um sich die historischen Orte in Nürnberg anzusehen und Spaß zu haben. Sie verliebte sich Hals über Kopf in ihn. Sorglosigkeit, ein Drink zuviel und völlige Besessenheit von dem gutaussehenden, leicht italienisch wirkenden jungen Mann führten zu einigen schicksalhaften Momenten auf einer Burggrabenwiese hinter der uralten, riesigen Burg.

Einen Monat später – Angela war gerade 22 geworden – entdeckte sie, dass sie schwanger war. Sie war außer sich. Johnny

155

(so hieß der GI) war nicht wieder nach Nürnberg gekommen. Sie hatte den Zettel behalten, den er ihr gegeben hatte. Er war jetzt ein bisschen zerknittert, und sie brauchte ihn nicht einmal mehr, weil sie die Nummer auswendig gelernt hatte. Aber es war der physische Beweis dafür, dass er in ihrem Leben gewesen war. Johnny Piccolini … Und nun hatte sie zudem reichlich ungewollte Beweise.

Sie ließ ihre Mutter nichts über ihre missliche Lage wissen. Sie ging zum örtlichen Postamt, um von dort aus zu telefonieren. Zu ihrer größten Erleichterung ging Johnny tatsächlich an den Apparat. Er behauptete, er habe keine Zeit gehabt, sie anzurufen. Und ja, er denke an sie Tag und Nacht. Angela schluchzte vor Sehnsucht.

„Hör mal", sagte Johnny. „Warum kaufst du dir nicht ein Zugticket und kommst übers Wochenende her?"

Angela holte tief Luft. „Aber wie finde ich dich?"

„Ich hole dich am Hauptbahnhof ab", bot er an.

Also löste Angela tatsächlich eine Fahrkarte. Falls sich ihre Mutter fragte, warum sie diese Reise antrat, ließ sie es sich nicht anmerken. Ihre scharfen Augen hatten in letzter Zeit einige leise Veränderungen an Angela festgestellt. Sie kannte die Zeichen gut genug, wenn jemand sich verliebt hatte und die Liebe nicht so glücklich war, wie sie sein sollte. Nun ja, passierte das nicht irgendwann einmal jedem?!

Angela sah gleichgültig die herrliche fränkische Landschaft am Zugfenster vorbeirauschen. Sie teilte das Abteil mit einer Frau mittleren Alters und ihrem schnarchenden Ehemann, einer nervösen, alten Dame mit ihrer 15-jährigen Nichte und einem fetten, alten Mann in Lederhosen, der ein Leberwurstbrot aß, dessen Geruch mit jedem Bissen strenger wurde.

Und dann war sie in Frankfurt. Es war gar nicht schön, dachte Angela. Auf den ersten Blick eine hässliche Stadt, Brachen entlang der Eisenbahngleise, Bombenruinen, die noch beseitigt werden mussten. Der Hauptbahnhof war riesig und fast überwältigend. Doch Angela entdeckte Johnny beinahe sofort. Er trug Uniform und stach einfach aus der deutschen Menge hervor. Wer aber noch mehr herausstach, war der gutaussehende große Fremde neben ihm.

„Angela!" rief Johnny und strahlte übers ganze Gesicht.

Auf dem Weg nach Frankfurt hatte Angela überlegt, wie sie Johnny Begrüßen sollte und wie und wann sie ihn wissen lassen sollte, dass sie sein Kind erwartete. Aber jetzt war sie sich nicht sicher, ob sie den jungen Mann auch nur umarmen wollte. Wer war dieser große, ernst dreinblickende Mann neben ihm?

„Mein Cousin Thomas Fortescue", stellte Johnny vor. „Er reist während seines Urlaubs durch Deutschland. Hat sich aber Zeit für seinen Cousin genommen."

Thomas nickte ihr zu. „Guten Tag", sagte er. Angela war verwirrt und fand es schwierig, ihm zu antworten. All ihr Schul-Englisch schien unter dem strengen Blick des gutaussehenden Fremden zu verschwinden.

Johnny löste die Spannung, indem er Angela beim Arm nahm und sie entschlossen durch die Menge auf dem Bahnsteig steuerte. Er hatte sein Auto draußen geparkt; das grüne Nummernschild war schon von kleinen Jungs umringt, die darauf deuteten und die schicken Holzaccessoires im Fahrzeug durch die Fenster begutachteten. Amerikanische Autos waren so viel exotischer als die europäischen, die sie kannten. Und als der Mann in Uniform mit einer schönen, jungen Dame am Arm auftauchte, mit einem Mann im Schlepptau, der aussah wie ein Filmstar, traten sie respektvoll beiseite und starrten sie mit offenem Mund an.

Der Tag auf dem Lande außerhalb Frankfurts war herrlich. Sie aßen in einem Biergarten zu Mittag, und am Abend gingen sie in eine Apfelweinkneipe, die auch rustikale, regionale Kost servierte. Angela hielt Johnny auf Abstand. Sie gab sich keine große Mühe, wieder da anzufangen, wo sie in Nürnberg aufgehört hatten. Stattdessen versuchte sie, sich für seinen Cousin Thomas so interessant wie möglich zu machen. Und sie hatte das Gefühl, dass sie mit ihm Katz und Maus spielen musste, damit er anbiss.

Sie hatten Zimmer in einem winzigen Landgasthof gebucht. Irgendwann mitten in der Nacht versuchte Johnny, Angela zu besuchen, aber sie hatte ihre Tür abgeschlossen und gab vor zu schlafen. Nach einer Weile gab Johnny seufzend auf, ging zu seinem Zimmer zurück und schlug frustriert die Tür zu. Am nächsten Morgen beim Frühstück schien Thomas weit zugänglicher, und Johnny tat sein Bestes, nicht zu schmollen.

Eine Woche später besuchte Thomas Angela in Nürnberg. Er brachte ihrer Mutter Blumen und Angela Pralinen. Sie gingen den Burgberg hinauf und besuchten die St. Sebaldus Kirche, wo ein Organist für den Sonntagsgottesdienst übte. Sie aßen winzige Würstchen in einem Brötchen. Sie warfen einen Blick auf das Albrecht-Dürer-Haus. Sie schlenderten über den Wochenmarkt auf dem riesigen Marktplatz. Sie hielten Händchen. Sie küssten sich. Sie sprachen über ihre Träume.

Thomas hatte viele Träume. Angela hörte ihm zu und passte die ihren an, sodass sie ihm behagten. Sie erwähnte keine großen Vorortvillen. Sie erwähnte keine großen Partys mit Champagner und Schokoladenbrunnen. Sie erwähnte keine Kreuzfahrten und Pariser Mode. Sie ließ sich selbst im Stich, weil sie diesen Mann begehrte und seinen Träumen gerecht werden wollte.

Thomas Fortescue war halb italienisch, halb angloamerikanisch. Er war gleich nach dem College in die Marine eingetreten und hatte dort eine Laufbahn als Offizier eingeschlagen. Er sah ein wenig aus wie Gregory Peck, und er wusste, dass Frauen seine Erscheinung liebten. Er war karrierebesessen, und er wollte sein Leben so gut wie möglich genießen. Nach Deutschland zu reisen war einer seiner Wunschträume gewesen – er musste doch die Leute daheim mit seinen geografischen Erlebnissen beeindrucken.

Als Angela ihm einen Monat später gestand, dass sie schwanger sei, wurde Thomas' Welt erschüttert und stand einen Moment lang still. Er wusste, was er zu tun hatte. Er würde sich seine Karriere nicht von einer Frau mit einem Baby in einem fremden Land ruinieren lassen. Er würde sich nicht den Ruf ruinieren lassen. Er sah sie grimmig an und bat sie dann, ihn zu heiraten. Immerhin konnte es nicht so schlimm sein, mit einer Deutschen verheiratet zu sein. So viele andere Militärs waren das auch. Hübsch wie sie war, war sie vielleicht sogar ein echter Gewinn.

Angela schwebte vor Erleichterung. Sie wurde vermutlich eine der lebhaftesten schwangeren Frauen aller Zeiten. Wenn sie ihren Babybauch streichelte, funkelten ihre Augen vor Freude, solch einen gutaussehenden Ehemann gefunden zu haben, einen Amerikaner zudem. Und sie würde sich nicht schämen müssen, ein außereheliches Kind zu haben. Sie würde Thomas nie wissen lassen, dass das Baby nicht seines war. Immerhin bliebe es ja in der Familie.

Also packte Angela die Koffer, umarmte ihre Mutter zum Abschied und reiste in den Bundesstaat Washington mit einem Bauch so dick wie eine Wassermelone. Die Hochzeitszeremonie war etwas gedämpft. Thomas' Mutter missbilligte ganz offen die kleine Schlampe, die ihren brillanten Sohn mit dem ältesten Trick der Welt in die Ehe gelockt hatte – mit einem Baby. Thomas' Vater hätte zu gern selbst mit Angela geflirtet, war aber durch ihre Schwangerschaft verwirrt. Thomas bemühte sich, begeistert zu sein, doch es gelang ihm nicht. Es gab Blumen und eine Hochzeitstorte. Es gab sogar einen kleinen Hochzeitsempfang. Aber nichts war so groß und glamourös, wie es Angela sich erhofft hatte.

Sie nannten das etwas zu früh geborene, aber normal große Baby Florence, weil Florenz ziemlich weit oben auf Thomas' Reisewunschliste stand. Angela gefiel es, weil es mit ihrem Nachnamen eine Alliteration bildete. Sie zogen in ein einfaches, einstöckiges Haus außerhalb des Marinestützpunktes in Bremerton. Der Vorort war nichts Besonderes. Das Haus sah ganz ordentlich aus, war aber gewiss keine Villa. Angela bekam Heimweh. Florence weinte viel. Thomas arbeitete lang und genoss seine Einsätze mehr als nur in Hinsicht darauf, von seiner Familie fort zu sein.

Angela begann zu ahnen, dass auf lange Sicht Johnny die klügere Wahl gewesen wäre. Zumindest hatte er sie wirklich gewollt. Thomas tat das offensichtlich nicht. Lippenstift auf Hemdkrägen lässt sich nicht einfach wegerklären mit dem Argument „Es ist nicht, wie es aussieht". Und manche Anrufe kamen sicher von Damen, die sich eine neuerliche Verabredung erhofften, aber schnell aufhängten, sobald sie Angelas Stimme hörten.

Zuerst war Angela zutiefst verletzt. Sie wäre am liebsten zurück nach Deutschland gegangen. Aber sie hatte nicht das Geld dafür. Und sie hatte auch nicht den Mut dazu. Dann kam eine Phase, in der Angela dachte, es sei ihre eigene Schuld. Schließlich hatte Thomas sie geheiratet, weil er glaubte, sie sei von ihm schwanger, obwohl es das Kind seines Cousins Johnny war. Also schluckte sie ihren Schmerz und Zorn hinunter und tat so, als sei ihr das Verhalten von Thomas recht. Sie begegnete der Frau, mit der sie betrogen wurde, nicht in der Nachbarschaft, und niemand hatte Beweise genug dafür, was Thomas tat, wenn er zwischen Stützpunkt und Zuhause unterwegs war. Wenn jemand welche hatte, sagte er dies jedenfalls nicht Angela ins Gesicht.

Eines Tages jedoch ging eine Episode für Thomas' Karriere richtig schief. Er hatte versehentlich eine Affäre mit einer Frau begonnen, deren Ehe eine schwierige Phase durchlief und kurz vor der Scheidung stand. Durch einen reinen Glücksfall fand Thomas heraus, dass sie mit einem Offizierskollegen verheiratet war, und konnte abspringen, bevor er entdeckt wurde. Danach bewarb er sich für eine Versetzung in ein Marine-Rekrutierungsbüro in Wycliff. Angela erfuhr nie den ganzen Hintergrund für diesen plötzlichen Karrierewechsel.

In Wycliff lebten sie in einem putzigen, kleinen, einstöckigen Oberstadt-Haus am Waldrand. Florence begann, in ihrer neuen Heimatstadt zur Schule zu gehen. Angela beschäftigte sich damit, für ihr Mädchen Kleider zu nähen. Und Thomas kam allabendlich nach Hause. Keine Einsätze mehr für ihn. Nach einer Weile kam er nicht mehr pünktlich zum Abendessen. Eine Entschuldigung folgte der nächsten, und er fiel in seine alten Gewohnheiten zurück, wobei er diesmal die Frauen von Wycliff und Umgebung mit seinem Gregory-Peck-Aussehen betörte.

Doch Wycliff war kleiner als Bremerton. Und Angela hörte bald Gerüchte, wen Thomas bevorzugte und wen er gerade abserviert hatte. Angela errötete, konnte aber nichts tun. Immerhin waren es ja nur Gerüchte, und Thomas fand aalglatte Ausreden für jede Abwesenheit, untermauert von cleveren, kleinen Alibis. Also hielt Angela ihren Kopf noch höher, versuchte zu ignorieren, was geschah, und konzentrierte sich auf ihre Tochter. Sie sehnte sich danach, die Einzige für ihren Mannes zu sein. Aber der schaute nicht nur gern andere Frauen an, er betrog sie auch tatsächlich. Nicht, dass er ihr gegenüber nicht auch seine Pflicht erfüllt hätte. Aber er tat es leidenschaftslos, und ihre Ehe wuchs um keine weiteren Kinder.

„Wir haben Florence", stellte er fest, als sie ihn fragte, ob er nicht noch ein Kind haben wolle. „Sie ist nicht einmal hübsch. Warum sollte ich mir noch mehr Augenschmerzen daheim wünschen?" Es war wie ein Schlag ins Gesicht gewesen, ihr Kind so brutal und sinnlos kritisiert zu hören. Aber Angela hatte ihren Zorn hinuntergeschluckt und nur genickt. Sie liebte Florence für sie beide.

Ah, Florence … Sie sah so gar nicht wie Angela aus. Und auch nicht wie Thomas. Sie war robuster als beide gebaut, und ihre Züge waren definitiv auf der italienischen Seite. Angela sorgte sich, dass eines Tages jemand die Ähnlichkeit ihres Kindes zu Johnny bemerken und es gegenüber Thomas erwähnen könnte. Doch Johnny kam nie zu Besuch – wer sollte es also sehen?!

Dann kam der Tag, der alles veränderte. Eine der Tratschtanten der Stadt berichtete Angela, dass Thomas etwas mit der Ladeninhaberin des „Flower Bower" habe, Bonny Meadows. Bonny war ungefähr in Angelas Alter, ein bisschen geheimnisvoll, sehr hübsch und neckisch. Und die Tratschtante ließ Angela auch wissen, dass Bonny sich dessen offenbar überhaupt nicht bewusst war, dass Thomas verheiratet war. Angela blickte die alte Frau hochmütig an, aber in ihr zerbrach etwas. Sie ging nicht zu ihrer Rivalin; sie fand das unter ihrer Würde. Sie wartete, bis Thomas nach Hause kam und sich in der Küche zu ihr gesellte. Da konfrontierte sie ihn direkt mit der Beschuldigung.

„Und – was wirst du jetzt deswegen tun?" hatte Thomas sie mit mokantem Lächeln gefragt. „Willst du einen Skandal heraufbeschwören, meine Liebe? Denn mir reicht es mit deiner Selbstgerechtigkeit. Oder glaubst du wirklich, ich hätte deine Lüge nicht längst durchschaut?"

Angela wurde blass. „Was meinst du?"

Thomas holte ein Glas aus einem Schrank, schenkte sich Whiskey ein und stürzte ihn dann auf einen Zug hinunter. „Du bist eine Schlampe, Angela", stellte er fest. „Du bist eine schamlose, verlogene Schlampe!" Er ging um sie herum. „Sieh dich nur an. Weiß deine eigene Mutter von deinem Spielchen? Hat sie dich in deinem Plan ermutigt? War GI Johnny dir nicht gut genug? Also hast du einfach den schickeren Marineoffizier genarrt? Weil du dachtest, er verdiene mehr Geld, richtig? Und weil es ihm nichts ausmachen würde, deinen Bastard als seine Tochter anzunehmen." Er hob die Hand, und Angela schreckte zurück. „Hast Angst, ich könnte dich ohrfeigen, was?!" Er lachte freudlos. „Zumindest scheinst du zu erkennen, dass du es verdienen würdest. – Für wie dumm hältst du mich eigentlich? Wo jeder mich fragt, wie ein so hässliches Kind wie unseres von mir sein könnte?"

„Sie ist nicht hässlich!" protestierte Angela.

„Vielleicht nicht", gab er zu. „Aber sie ist auch nicht mein Kind, oder?" Er trat auf sie zu, zornrot im Gesicht. „Oder?"

„Nein." Angelas Stimme war ganz kleinlaut.

Sie schwiegen. Die Stille wurde durch ein leises Wimmern unterbrochen. Florence stand in der Tür. Sie hatte alles mitgehört. Sie war blass und erregt.

„Komm her, Süße", sagte Angela sanft zu der nunmehr Neunjährigen.

„Nein", sagte das Mädchen und schlang seine Arme um sich. Angela seufzte. „Wer ist mein richtiger Vater?" fragte Florence mit toter Stimme.

Angela biss sich auf die Lippen. Thomas sah sie an. „Nun, du sagst es ihr besser selbst. Schließlich habe ich nichts dazu beigetragen", forderte er sie heraus.

Angela nickte hilflos. Ihre Welt begann zusammenzubrechen. Sie musste es wohl hinnehmen. „Deines Vaters ...", sie brach ab, weil Thomas sie eisig anblickte. „Johnny Piccolini", stieß sie hervor.

„Onkel Johnny …", sagte das Mädchen. Dann drehte es sich um und ging.

„Tolles Timing", spottete Thomas. „Aber das ist wohl schon immer eine besondere Gabe von dir gewesen."

„Ich war damals so jung", gab Angela zu bedenken.

„Nicht zu jung für so eine große Lüge."

„Ich habe dich geliebt."

„Und ich soll das glauben?!"

„Wie kann ich mich entschuldigen?"

„Für mehr als neun gestohlene Jahre meines Lebens?"

„Ich habe versucht zurückzugeben", flehte Angela. „Ich habe alles getan, was ich konnte, um dir ein Zuhause zu schaffen."

„Von meinem Geld."

Angela wusste nicht, was sie darauf antworten sollte. Sie sank auf einen Küchenstuhl. Sie merkte nicht, dass sie angefangen hatte zu weinen.

„Ich habe dich und das Kind satt", fuhr Thomas fort. „Nach heute Abend wirst du wohl nicht von mir erwarten, diese Farce von Ehe aufrechtzuerhalten. Ich werde das Haus verkaufen, und mein Rechtsanwalt schickt dir die Unterlagen zu."

„Scheidung!" hauchte Angela, ihr Gesicht weiß wie die Wand.

Thomas zuckte die Achseln. „Ich bin mir sicher, du wirst mit der Situation zurechtkommen. Du hast dich schon immer gut zurechtgefunden."

„Was geschieht mit Florence?"

Thomas überlegte einen Moment lang. „Du bist eine gute Mutter, also lass *sie* entscheiden. Ich habe ganz gewiss genug mit jemandem zu tun gehabt, der nicht zu mir gehört."

„Wirst du es Johnny sagen?"

Thomas starrte sie kalt an. „Wie ich schon sagte: Florence ist nicht mein Kind. Sie geht mich nichts an."

Angela vergrub das Gesicht in ihren Händen.

*

„Und so geschah es", beschloss Angela ihre Geschichte und blickte vor sich hin. „Wir ließen uns scheiden. Florence hat mir nie vergeben und bat darum, zu ihrem richtigen Vater, Johnny, ziehen zu dürfen. Zum Glück akzeptierten er und seine Frau sie sofort. Ich schrieb ihr noch eine Weile, aber sie antwortete nie. Und dann bat mich Johnny, nicht mehr zu schreiben, da meine Briefe seine Frau weit mehr aufregten, als sich um seine Tochter von einer anderen Frau zu kümmern."

Thora erhob sich und trat ans Fenster. „Wie traurig", sagte sie leise. „Wenn man bedenkt, dass alles so glücklich begann und nun hier endet."

„Ich habe danach versucht, hier Arbeit als Sekretärin zu finden", gab Angela zu. „Aber mein Englisch war damals weniger fließend als heute. Ich konnte auch nicht gut buchstabieren. Und ich brauchte so lange, Dinge in einer Fremdsprache niederzuschreiben. Selbst die Schreibmaschinentastaturen waren anders als die, die ich gewöhnt war. Also fand ich Arbeit in einer Konservenfabrik etwas südlich von hier. Ich konnte immer noch in Wycliff leben, musste aber nicht näher mit den Leuten zu tun haben. Das hielt mich am Leben. Natürlich hatte ich, da wir nur etwas mehr als neun Jahre verheiratet gewesen waren, alle Sozialleistungen als Frau eines Militärs verwirkt. Ich hätte mit meinen Anschuldigungen, dass Thomas eine Liebschaft hatte, noch drei Jahre länger warten sollen." Sie lächelte bitter. „Als ich mich an einer der großen Konservenmaschinen verletzte, musste ich die Krankenhausrechnung aus eigener Tasche begleichen. St. Christopher's hier in Wycliff behandelte mich großartig. Aber meine Lebensersparnisse wurden fast aufgezehrt. Vor einer Woche habe ich es endlich geschafft, die letzte Rechnung abzuzahlen. Also gibt es vielleicht doch noch einen Neubeginn."

Thora drehte sich um und strahlte die ältere Frau an. „Und welch ein Zufall! Genau deshalb bin ich hergekommen. Um Ihnen etwas vorzuschlagen. Möchten Sie's hören?"

Angela nickte. „Gern. Ich schätze auch, ich muss mich dafür entschuldigen, dass ich in der Vergangenheit so furchtbar reserviert war."

„Das war Ihr Schutzschild", stellte Thora fest.

Angela nickte. „Ich wollte kein Mitleid. Und ich wollte nicht, dass jemand meine Lebensumstände kennt. Wenn man sich hochnäsig genug benimmt, will einen niemand näher kennenlernen."

168

„Und ich habe diesen Schild heruntergerissen", lächelte Thora.

„Stimmt", sagte Angela. „Aber auch die Tatsache, dass ich nach all den Jahren schuldenfrei bin."

„Hmmm, ich schätze, dann wird Sie mein Vorschlag nicht unglücklich machen." Thora holte tief Luft. „Ich möchte eine Heimindustrie gründen. Und ich brauche dazu Sie."

„Wie das?" fragte Angela neugierig.

„Fangen wir anders an. Sie wissen, dass ich so etwas wie eine Umweltaktivistin bin, weshalb ich ja auch meine Stelle aufgegeben habe."

„Richtig", nickte Angela.

„Heutzutage überlegen sich eine Menge Orte in Western Washington, die billigen Plastiktüten, die viele Geschäfte automatisch ausgeben, durch haltbarere zu ersetzen. In den meisten Fällen tun sie das mit kunststoffbeschichteten Stofftaschen. Keine echte Alternative."

„Nein", stimmte Angela zu. „Es ist immer noch Plastik. Und nicht jeder kann sich auch diese Taschen leisten."

„Richtig", sagte Thora. „Und da setzt meine Alternative an: einfache Stofftaschen. Sie sind stabil, haltbar und aus erneuerbaren Rohstoffen hergestellt – und man kann sie sogar in die Wäsche geben."

Angela nickte vorsichtig. „Aber man wird eine Riesenmenge davon produzieren müssen, damit es sich für ein Geschäft lohnt, in sie zu investieren."

„Genau", strahlte Thora. „Deshalb bin ich auf die Idee mit der Heimarbeit gekommen. Sie müssen mir und jedem anderen, der mitmachen möchte, zeigen, wie man näht. Am Anfang kann ich Maschinen mieten. Wir alle werden zu Hause nähen. Ich werde alle Unternehmen in Wycliff ansprechen, wer mit von der Partie sein will."

„Sie sollten das tun, noch bevor Sie auch nur *eine* Maschine mieten", warnte Angela, wobei ein bisschen ihrer alten Hochmütigkeit durchblitzte.

„Natürlich", sagte Thora unerschrocken. „Und ich möchte vor allem Menschen einbinden, die eine Stelle brauchen. Anfangs wird es nicht viel einbringen, aber wir können groß träumen. Mein ultimatives Ziel wäre es, schicke Taschen und Tragetaschen aus einem eigenen Laden heraus zu verkaufen und eine B-2-B-Kollektion einfacher Einkaufstaschen zu führen."

Angela klatschte in ihre Hände. „Mädchen, Sie sind wirklich etwas Besonderes! Und da in der Not der Teufel Fliegen frisst, möchte ich wetten, dass Sie eine Menge Frauen finden werden, die lieber für ein paar Dollar Lohn Nähen lernen, als jeden Cent zählen zu müssen."

Thora lachte. „Ich denke, ich habe auch gerade einen Geschäftsnamen gefunden. Wie wäre es mit ‚Bags 4 Choosers'?"

„Klingt mir wie einer dieser typisch ausgefallenen Wycliffer Geschäftsnamen", grinste Angela.

Thora lachte und gab der Frau eine rasche Umarmung. „Ausgefallen ist nicht verkehrt, oder?" zwinkerte sie.

*

„Hallo, Mattie, Trevor am Apparat."

„Hallo." Die Stimme am anderen Ende der Leitung klang misstrauisch. „Ist alles in Ordnung?"

Trevor saß an seinem Schreibtisch im Büro und doodelte blaue Linien auf einen Notizblock. „Oh, sicher." Er räusperte sich. „Hören Sie, Mattie, ich weiß, Sie haben in letzter Zeit viel durchgemacht. Aber da es nun vorbei ist, dachte ich, wir könnten den Ausgang der Sache feiern. Wie wäre es heute mit einem Mittagessen?"

„Trevor, ich weiß es zu schätzen. Wirklich." Jetzt herrschte am anderen Ende langes Schweigen.

„Aber …?" Trevor runzelte die Stirn und zeichnete eine winzige Katze mit Schnurrbarthaaren und einem langen Schwanz. Dann fügte er ein Paar Hörner hinzu.

„Ich denke, wir sollten Geschäftliches und Privates nicht vermischen, Trevor." Mattie seufzte. „Ich bin Ihre Klientin. Wir können trotzdem Freunde bleiben, oder?"

„Sicher", sagte Trevor. „Nun, es war einen Versuch wert."

„Durchaus. Danke."

Trevor hängte auf. Sein Kugelschreiber doodelte boshaft Spiralen durch das Kätzchen und übermalte am Ende seine Zeichnung.

171

„Geht es dir gut, Liebling?" Trevors Mutter, eine sehr patrizische Dame mit klaren Ansichten über alles, war ins Büro getreten und legte ihrem Sohn die Hände auf die Schultern.

„Prima", sagte Trevor grimmig. „Einfach prima."

„Willst du darüber reden?"

Er lachte bitter. Dann erhob er sich abrupt und schob die Hände seiner Mutter beiseite. „Lieber nicht, aber danke. Ich gehe heute zum Mittagessen aus. Heb mir bitte nichts auf."

*

Der Tag der Demonstration vor dem Rathaus dämmerte langsam herauf. Dicke Wolken hingen am Himmel, und der Wind hatte über Nacht aufgefrischt. Thora war nicht glücklich darüber. Auch war sie wirklich nervös. Würden überhaupt Leute aus Wycliff ihren Protest gegen die Ölraffinerie unterstützen? Würde ihre Rede gut genug sein, um mehr Menschen mitzureißen? Vielleicht sogar den Stadtrat zu gewinnen? Oder würde sie allein und im Regen stehen, ein völliger Misserfolg?

Aber das Wetter hielt. Der Wind legte sich etwas, und obwohl es immer noch ein dunkelgrauer Tag blieb, nieselte es immerhin nicht. Als Thora mit Bear im Schlepptau in der Stadt ankam – sie nahm ihn als sehr benötigte emotionale Unterstützung mit – fand sie eine auf sie wartende Menge vor dem Rathaus. Das Rathaus von Wycliff war ein imposantes Gebäude an der Main Street. Es nahm einen ganzen Block ein und lag dem alten

Jachthafen neben dem Fährhafen gegenüber. Anfang des 20. Jahrhunderts gebaut, waren seine Mauern mit abstrakten Friesen und stilisierten Pflanzen-Steinmetzarbeiten dekoriert. Es gab auch einen großen Balkon über den riesigen Eingangstüren. Ein Lehrer der Theaterklasse der Wycliff High School hatte für Thora ein kleines Rednerpult samt Mikrofon und Lautsprechern auf den breiten Stufen vor dem Eingang aufgebaut. Die Leute hatten ihre eigenen Banner und Plakate gebastelt. Ein paar strebsame Teenager hatten Sandwich-Boards über ihre Schultern hängen. Thora war gerührt.

Als die Demonstration begann, riefen die Leute im Chor: „AnCoSafe Öle – Umweltgenöhle!" Es war nicht sehr inhaltsreich, aber es reimte sich und sagte auf fantasievolle Weise „Nein". Nach einer Weile stupste jemand Thora an. „Wie wäre es, wenn du jetzt deine Rede hieltest?"

Einen Augenblick lang drehte sich Thoras Magen um. Sie erstickte fast, aber sie war ja aus einem bestimmten Grund hier, oder? Sie nickte also, zog kurz an Bears Leine und stieg die Stufen zum Rednerpult empor. Sie legte ihr kurzes Manuskript auf den Tisch und ließ Bear sich zu ihren Füßen niederlegen. Ihre Augen erfassten die anscheinend immer noch wachsende Menschenmenge. Dann rückte sie das Mikrofon etwas näher an ihren Mund und prüfte, ob es auch eingeschaltet war. Ein Kreischen der Lautsprecher schreckte die Menge auf und ließ sie zu ihr blicken. Sie lachte nervös, und der High-School-Lehrer eilte herbei, um das Soundsystem neu einzustellen. Thora lächelte ihn freundlich an. Dann begann sie mit zitternder Stimme zu sprechen, die über den Bereich vor dem Rathaus echote, aber mit der Leidenschaft ihrer Rede immer fester wurde.

„Vielen Dank, dass Sie alle heute hierhergekommen sind", begann sie. Ein paar Leute klatschten, einige pfiffen. „Ich weiß, es ist nicht für jeden so einfach machbar gewesen, und das Wetter ist auch nicht besonders freundlich. Aber wir dürfen nicht an unsere Annehmlichkeiten denken, wenn die Zukunft unserer geliebten und malerischen Stadt Wycliff auf dem Spiel steht."

Sie holte tief Luft, da jemand rief: „Hört, hört!"

„Wie inzwischen jeder weiß, plant der Stadtrat von Wycliff, dass AnCoSafe Oil eine Ölraffinerie südlich unseres Fährhafens bauen soll. Sie betonen die Punkte von mehr Jobs, einer Amtrak-Verbindung und des bequemeren Auftankens der Fähren. AnCoSafe Oil bietet außerdem Sozialleistungen wie kostenlose Tagesbetreuung für die Kinder der Arbeiter. Wohlgemerkt, ich will nicht schlecht über AnCoSafe Oil reden. Tatsächlich ist es mir völlig egal, welches Unternehmen die Ölraffinerie baut. Ich spreche nämlich gegen *jegliche* Ölraffinerie, die hier im südlichen Sund gebaut werden soll."

Applaus von einigen in der ersten Reihe, Applaus aus einem oben liegenden Fenster hinter ihr. Also stimmten ihr selbst im Rathaus einige Menschen zu.

„Werfen wir einen kurzen Blick darauf, was für Auswirkungen eine Ölraffinerie auf das Wycliff von heute haben würde. Schauen Sie nach rechts in Richtung Fährhafen, und stellen Sie sich hohe Zäune, Pipelines und die Gebäude vor, die eine Raffinerie typischerweise besitzt. Ja, Sie würden es auch von weiter weg sehen, denn die Anlage wäre höher als alles andere in Wycliff. Unsere viktorianische Stadt würde ihr malerisches Image verlieren und schlicht zu einer Industriestadt werden. Außerdem – hätten wir ein weit höheres Verkehrsaufkommen. Stellen Sie sich die Arbeiter vor, die über die Main Street pendeln einschließlich der Tanklaster. Hier in der Stadt würden Rohöl-Züge enden. Ich muss Ihnen nichts zur tödlichen Gefahr solcher Transporte sagen. Wir haben gesehen, was mit Städten passiert, wo solche Rohöl-Transporte entgleisen und in Flammen aufgehen. In diesem Fall ist die geografische Einzigartigkeit des Steilhangs von Wycliff möglicherweise sogar ein Todesurteil. Eine starke Explosion in der Unterstadt würde in der Oberstadt mit an Sicherheit grenzender Wahrscheinlichkeit einen massiven Erdrutsch auslösen."

„Furchtbar!"

„Haben die denn nicht daran gedacht?!"

„Sind die im Stadtrat denn alle blöd?!"

Thora streckte beschwichtigend ihre Hände aus. Die Leute verstummten wieder. „Es gibt noch andere Auswirkungen, die eine Ölraffinerie auf unsere Stadt hätte. Mehr Stellen bedeutet mehr Zuzug. Das heißt mehr Baustellen. Wir müssten unsere Infrastruktur dem plötzlichen Bevölkerungszuwachs anpassen. Der geruhsame Tourismus-Aspekt unserer Stadt ginge verloren. Wir müssten den Anforderungen einer Industriestadt Genüge tun.

Sicher, es gäbe auch Möglichkeiten für ganz neue Unternehmenstypen. Aber es würde auch eine Menge Geschäfte zum Sterben bringen, mit denen wir so lange gelebt und die wir so lange geliebt haben."

„Schande, Bürgermeister Thompson!"

„Ja, Schande!"

Thora schüttelte den Kopf. „Dies ist keine persönliche Vendetta. Das ist nur eine Auflistung der Risiken … Und das sind lediglich die offenkundigsten. Es gibt andere Dinge, die sich einschleichen würden, ohne dass wir es zunächst bemerken würden. Ich rede von den Dämpfen, die entstehen, wenn Gas abgeflämmt wird. Wir würden sie einatmen, ohne es zu bemerken. Es würde vielleicht nicht einmal stinken."

Jemand pfiff, jemand anders schrie: „Verfluchte Widerlinge!"

Thora ignorierte sie. „Eine weitere Eigenschaft von Ölraffinerien ist, dass sie pausenlos arbeiten, und das bringt helle Beleuchtung auch nachts mit sich. Diejenigen von Ihnen, die darüber leben, oberhalb des Steilhangs, würden merken, dass sie immer schlechter schlafen. Nun, Sie wären nicht die einzigen. Alle Nachttiere würden desorientiert und von ihren üblichen Routen und Lebensräumen vertrieben. Und die Fledermäuse, die dafür sorgen, dass wir hier keine Mücken haben, würden verhungern und aussterben oder fortziehen. Wycliff würde möglicherweise eine Mückenplage erleben."

Sie machte eine Pause, um mehr Wirkung zu erzielen. Der Applaus von hinten oben ermutigte sie noch stärker fortzufahren als die aufmerksam lauschende Menge vor ihr.

„Nicht zuletzt: Haben unsere Stadtväter an die zerstörerische Wirkung einer Ölverschmutzung gedacht? Es passiert so leicht. Jeder Werfteigentümer, jede Tankstelle hat vermutlich irgendwann einmal mit einer kleineren zu tun gehabt. Der Sund ist ein empfindliches Ökosystem. Wie viele von Ihnen erinnern sich wirklich daran, wann sie hier ihren letzten farbenprächtigen und intakten Seestern gesehen haben? Genau – wir haben bereits mit dem rätselhaften Verschwinden dieser herrlichen Tiere zu tun. Oder denken Sie an Seeanemonen. Erinnern Sie sich daran, dass das Pfahlwerk an unserem Fährhafen früher regelrecht überwuchert war mit großen weißen, gelben und aprikosenfarbenen Seeanemonen? Verschwunden! Eine Ölverschmutzung würde mehr maritimes Leben töten als nur das. Sie würde alle Meereslebewesen im südlichen Sund abtöten. Unsere Weißkopfseeadler würden keinen Fisch mehr zu fressen finden. Sie würden nach anderer Beute jagen müssen. Andere Vögel würden das auch tun müssen. Am Ende würde unser gesamtes natürliches Ökosystem zusammenbrechen und zerfallen. Die Grünen haben eine Redewendung, die ungefähr so lautet: ‚Rettet die Erde, damit die Erde uns rettet‘. Ich möchte das ein wenig verändern: Rettet Wycliff, damit Wycliff uns rettet! – Danke.“

177

Die Menge jubelte wild. Der High-School-Lehrer kam wieder herauf und nahm ein mobiles Mikrofon zur Hand. „Danke, Thora, für diesen leidenschaftlichen Appell, AnCoSafe Oil keine Raffinerie in unserer schönen Stadt bauen zu lassen. Vielleicht haben einige unserer Mit-Demonstranten Fragen an dich?" Er blickte erwartungsvoll in die Menge. Eine Hand hob sich. „Ja?"

„Aber ich habe auch gehört, dass eine Raffinerie der Stadt beträchtliche Steuereinnahmen bringen würde."

Thora lächelte bitter. „Ich kann diese Tatsache nicht leugnen. Aber um ehrlich zu sein – ich denke, dass ist, als verübe man Brandstiftung, um die Produktion von Feuerlöschern anzuheizen."

„Sehen Sie unsere Zukunft nicht ein bisschen düster?" fragte jemand anders.

„Tue ich tatsächlich", gab Thora zu. „Ich möchte, dass wir diese Welt so genießen können, wie sie ist. Ich möchte, dass die Kinder und Enkel unserer Kommune sie genießen können. Natürlich verändern sich die Dinge ständig. Mit und ohne uns. Aber ich wünschte, die Menschheit behandelte die Natur mitfühlender. Wir benutzen, missbrauchen und verschwenden, was wir haben. Ich sage Ihnen, unserer Erde wird es egal sein. Wenn wir sie zerstören, wird sie uns zerstören. Aber sie wird sich weiterdrehen – nur eben ohne uns. Wir wären einfach verschwunden wie die Dinosaurier vor uns. Ich frage Sie: Wünschen Sie das Ihren Kindern und Enkelkindern? Und deren Nachkommen?"

Diese rhetorische Frage wurde als perfektes Ende von Thoras Rede aufgenommen, und die Leute nickten und applaudierten. Sie begannen wieder Parolen zu rufen, und Thora hörte, wie sich die Fenster über ihr schlossen, bevor sie eine Chance hatte zu sehen, wer ihr von dort aus applaudiert hatte. Der High-School-Lehrer dankte ihr nochmals und gesellte sich zu der demonstrierenden Menge. Thora wischte sich die Stirn, ergriff ihr Manuskript und trat vom Rednerpult weg.

In dem Moment, in dem sie das tat, merkte sie, dass sich ihre Beine in Bears Leine verfangen hatten. Er hatte sich während ihrer Rede ein wenig herumbewegt. Einen Augenblick lang schwankte sie, dann sah sie die Stufen auf sich zu fliegen. Sie streckte ihren rechten Arm aus, um den Fall zu bremsen. Bear bellte. Dann prallte ihre Hand auf eine Steinstufe. Während sie verhindern konnte, dass ihr Kopf und ihr Körper auf die Treppe aufschlugen, hörte sie etwas in ihrem Oberarm knacken und dann ein langsames, langes Reißen. Ein irrsinniger Schmerz fuhr durch ihren gesamten Arm, aber irgendwie war sie zugleich die ziemlich ungläubige Beobachterin dessen, was ihr widerfuhr. „O nein! Nein! Nein!" jammerte sie, während sie all ihre Bemühungen in Sekundenschnelle dahinfahren sah.

Bear bellte glücklich, rannte um sie herum, und zog die Leine hinter sich her. Er dachte wohl, es sei alles ein Spiel. Die Manuskriptseiten waren heruntergefallen und wurden vom Wind herumgeweht. Er jagte sie und schnappte nach ihnen.

Um sie herum bemerkten die Leute nur langsam, was Thora passiert war, aber die meisten dachten, es sei nur ein Stolperer gewesen. Bis Thora schließlich die Kraft fand, sich zu bewegen, sich einfach auf die Stufen setzte und ihren rechten Arm hielt. Den Arm, mit dem sie arbeitete. Den Arm, mit dem sie jede größere Aufgabe bewältigte. Sie hätte heulen können, tat es aber nicht.

„Bist du in Ordnung, Liebes?" fragte Julie Dolan. Sie hatte die Situation ziemlich rasch erfasst.

„Nein", brachte Thora hervor. „Ich glaube, ich habe meinen Arm ziemlich schlimm verletzt. Könntest du mich bitte ins Krankenhaus fahren?"

„Natürlich", sagte Julie.

„Und meinst du, jemand könnte Bear zurück in mein Haus bringen? Mein Auto ist beim Community Center geparkt; die sollten wissen, dass ich es nicht nur so zum Spaß dort stehen lasse. Und Angela muss wissen, dass ich es morgen vermutlich nicht zu unserem ersten Treffen schaffe."

„Angela Fortescue?" fragte Julie verwundert.

„Ja, sie. Wir haben ziemlich tolle Pläne, und jetzt habe ich alles kaputtgemacht. Ich könnte heulen. Ich wünschte, ich könnte die Uhr um nur fünf Minuten zurückstellen!"

„Ach, du Arme", fühlte Julie mit. „Es ist, wie es ist."

„Ich weiß." Thora verzog vor Schmerz das Gesicht. „Ich schätze, ich muss jetzt einfach nur vorwärts denken."

„Absolut", stimmte ihr Julie zu und manövrierte Thora und Bear an der Leine die Treppe hinunter. „Weißt du, deine Rede war richtig gut. Darf ich dich um das Manuskript bitten, sodass ich angemessen über das Ereignis berichten kann? Und natürlich bin ich ganz Ohr, was so ein netter Mensch wie du mit einem Menschenfeind wie Angela Fortescue zu tun hat. Das heißt, falls du durch zusammengebissene Zähne sprechen kannst ..."

„Ich bin mir nicht sicher", gab Thora zu. „Liebe Güte, ich hatte keine Ahnung, dass das so wehtun könnte." Dann lachte sie, während sie ihren kraftlosen Arm hielt. „Ich schätze, man kann mich jetzt zu den gefallenen Mädchen rechnen."

*

Aus dem „Sound Messenger":

Verletzte Umweltaktivistin

plant neues Unternehmen

judo. **Die ehemalige Rathaus-Sekretärin Thora Byrd hat eine flammende Rede gehalten, die den Plänen des Stadtrats, eine Ölraffinerie in Wycliff zu bauen, Einhalt gebieten sollte. Unterstützt von schätzungsweise über 200 Mitbürgern und weiteren, die während des gestrigen Events erschienen, erhielt Byrd sogar Rückhalt von einigen Rathausangestellten. Ihre Zukunftspläne hinsichtlich eines Unternehmens für sich selbst und andere weniger privilegierte Menschen in der Stadt könnten allerdings für eine Weile auf Eis liegen.**

An eine Pause hatte sie vermutlich zuletzt gedacht, als sie bei der gestrigen Demonstration gegen eine AnCoSafe Ölraffinerie das Rednerpult auf den Stufen des Rathauses von Wycliff verließ. Unglücklicherweise wird Umweltaktivistin Thora Byrd, die die örtliche Protestbewegung für ein nicht-industrielles Wycliff anführt, aber nun eine solche einlegen müssen. Ein Sturz auf den Stufen des Rathauses, verursacht durch ihren eigenen Hund, trug ihr eine schmerzhafte Verletzung des rechten Arms ein.

Byrds Rede wurde als sehr engagiertes und fundiertes Instrument im Kampf gegen ein weiteres Raffinerieprojekt in der südlichen Sundregion begrüßt (Eine Liste ihrer Argumente finden Sie im Textkasten unten.). Sie betonte jedoch, sie führe weder eine „Vendetta gegen den Bürgermeister", noch stelle sie sich gegen ein spezifisches Unternehmen der Ölindustrie. Auch beantwortete sie Fragen aus der Menge.

Wie weit Thora Byrd mit dem Umweltschutz geht, ist inzwischen bekannt. Dass sie ihre Stelle im Rathaus aus Gewissensgründen aufgegeben hat, ist nur eine Sache. Aber exklusiv gegenüber dem „*Sound Messenger*" verriet sie einen weiteren großen Plan. Während Städte rund um den Sund eine Veränderung der üblichen Tütenausgabe in Lebensmittelgeschäften überlegen, trägt sie sich bereits mit einem vollständigen Unternehmenskonzept, das nicht nur sie, sondern auch andere Bürger Wycliffs einbezieht, die eine zusätzliche Stelle oder ein zusätzliches Einkommen benötigen.

„Das Kunststoffzeitalter sollte endlich enden", sagte Thora. „Wir verfügen über erneuerbare Rohstoffe, die dieselben Zwecke unendlich umweltfreundlicher erfüllen. Sie müssen nicht unbedingt mehr kosten. Letztlich werden sogar Fashionistas zufrieden sein."

Während Thora Byrd sich zu Hause erholt, hat sie ihren Sinn für Humor nicht verloren, aber es sieht so aus, als würden eine Menge ihrer Pläne für dieses Jahr erst einmal brachliegen müssen. „Was wird aus meiner Idee, eine Heimindustrie für meine Mitbürger und mit ihnen aufzubauen?" sorgt sie sich. "Doch am allerwichtigsten: Was wird aus unserem Protest gegen eine Ölraffinerie in unserer wunderschönen Stadt?"

6

Tipp der Woche von der Grünen Expertin:
Ihr Kind hat Kaugummi im Haar? Schütten Sie über die
verklebte Stelle etwas Coca Cola, während Sie den Kaugummi
sanft aus den Strähnen reiben. Dann waschen Sie das Haar wie
gewöhnlich.

Nachdem Julie sie in der Notaufnahme von St. Christopher's abgesetzt hatte und die Krankenschwestern sie für die Arztuntersuchung vorbereitet hatten, spürte Thora all die Anspannung davon, richtig funktionieren zu müssen, von ihren Schultern fallen. Sie hatte ihren Kopf kühl genug bewahren können, um alle Arrangements für ihre Heimkehr zu treffen, wann immer das sein würde. Sie hatte sogar ihren Geschäftsplan mit Julie diskutieren können. Nun endlich konnte sie sich auf ihre Verletzung konzentrieren und was passieren mochte. Schließlich setzte so etwas wie ein physischer Schock ein, und ihre Zähne begannen zu klappern. Es war in der Notaufnahme nicht kalt, aber die Schwester, die sich um sie kümmerte, brachte ihr ein großes Eiskissen, um den Schmerz in ihrem Arm zu lindern und bedeckte Thoras Schulter sorgfältig mit einer warmen, weichen Decke. Allein in ihrer durch Vorhänge getrennten Kabine fragte sich Thora, ob man sie operieren würde und wie sie sich das leisten können sollte. Würde ihre Versicherung überhaupt zahlen, da es ihr eigener Hund gewesen war, der den Unfall verursacht hatte?

Sie hörte ein Stöhnen und Wimmern und bemerkte, dass es sie selbst war, die endlich dem Schmerz erlag.

Schritte näherten sich ihrem kleinen privaten Raum, und ein großer, athletisch gebauter Arzt kam herein. Sein Gesicht verriet Sorge. Ein verbissenes Lächeln lag in seinen Augen und um seine Lippen. Ein Schild auf seinem weißen Kittel war einfach nur mit „Burns" bedruckt. Thora fragte sich, wie viele Fälle Dr. Burns heute wohl schon behandelt hatte und wie viele vermutlich schlimmer waren als ihrer. Immerhin konnte sie noch klar denken.

„Haben Sie schlimme Schmerzen?" fragte Dr. Burns, während er sich auf einen Stuhl neben ihrem Krankenhausbett niederließ.

„Es ist ziemlich übel", gab Thora zu.

„Wird irgendjemand bei Ihnen bleiben, während Sie hier im Krankenhaus sind?"

Thora schüttelte den Kopf. „Ich bin hier von der Journalistin unserer Stadt abgeliefert worden. Sie wäre geblieben, aber sie hatte noch Termine vor ihrem Redaktionsschluss heute Abend."

„Gibt es jemanden, den das Krankenhaus für Sie anrufen könnte?"

Thora seufzte. „Nein, und ich gebe ohnehin schon genügend Leuten zu tun. Jeder, der hier sitzt, nur um bei mir zu sein, wird sich bald genug zu Tode langweilen. Dann müssen Sie sich um ein weiteres Opfer kümmern", scherzte sie matt.

Dr. Burns lächelte sie amüsiert an. „Wir sehen zu, dass Sie so schnell wie möglich behandelt werden. Wir warten gerade noch auf das Ergebnis Ihrer Röntgenaufnahmen, um zu entscheiden, was zu tun ist. Inzwischen geben wir Ihnen etwas gegen die Schmerzen." Er erhob sich und verließ die kleine Kabine. Kurz danach erschien eine Schwester und gab Thora eine Spritze. Thora fand es unmöglich, nicht zu stöhnen. Mit jeder Minute verschlimmerte sich der Schmerz in ihrem Arm. Aber sie dachte auch an Bear. Wer würde nach ihm sehen? Würde sie sich auch nur um sich selbst kümmern können, wenn sie nach Hause kam?

Ein anderer Arzt betrat die Kabine. Er war etwas kleiner als Dr. Burns und äußerte trotz sichtlicher Sorge im Gesicht so etwas wie komische Verzweiflung. „Ich bin Dr. Reifsnyder", stellte er sich vor. „Wie haben Sie das denn nur hingekriegt?!"

Thora knirschte mit den Zähnen. „Es ist also so schlimm, wie es sich anfühlt?"

Dr. Reifsnyder nickte. „Wir haben gerade die Röntgenbilder gesehen. Sie haben Ihren Oberarm gebrochen und ihre Schulter gebrochen und ausgekugelt. Wie ist das passiert?"

„Ich bin auf der Rathaustreppe gestürzt. Ich hatte gerade eine Demonstration gegen die geplante Raffinerie angeführt und beendet. Hochmut kommt offenbar wirklich vor dem Fall", sagte Thora.

Dr. Reifsnyder schüttelte ungläubig den Kopf. „Wir werden Sie in die Unfallstation des Krankenhauses bringen und sehen, was wir da heute für Sie tun können. Wir werden im Team besprechen müssen, wie wir mit den Brüchen und der Luxation verfahren. Wir möchten es Ihnen so einfach wie möglich machen."

„Danke, Herr Doktor." Thora lächelte mit einer Grimasse, während eine neue Schmerzwelle kam und ging. Sie wusste kaum, wie sie ihren Arm in einer weniger schmerzhaften Position halten konnte.

Nach einer Weile brachte Schwester Dawn sie in ein riesiges Untersuchungszimmer mit dem Schild „Unfallstation" über der Tür. Thora beobachtete unbeteiligt, wie andere Patienten vorüber geführt oder in Rollstühlen gefahren wurden, wie Schwestern mit Instrumenten vorbeieilten und Ärzte Listen überprüften. Ein Kind heulte aus Protest in einem anderen Raum. Der Fahrer eines Rettungswagens diskutierte etwas mit der Schwester am Empfang, die nach einem Arzt suchte. Es hätte chaotisch sein müssen, aber die Notaufnahme war sehr ruhig und geordnet. Und jeder war freundlich und höflich. Thora staunte, wie sie das beibehalten konnten, da pausenlos Patienten eintrafen, manche ungeduldig, manche geradezu unhöflich.

Und dann füllte sich ihr Raum mit einem großen Team aus Ärzten und Schwestern. Dr. Burns und Dr. Reifsnyder erläuterten, was sie mit ihr tun würden. „Wir haben beschlossen, zuerst die Luxation zu beheben."

Thora schauderte. Sie hatte gehört, dass das so schmerzhaft wie die Luxation selbst sein konnte. Aber sie wusste, dass es keinen Ausweg gab, und sie vertraute diesen mitfühlenden Ärzten, die sich sichtlich um ihren körperlichen Zustand genauso sorgten wie um ihren seelischen. Sie war offenbar ein medizinischer Fall, der einige Diskussion erforderte. Doch ohne die Unterstützung eines Familienmitglieds oder Freundes war das Team genauso besorgt, wie emotional stabil sie wirklich war. „Ich vertraue Ihnen", sagte sie schließlich. „Ich weiß, Sie tun Ihr Bestes, und es kann nicht schlimmer werden, als es schon ist."

Die Anästhesistin des Teams gab sich energiegeladen und geschäftsmäßig. Sie begann zu erklären, welches Medikament sie injizieren würden, sodass Thora wach bliebe, aber nichts spüren würde.

„Klingt nach einer unheimlichen Erfahrung", fürchtete sich Thora. „Ich bin nie für die Einnahme bewusstseinsverändernder Drogen gewesen. Außer vielleicht von ein, zwei Gläsern Rotwein beim Betrachten des Sonnenuntergangs."

Sie musste Papiere unterzeichnen, was mit ihrer ungeübten Linken ziemlich umständlich war. Dann ließ sie sich in die Hände des Teams fallen. Sie spürte das kurze Piksen einer Spritze. Dann begann sich der Raum um sie langsam zu verändern. Später würde sie es als eine Mischung aus Hubba Bubba Kaugummi- und SpongeBob-Quadraten beschreiben, die dreidimensionale Labyrinthe formten, die sie mit beinahe physischer Wirklichkeit einzwängten. Die Farben dieser Kuben schmeckten seltsam und veränderten sich in immer schnellerer Folge. Thora hörte die Ärzte immer noch sprechen.

„Mir gefällt das nicht", brachte sie aus ihrem Trip hervor.

„Manche Leute bezahlen eine Menge Geld für solche Drogen", antwortete die Anästhesistin mit einem kleinen Lachen.

„Nun, ich würde sie auf keinen Fall weiterempfehlen. Man kann sein Geld viel besser ausgeben", sagte Thora. Inzwischen bedrängte das Labyrinth ihren Kopf immer schlimmer. Sie spürte, dass es ihre Seele stehlen wollte. Sie umbringen wollte.

Dann plötzlich füllte eine Stimme den Raum. Sie klang so vertraut. Es war solch eine Erleichterung in der Einsamkeit des Labyrinths. Thora rief: „Clark!"

„Ich bin hier bei dir", hörte sie seine Stimme.

Ihre Gedanken drehten sich, kämpften gegen die Bedrängung durch das Labyrinth. Und dann endete der Alptraum so schnell, wie er gekommen war, und sie merkte, dass sie wieder in der Unfallstation war.

„Alles ist gut gegangen", lächelte Dr. Burns. „Noch ein paar Röntgenbilder, und dann sehen wir, wie wir die Behandlung fortsetzen. In Ordnung?"

„Danke", lächelte Thora. Dr. Burns und sein Team gingen, und sie drehte abrupt den Kopf. Ihre Augen wurden groß. „Du bist wirklich hier, Clark?"

„Ich habe es nicht eher geschafft", lächelte er sie aus seinen unglaublich blauen Augen an. „Ich war in einer Besprechung, während du deine Demonstration hattest."

„Dann hast du also nichts davon gehört, was ich zu sagen hatte? Du hast nicht gesehen, wie viele Menschen zur Demonstration gegen die Raffinerie gekommen sind?"

„Ich hatte ein paar Spione in den Fenstern darüber platziert", lachte er leise. „Ein paar von ihnen haben mir ihre Meinung gesagt, nachdem du fertig warst."

„Geschieht dir recht", sagte sie mit all der Würde, die sie in ihrem Krankenhausnachthemd aufbringen konnte. „Wenn du nicht mit diesem hirnrissigen Plan gekommen wärst …"

„Jetzt aber halt … Verdiene ich solch eine Behandlung, wo ich mein Golfspiel heute Abend abgesagt habe, nur um bei dir zu sein?"

Thora biss sich auf die Lippen. „Tut mir leid. Ich bin gewiss dankbar, dass du an meiner Seite sitzt. Ich fühle mich nur von der Situation überfahren."

„Nimm jeden Tag für sich", beruhigte sie Clark. „Es wird sich schon alles fügen."

*

Der erste Morgen zu Hause war trist und schmerzhaft. Thora trug eine riesige, sperrige Schlinge, die sie daran hindern sollte, den Arm zu bewegen. Aber immer wieder schaffte sie genau das und wurde mit einem fiesen Schmerz bestraft, der durch den gesamten Arm schoss. Oder sie stieß sich versehentlich an einem Türrahmen, weil sie nicht daran gewöhnt war, so viel Platz zu benötigen. Sich anzuziehen war gänzlich unmöglich – sie trug noch immer das Krankenhaus-Nachthemd über ihren Jeans. Auch dachte sie, dass ihr Haar dringend gewaschen gehörte, obwohl sie das erst gestern getan hatte. Sie war verzweifelt, dass sie ungepflegt aussah. Was sie hinsichtlich ihrer Mahlzeiten tun sollte, war ihr ein Rätsel. Sie konnte mit ihrer ungeübten Linken nichts schneiden oder kochen. Bear winselte und blickte zu ihr auf. Wenigstens hatte sie etwas Hundefutter in seinen Napf füllen können, ohne dass allzu viel über den Rand gefallen war.

Gestern hatte Clark sie nach Hause gefahren und ihr hineingeholfen. Aber danach war sie auf sich selbst angewiesen gewesen. Da hatte sie die Verzweiflung so richtig überwältigt. Sie hatte nicht geweint, aber sie hatte durch ihr Lieblingsfenster über den Sund gestarrt und sich für ihre Unbekümmertheit gescholten, die sie nun so teuer bezahlte. Ihre Versicherung galt noch für dieses Quartal. Aber würde sie in ihrem Fall greifen? Und sie würde acht Wochen lang nicht fahren können. Sie würde Freunde anrufen müssen, um sie an bestimmte Orte zu fahren, einzukaufen oder auch nur, um ihren Garten zu wässern. Am schlimmsten war, dass ihr Projekt „Bags 4 Choosers" würde warten müssen, bis sie sich wieder selbstständig bewegen konnte. Über diesen ernüchternden Gedanken vergaß Thora fast, dass sie Wycliff ziemlich beeindruckt hatte und dass es sich jetzt gerade herumsprach. Aufgeregt über sich selbst hätte Thora sich in jener Nacht am liebsten im Bett hin und her gewälzt, aber sie merkte, dass sie nur auf dem Rücken liegen konnte, da ihr Arm immobilisiert über ihrem Bauch lag.

Aufzustehen war fast eine Erleichterung gewesen, obwohl der Tag sofort Herausforderung an Herausforderung reihte und Thora schließlich ganz erschöpft an den Frühstückstisch sank. Ein scharfes, kurzes Bellen von Bear schreckte Thora auf. „Was gibt's?" fragte sie ihn.

Bear tapste zur Haustür und winselte. Thora folgte ihm und öffnete. Sie blickte in Clark Thompsons lächelndes, frischrasiertes Gesicht.

„Guten Morgen", sagte er.

„Du ... schon wieder?" fragte Thora ungläubig. „Du warst doch erst gestern hier."

„Dachte mir, du brauchst vielleicht Hilfe beim Frühstücken oder Mittagessen oder was auch immer." Clark holte eine Kühlbox hinter seinem Rücken hervor. „Darf ich reinkommen?"

Thora trat beiseite und hielt die Tür weit auf. Clark ging sofort in die Küche und setzte die Kühlbox ab. Dann begann er auszupacken. „Ich hab' dir ein paar frische Bagels und Frischkäse gebracht. Und ..." Er hielt mit einem geheimnisvollen Lächeln ein Päckchen empor. Thoras Gesicht war ein einziges Fragezeichen. „Gravad Lax", verkündete Clark. „Selbstgemacht."

„Man kann den selbstmachen?" fragte Thora und starrte ihren Freund an, der sie immer mehr überraschte.

„Klar!" sagte Clark. „Allerdings habe ich ihn nicht selbst gefangen. Ich habe ihn bei Nathan's gekauft und dann gebeizt. Du kannst ihn auf den Bagels haben, die ich gebracht habe, wenn du magst. Ich streiche dir ein bisschen Frischkäse darauf. Ich habe auch Kapern und rote Zwiebeln mitgebracht. Und ich mache auch eine leckere Honigsenfsauce ..."

Thora setzte sich. „Ich verstehe das nicht. Warum tust du das alles?"

Clark blickte sie verlegen an. „Ich könnte jetzt sagen, ich vermisse meine Sekretärin im Rathaus und versuche, sie zu bestechen, damit sie zurückkommt." Thora öffnete den Mund, aber er hielt beide Hände hoch. „Halt, ich weiß, dass ein Nein von dir auch nein bedeutet! – Aber ich habe auch so eine Ahnung, was du da ganz allein durchmachst. Ich kann eine Freundin in solch einer Situation nicht allein lassen. Selbst wenn sie nicht meiner Meinung ist oder gegen meine Pläne demonstriert."

Thoras Augen wurden plötzlich nass. „Ich weiß nicht, ob ich das je wiedergutmachen kann."

„Ich verlange keine Gegenleistung", sagte Clark. „Vielleicht will ich deine Freundschaft nicht wegen meiner Raffineriepläne verlieren. Ich habe schon eine Sekretärin deshalb verloren."

Thora lächelte schwach. „Du bist ein furchtbar guter Freund, Clark", sagte sie. „Ich wünschte nur, ich könnte die

Bagels aufschneiden und sie mir mit all diesen Leckereien richtig gut schmecken lassen..."

Clark nickte. „Natürlich kann ich das für dich tun."

Fünf Minuten später kaute Thora an einem leckeren Lachs-Frischkäse-Bagel und stöhnte leise.

„Tut es so schlimm weh?" fragte Clark besorgt.

Thora schluckte und lachte. „Nein, es schmeckt so unglaublich gut!"

*

„Ganz richtig, ich gebe Nähunterricht", sagte Angela Fortescue frisch. „Sie müssen allerdings Ihre eigene Maschine mitbringen."

Eine weibliche Stimme am anderen Ende erwiderte etwas.

„O nein, Sie müssen keine kaufen. Sie können eine mieten und dann überlegen, ob das etwas ist, was Sie gern tun würden. Und Sie müssten auch etwas Patchwork-Stoff mitbringen. Ein einfacher tut es. Nur damit Sie lernen, die Maschine einzufädeln, zuzuschneiden, zu säumen und einfach gerade Linien zu nähen. Wenn die Produktion erst einmal läuft, werden wir Sie mit allen notwendigen Materialien versorgen."

Am anderen Ende wurde noch etwas gesagt.

„Sicher. Ich werde Ihnen das zeigen, und wenn Sie merken, dass es Ihnen keinen Spaß macht, werde ich Ihnen keinen Vorwurf daraus machen."

Sie wechselten noch ein paar Worte. Dann legte Angela mit einem echten Lächeln auf ihren dünnen Lippen auf. War das wirklich sie? Hatte sie tatsächlich eine Notiz am Informationsbrett des Bürgerzentrums aufgehängt, dass sie Nähunterricht anbiete? Lächelte sie wirklich aus Vorfreude, da eine überraschende Anzahl Frauen aller Altersstufen sie bereits angerufen hatte trotz ihres Rufs als stadtbekannte Hexe?

Angela begann, eine Liste zu erstellen. Sie hatte zehn Frauen an der Hand, die gern nähen lernen wollten. Einige hatten Maschinen von ihren Müttern oder Großmüttern. Die meisten kannten weder ihre Marke noch ihre Ausstattung. Einige hatten gar keine Maschine. Zwei hatten vor Jahren zu nähen versucht, es aber aufgegeben aus Furcht vor der Geschwindigkeit der Maschinen. Vielleicht würde sich das ändern. Doch Angela räsonierte, dass sie auch Leute brauchte, die den Näherinnen die Zuschnitte fertigten. Es würde also selbst für diejenigen Arbeit geben, die sich nicht für Näharbeiten eigneten.

Angela hatte noch nicht mit Thora über ihre Eigeninitiative gesprochen. Zuerst war sie erschrocken über Julie Dolans Besuch gewesen, die ihr die Nachricht von Thoras Unfall überbrachte. Angela hatte sich in den Demonstrationsmarsch anfangs eingereiht und es tatsächlich genossen, Teil der Menge zu sein, noch dazu für einen guten Zweck. Doch dann hatte jemand sie kalt angestarrt, und sie war in sich zusammengesunken und weggegangen, sodass sie den Unfall nie mitbekommen hatte. Als Julie gekommen war, hatte sie gedacht, es sei eine Ausrede von

Thora, um das Nähprojekt doch noch zu kippen. Doch warum Julie einspannen, um sie zu besuchen und ihr eine Botschaft zu überbringen? Außerdem besaß Thora Mut genug, für sich selbst zu sprechen. Und anderntags hatte sie dann auch alles in der Zeitung gelesen.

Ohne eine Zusammenkunft und weitere Anweisungen hatte Angela einige Ideen gehabt, wie man trotzdem anfangen konnte. Je mehr Frauen nähen konnten, desto besser würden sie ihre Heimindustrie implementieren können. Je mehr Näherinnen sie hätten, desto bessere Angebote konnten sie den örtlichen Unternehmen beim Verkauf von Baumwoll- oder Hanftaschen machen. Und sie mussten herausfinden, was der Massen-Ankauf von Stoff sie kosten würde. Letzteres konnte sie vom Computerraum des Bürgerzentrums aus tun.

Und dann war da Meredith Baker, ihre Nachbarin nebenan, eine graue und schüchterne, kleine Maus von vielleicht 35, die Angst vor ihrem eigenen Schatten hatte. Ihr Mann Ron war einer dieser Fischer, die auf drei- oder viermonatige Touren nach Alaska gingen, und wenn er zurückkam, versetzte er seine kleine Frau für gewöhnlich in Angst und Schrecken. Er schlug sie nicht, aber sein Gefluche dröhnte durch das halbe Werftgebiet, wenn er von der „Dock Tavern" heimkam. Seine Sprache ließ sie sich winden und sich fragen, wo der sanfte Riese von einst hin verschwunden war, den sie vor etwa 15 Jahren geheiratet hatte. Es war nur gut, dass sie kinderlos waren, da sie wegen Rons Trunksucht arm wie die Kirchenmäuse waren. Jedes Mal, wenn er wieder ging, hatte Meredith kaum einen Cent übrig. Nur gut, dass sein Fischereiunternehmen die Männer nicht auf einmal, sondern in monatlichen Raten auszahlte, sodass die Familien nicht verhungerten, während die Männer auf See waren.

Auch Meredith würde sicher von ihrem Plan wissen wollen. Sie war eine liebe Frau, die sich schwertat, über die Runden zu kommen und trotzdem zuversichtlich zu bleiben. Sie konnte gut etwas gebrauchen, das ihre Gedanken von den täglichen Sorgen ablenkte und ein bisschen Bares in ihr Sparschwein brachte. Angela wusste auch, dass Meredith eine wundervolle Künstlerin war. Vielleicht konnte sie die Entwürfe für all die Handtaschen und Tragetaschen zeichnen, die sie eines Tages führen würden. Sollte sie Meredith davon erzählen? Oder sollte sie zuerst Thora fragen?

Angela schnappte sich noch einmal das Telefon. Es brauchte eine Weile, bis Thora an den Apparat ging. Doch dann verriet Angela, was sie sich ausgedacht hatte und was sie bereits in Bewegung gesetzt hatte. „Bist du mir jetzt böse?" fragte Angela vorsichtig.

„Böse?" sagte Thora. „Das ist wundervoll. Ich hatte mich gesorgt, dass wir nach meinem dummen Sturz gestern nicht einmal anfangen könnten."

„Wie geht es dir überhaupt?"

Thora berichtete ihrer künftigen Geschäftspartnerin jedes Detail. „Es kann bis zu einem Jahr dauern, bis ich wiederhergestellt bin. Es ist nervenaufreibend, aber ich muss vorwärts denken. Ich kann die Uhr nicht zurückstellen …"

„Nein, ziemlich unmöglich", erwiderte Angela trocken.

„Wem sagst du das?! Jedenfalls, ich verrate Meredith dann unseren Plan. Vielleicht kann sie die Designerin unserer kleinen Heimindustrie werden. Vielleicht gibt das dieser kleinen Maus mehr Mut."

Sie legten auf, und Angela ging an ihre Haustür. Zu dieser Tageszeit, wenn Ron Baker zwischen zwei Touren war, befand Meredith sich meist daheim und kochte ein Abendessen für zwei, das dann letztlich nur von einem gegessen werden würde. Angela ging hinüber zur Tür ihrer Nachbarin und klopfte. Die Tür öffnete sich einen Spalt weit, und Merediths blasses Gesicht erschien darin.

„Hallo, Meredith", sagte Angela beinahe herzlich. „Hast du einen Moment Zeit? Ich habe ein Angebot an dich, zu dem du nicht Nein sagen können wirst …"

*

„Hallo, Thora, Dieter hier. Der Deutsche aus Steilacoom. Wir haben von Ihrem Unfall nach ihrer Rede gehört. Denise und ich sind heute Nachmittag in Wycliff. Brauchen Sie etwas?"

„Hallo Thora, hier ist Kitty. Ja, die vom ‚Flower Bower'. Ich schätze, mit Ihrer Schulter können Sie sich gerade nicht richtig um Ihren Garten kümmern. Ich dachte mir, ich komme vorbei, wenn ich meinen Laden geschlossen habe, und helfe Ihnen ein bisschen. Ich werde auch mit Bear am Strand rennen, damit er seinen Auslauf bekommt."

„Guten Tag. Hier ist Pastor Wayland. Brauchen Sie jemanden zum Reden? Ich komme gern zu Ihnen und helfe Ihnen durch diese Zeit. Durch eine schwere Verletzung wie diese dürfen Sie sich nicht unterkriegen lassen. Großartige Rede von Ihnen übrigens. Sie haben mich vermutlich nicht in der Menge gesehen. Ich stehe ganz auf Ihrer Seite gegen den Raffinerie-Plan."

„Hallo, Thora. Dottie hier. Ich weiß, du kannst nicht zum Laden fahren. Ich habe dir eine Schale geschnittene Wurstreste zusammengestellt. Wäre es dir recht, wenn ich nach Ladenschluss heute Abend zu dir käme?"

„Thora, hier ist Paul. Wir waren bei Ihrer Demo, und das ganze Team des ‚Le Quartier' gratuliert Ihnen zu Ihrer Chuzpe. Natürlich wissen wir, dass Sie mit Ihrer Schulter jetzt in der Klemme stecken. Deshalb haben wir Ihnen ein paar besondere Aufläufe zubereitet, die Sie nur aufwärmen müssen und die einfach zu essen sind. Wann dürfen wir sie Ihnen vorbeibringen?"

Thora war von der Welle der Hilfsbereitschaft, die über das Telefon und in einigen Fällen persönlich bei ihr ankam, ziemlich überwältigt. Sie hatte von Kleinstadt-Solidarität gehört. Aber sie hatte dies immer für etwas gehalten, das älteren Menschen zukam oder solchen, die erst vor kurzem einen Menschen verloren hatten. Es fiel ihr schwer, diese Angebote anzunehmen, weil sie immer so unabhängig gewesen war. Dennoch gab es Augenblicke, in denen sie sich hilflos fühlte.

An einem milden Abend eine Woche nach ihrem Sturz stand sie auf ihrer Veranda und blickte trübselig über den Sund. Die Vögel zwitscherten ihr Abendlied, und Bear drückte sich schwer atmend gegen Thoras Schenkel. Von der sinkenden Sonne apricotfarben und rosa gefärbte Wolken segelten über den westlichen Himmel. Das Olympic-Gebirge ragte dunkelblau gegen den dunkler werdenden Abendhimmel auf. Einige Boote waren noch auf dem Wasser in Richtung Häfen unterwegs, und eine Fähre fuhr in weitem Bogen auf Wycliff zu.

Ein Bellen von Bear schreckte Thora aus ihren Gedanken auf. Dann hörte sie es selbst. Ein Auto war hinter ihrem Haus vorgefahren, und eine Tür wurde zugeschlagen. Sie war offensichtlich nicht schnell genug, um ins Haus und an die Tür zu gelangen, also hörte sie einige Augenblicke später Schritte über den Rasen, die sich von der Seite des Hauses her näherten.

Es war Clark, und Thoras Herz machte einen glücklichen, kleinen Sprung. „Bear hat dich schon angekündigt“, sagte sie mit einem breiten Lächeln, das ihre trüben Gedanken noch ein paar Minuten zuvor Lügen strafte. „Ich habe schon zu Abend gegessen, aber ich kann dir etwas von meinen köstlichen Resten aufwärmen, wenn du magst. Ich habe dem Sonnenuntergang zugeschaut.“

Clark trat auf die Veranda und schüttelte den Kopf. „Kein Abendessen, danke.“ Er wirkte grimmig und stelle eine Flasche Rotwein auf den Tisch.

„Stimmt etwas nicht?" fragte Thora.

Clark warf ihr einen düsteren Blick zu und entkorkte dann die Flasche. „Ich brauche erst einen guten Schluck, bevor ich darauf zu sprechen komme. Wo finde ich Gläser?"

„In dem kleinen Hängeschrank neben dem Herd."

Clark ging hinein und kehrte mit zwei Weingläsern zurück. Er beschäftigte sich damit länger als notwendig. „Wie sehr hattest du heute damit zu tun?"

„Zu tun womit?" fragte Thora überrascht. Clark murmelte etwas. „Entschuldigung, aber ich habe dich nicht verstanden. Könntest du es bitte wiederholen?"

„Mit der Demonstration vor dem Rathaus."

Thora blickte noch verwirrter. „Was für eine Demonstration? Was …?!"

Clark sah ihr in die Augen und glaubte ihr. „Ah, ich schätze nicht. Sollte es besser wissen. – Nun, ich kann es dir genauso gut erzählen, und du wirst es vermutlich nur zu gern hören. Jemand hat noch eine Demonstration vor dem Rathaus organisiert, und dieses Mal waren tausend – tausend! – Menschen genau unter meinem Fenster versammelt. Sie hatten drei Redner, sogar einen von Green Peace, und sie brachten eine große mit Unterschriftenlisten gefüllte Petitionsbox in mein Büro. Das Fernsehen berichtete darüber, und eine Radiostation hat dazu etwas gesendet. Der Himmel weiß, wie viele Journalisten mich um eine Stellungnahme gebeten haben."

„Ich hatte keine Ahnung", sagte Thora tonlos und blickte Clark an. Er sah müde und erschöpft aus. „Und ich müsste lügen, wenn ich sagte, dass es mich nicht total glücklich macht, dass jemand den Protest übernommen hat. Aber es tut mir leid, dass sie dich so unbarmherzig behelligen." Sie nahm seine Hand und drückte sie leicht. „Du bist der beste Freund, den ich haben könnte, Clark. Ich hatte nicht vor, dass jemand in dein Büro eindringen und dich regelrecht verfolgen sollte."

Clark seufzte. „Ich denke, ich bin selbst dran schuld." Er hob sein Glas. „Auf die Stadt der Mutigen und Gewissenhaften!"

Thora hob ihres ebenso. „Auf Treue und Freundschaft trotz Kontroversen."

Sie lehnten sich an das Verandageländer und starrten in den Sonnenuntergang, der langsam in Dunkelheit überging. Eine Fähre tutete, um ihre Abfahrt aus Wycliff Harbor zu verkünden. Sie starrten auf das Licht, das sie auf die glitzernden Wogen warf.

*

„Hast du bitte Zeit, einen Blick auf mein Motorboot zu werfen?" fragte Daniel Mathilda am Telefon.

„Lass mich nachsehen", erwiderte Mattie und ging durch ihre Bücher. Ihr Büro-Schreibtisch war aufgeräumt, aber das hieß nicht, dass sich keine Aufgaben darauf türmten. „Es kommt darauf an, wieviel gemacht werden muss …"

„Oh, ich weiß nicht", zögerte Daniel. „Es benötigt definitiv eine neue Versiegelung und einen neuen Anstrich. Außerdem muckt der Motor etwas seltsam. Könnte die Batterie sein. Und ich möchte eventuell ein Verdeck dafür. Meinst du, das ist zu viel auf einmal?"

Mattie überdachte seine Beschreibung. „Brauchst du das Boot irgendwann bald?"

„Nicht wirklich", sagte Daniel. „Es wäre aber schön, es im Sommer zu Wasser lassen zu können."

„Natürlich", antwortete Mattie und fuhr mit ihrem rechten Zeigefinger eine Kalenderseite hinunter. „Nun, du könntest es morgen Nachmittag vorbeibringen. So um fünf? Ich schaue es mir an, und wir können dann entscheiden. Es könnte allerdings noch eine Weile auf seinem Anhänger sitzen, bis meine Leute an ihm arbeiten. Aber ich bin mir sicher, sie kommen recht bald dazu."

„Prima", sagte Daniel. „Bis dann." Er legte auf.

Mathilda notierte den neuen Kundentermin. Reparaturtermine waren dieser Tage knapp, da jeder so schnell wie möglich aufs Wasser wollte. Aber sie würde versuchen, Daniel dazwischen zu quetschen. Immerhin wollte sie ihn wiedersehen. Dringend. Aber sie wusste nicht, wie, außer auf geschäftlichem Wege.

Was wusste sie überhaupt über Daniel Harrison? Sie erinnerte sich, vor ein paar Jahren einen Zeitungsartikel über ihn gelesen zu haben, als er das Entsorgungszentrum bei Yelm gekauft hatte. Ein Foto hatte die Gebäudefront gezeigt und eine

Nahaufnahme von Daniel. Daniel war in Seattle geboren und dort zur Schule gegangen. Irgendwann in seinen späten Teen-Jahren hatte er den Umweltschutz entdeckt. Das war ein Thema, das im pazifischen Nordwesten an Bedeutung gewann. Mattie wusste, dass man hier im Vergleich zu anderen Ländern der westlichen Hemisphäre noch in Kinderschuhen steckte. Aber besser darin als in gar keinen. Daniel hatte sich damals freiwillig zu allen möglichen Projekten gemeldet – Strandreinigung, Demonstrationen gegen Bohrinseln, Recycling-Kurse für umweltbewusste Kinder. Und er hatte am College Bauingenieurwesen studiert.

Nach seinem Abschluss hatte er in der Recycling-Firma seines Bruders in einem südlichen Vorort der „Emerald City", Seattle, gearbeitet. Aber er hatte immer nach Möglichkeiten für sich gesucht, unabhängiger zu sein. Als das Entsorgungszentrum bei Yelm zum Verkauf stand – der Eigentümer wollte in Arizona in Ruhestand gehen – hatte er die Gelegenheit beim Schopf gepackt und einen großen Unternehmenskredit aufgenommen. Es war ihm wichtig gewesen, jeden einzelnen Kunden des ehemaligen Eigentümers zu besuchen, um sicherzustellen, dass sie ihm treu blieben, und um ihnen zu versichern, dass die Geschäftsbedingungen sich in den kommenden zwei Jahren nicht ändern würden. Mattie war einer dieser Kunden gewesen, und ihr hatte der Mann gleich gefallen. Er hatte eine Mission – die Umwelt vor Verschmutzung zu schützen und Sondermüll in Energie umzuwandeln.

„Ich werde den Müll verbrennen, die Emissionen werden herausgefiltert. Während dieses Prozesses wird Wasser erhitzt. Der Dampf treibt Turbinen an, die Energie für mein Entsorgungszentrum generieren und vielleicht auch für ein paar benachbarte Firmen. Ich weiß, in Europa tut man das in großem Umfang. Ich möchte beweisen, dass so etwas auch in den USA funktionieren kann. Wenn Sie meine Kundin bleiben, sind Sie Teil eines Projekts, das unserer Welt hilft und der Ihrer … ähm …"

Hier gab er auf, und Mattie musste lachen, weil sie wusste, dass er drauf und dran gewesen war, mit dem Wort „Kinder" zu enden, was völlig unangebracht gewesen wäre. Das war, als sie ihn als Person zu mögen gelernt hatte. Aber sie war so erzogen worden, sich strikt auf Geschäftliches zu konzentrieren und keinesfalls menschliches Interesse an Geschäftspartnern zu zeigen. Und Daniel war schließlich nur wegen etwas Geschäftlichem gekommen. Also hatte es keine Gelegenheit für Persönlicheres gegeben. Oder etwa doch?

Vielleicht war es tatsächlich ein Glücksfall gewesen, dass Peter ihre Schecks gestohlen hatte. Es hatte ihr Zeit zum Nachdenken über ihr Geschäft geben, aber auch darüber, was für eine Eigentümerin sie eigentlich war. Sie spürte, dass sie sich mehr einbringen musste. Nicht wie eine Mikro-Managerin, sondern in Kenntnis über alle Einzelheiten. Ihr Gespräch mit Daniel hatte ihr geholfen. Würde sie ihn überzeugen können, dass mehr solcher Geschäftstreffen ihnen beiden helfen konnten?

Die Zeit bis zum nächsten Nachmittag schien stillzustehen, und Mattie hatte nicht das Gefühl, irgendetwas getan zu haben. Sie saß an ihrem Schreibtisch und starrte Löcher in die Luft. Oder sie lief über die Werft und erinnerte sich nicht mehr, was sie dort überhaupt vorgehabt hatte. Als kurz nach fünf Daniels Pick-up Truck einfuhr, machte ihr Herz einen großen Satz und landete in ihrer Kehle.

Daniel stieg in schicker Freizeitkleidung aus dem Wagen.

„Hey", sagte er.

„Hey! Wie geht's?"

„Gut. Gut."

„Prima."

Sie standen einander gegenüber und wussten nicht, was sie sagen sollten. Aber sie blickten einander intensiv an.

„Wo ist dein Boot?" fragte Mattie schließlich. „Sieht so aus, als hättest du es doch nicht mitgebracht."

„O doch", sagte Daniel und errötete leicht.

„Dann musst du deinen Anhänger verloren haben."

„Dafür braucht's keinen Anhänger." Daniel ging um seinen Truck zur Beifahrerseite und öffnete die Tür. Er beugte sich in den Fußraum vor und holte etwas heraus. Dann hielt er es Mattie mit beiden Händen hin.

Mattie stand da mit offenem Mund, wie vom Blitz getroffen. Das Motorboot war sicher ein Motorboot – aber ein Modellboot. Es sah in seiner Konstruktion fertig aus, benötigte aber definitiv Versiegelung, Farbe und ein Verdeck.

„Was ist mit dem Batterieproblem?" fragte Mattie mit schwacher Stimme.

Daniel grinste, setzte das Boot auf die Motorhaube und holte eine Fernsteuerung vom Beifahrersitz. „Sie sind vermutlich nur alt. Ich brauche ein paar brandneue, wenn wir sie ausprobieren. Hast du Lust?"

Jetzt wurde Mattie wieder lebendig. „O du ... du! Wie kannst du es wagen, mich so auf den Arm zu nehmen?! Ich habe meinen Zeitplan geändert, damit wir deine Bootsreparatur einfügen konnten. Ich war sogar bereit, selbst Überstunden zu machen!"

Daniel setzte die Fernsteuerung hinter die Sitze in seinem Laster. „Das tut mir leid", sagte er, aber seine funkelnden Augen straften seine Worte Lügen. „Was die Überstunden angeht ... würdest du mit mir ins ‚Le Quartier' gehen und dort zu Abend essen?" Er trat auf sie zu und legte seine Hände auf ihre Schultern. „Ich habe dich schon seit einer Weile fragen wollen, ob du mit mir ausgehst, aber ich brauchte einen Vorwand."

„Und diesen hier hast du für clever gehalten?" Mattie blickte ihn immer noch ungläubig an.

„Es ist ein Motorboot", verteidigte sich Daniel.

„Oh, sicher ist es das!" rief Mattie, beinahe zornig. Dann fiel ihr die komische Seite der Situation auf, und sie brach in Gelächter aus. „Daniel Harrison, du sorgst besser dafür, dass meine Überstunden das wert sind!"

Er grinste sie jungenhaft an. „Mattie Barton, ich werde mein Bestes versuchen."

*

Es war Samstagabend, und Thora starrte aus dem Fenster in eine trübe, nieselige Dämmerung. Die Bäume waren dunkle Flecken gegen den grauen Himmel, und die Terrasse vor ihrem Fenster glitzerte regennass. Im Zimmer war es kalt. Die Lampe in ihrer Leseecke warf lange Schatten über Fußboden und Wände. Das Haus roch nach Bear, da er nass von seinem Auslauf am Strand hereingekommen war und es geschafft hatte, Thoras Handtuch auszuweichen. Einhändig zu sein, wenn auch nur vorübergehend, hatte seine großen Nachteile.

Thora fühlte sich so trostlos wie das Wetter draußen. Seit ihrem Sturz waren erst zwei Wochen vergangen, aber es fühlte sich bereits wie eine Ewigkeit an. Sie hatte nicht mehr solche Schmerzen wie am Anfang, aber in so vieler Hinsicht fühlte sie sich extrem hilflos. Es war unendlich mühsam, sich das Haar zu waschen, und sie war nur froh, dass sie es ohnehin kurz trug. Sie musste Freunde anrufen, damit sie für sie einkauften. Sie konnte weder Gläser noch Flaschen öffnen, sodass sie Freunde bitten musste, das für sie zu tun und die Deckel nur ganz leicht zugedreht zu lassen. Sie konnte den Wäschekorb nicht auf ihren Wäschetisch heben, also schob sie ihn dorthin mit ihren Füßen vor sich her. Sie vermisste Fahrten aufs Land. Sie hatte Angst, zu weit von daheim weg zu spazieren – was, wenn sie wieder stürzte? Sie hätte sich furchtbar gern Bücher von der Bibliothek ausgeliehen, aber sie wagte nicht, jemanden um so etwas Triviales zu bitten. Also saß sie hier und blies Trübsal.

Ein kurzes Bellen kündigte einen Besucher an, noch bevor der die Chance hatte zu klopfen. Thora erhob sich müde. Sie betrachtete ihr Wohnzimmer mit den Augen eines Fremden. Unglaublich, welches Chaos zwei Wochen in einem Haus anrichten konnten, wenn man nicht putzen konnte! Sie schämte sich ein wenig. Aber sie ging an die Tür und öffnete.

„Du schon wieder?!" sagte sie.

Clark stand mit einer großen Kiste draußen und lächelte sie an. „Dachte mir, dein Samstagabend könnte hier in der Wildnis etwas einsam sein …"

„War er", gab Thora zu und überraschte sich selbst. Sie hatte nicht geplant, sich irgendjemandem gegenüber verletzlich zu zeigen. Aber irgendwie war Clark nicht einfach nur irgendwer.

„Nun, dann kommt das hier vielleicht gerade recht." Clark ging an ihr vorbei und stellte die Kiste auf den Boden. Bear folgte ihm schwanzwedelnd und schnüffelte an der Kiste.

„Sitz", sagte Thora. Bear setzte sich auf seine Hinterbeine und blickte sie gespannt an. „Was hast du da mitgebracht?"

„Erst einmal dachte ich mir, du möchtest vielleicht etwas ^ständiges zu essen. Also habe ich Véronique um einen Imbiss Quartier' gebeten."

„Ich ◌◌◌chte, sie haben keine Speisen außer Haus."

„Normalerweise nicht. Aber für dich schon. Voilà, ein Dreigang-Dinner, das noch immer heiß ist!" Clark holte einige Thermoboxen aus der Kiste und stellte sie auf die Küchentheke.

„Clark, das hättest du nicht tun sollen!"

„Nun, ich wollte dort nicht allein essen – also dachte ich mir, es mit dir da zu genießen, wo du dich dieser Tage vermutlich am wohlsten fühlst bist – bei dir daheim."

„Du bist so fürsorglich." Thoras Augen wurden feucht. „Ich kann dir beinahe deine schrecklichen Pläne wegen der Raffinerie verzeihen."

Clarks blaue Augen blitzten amüsiert. „Ach ja, es gibt Neuigkeiten. Dank deiner demonstrierenden Freunde und ihrer Petitionen wird es nächste Woche im Rathaus eine Anhörung geben."

„Eine Anhörung", wiederholte Thora wenig begeistert.

„Freust du dich nicht?"

„Ich weiß nicht", erwiderte sie nachdenklich. „Von Anhörungen kann man nichts erwarten. Wenn man das könnte, hießen sie Verhandlungen. Die Leute werden wegen Anhörungen immer ganz aufgeregt und hoffnungsvoll. Sie erwarten, dass ihre Stimme eine Wirkung hat, sogar etwas verändert. Aber in den meisten Fällen ist es nur eine Besänftigungsmaßnahme dessen, wer auch immer auf der anderen Seite des Tisches sitzt. Und am Ende bleibt alles so, wie es von denen geplant war, die an der Macht sind."

Clark zuckte die Achseln. „Ich bin willens zu verhandeln, nicht nur anzuhören. – Themenwechsel: Ich habe dir auch diesen wunderbaren Sauvignon Blanc mitgebracht. Er kommt von einem neuen Weingut, das ein Freund von Eli Hayes vor ein paar Jahren nördlich von Seattle aufgebaut hat. Sollte wohl ein Stöffchen sein, das dir schmeckt. Alles ökologischer Anbau und so …" Er zwinkerte ihr zu und überreichte ihr eine schlanke Flasche.

„Du überraschst mich ziemlich."

„Ach, komm schon. Wir alle wissen, dass es diese angeberisch-ausgefallenen Châteauneuf-du-Pape-Weine gibt. Aber am besten unterstützt man doch seine eigenen lokalen Winzer … natürlich nur wenn sie gut sind."

„Ich könnte dir nicht mehr zustimmen."

„Außerdem habe ich dir ein bisschen unterhaltsame Klatschpresse für weniger tiefsinnige Gedanken mitgebracht." Er lud einen Stapel Zeitschriften aus. „Vogue, Elle, ein paar von diesen VIP-Dingern, ein Gartenjournal … und … tadah! … den allerneusten Thriller von A. J. Banner. Im Buchladen hat man mir gesagt, ‚The Twilight Wife' sei noch so ein wundervoll fesselndes Buch von ihr, das irgendwo in den San Juan Islands spielt." Er zog ein Taschenbuch hervor mit einem faszinierenden Titelbild von einer zerbrochenen rosa Muschel auf anthrazitfarbenem Kies.

„Clark!" rief Thora aus. „Hör auf! Du verwöhnst mich, und ich weiß nicht einmal, wie ich deine Gefälligkeiten je erwidern soll."

Clark lächelte sie geheimnisvoll an. „Vielleicht tue ich das alles ja nicht ganz ohne geheime Hintergedanken."

Thora errötete. Einen Augenblick lang war ihr sogar etwas schwindelig. Dann wurde ihr Kopf wieder klar. „Du beliebst zu scherzen, Clark Thompson."

Er blickte sie sehr ernst an und schüttelte den Kopf. „Die Zeit zu scherzen ist um, Thora. Ja, die Freundschaft mit dir ist mir immer kostbar gewesen. Und ich glaube, umgekehrt war es dasselbe für dich, richtig?"

„Natürlich. Was für eine Frage!"

„Nun, ein Mann kann normalerweise nur bis zu einem bestimmten Grad ein Freund sein. Nach einer Weile interessiert er sich möglicherweise etwas mehr dafür, ob die Dame noch zu haben ist. Du verstehst, was ich meine?"

Thora schluckte schwer. „Ich hatte an mich nicht als ‚noch zu haben' gedacht."

Clark blickte erschrocken. „Dann ist da schon jemand anders?"

Thora lächelte. Dann schüttelte sie leise den Kopf. „Nein, Clark. Es gibt niemand anders. Und du solltest es auch nicht versuchen." Plötzlich fühlte sie sich hilflos und wusste nicht, wohin mit ihren Händen. Also umarmte sie sich selbst.

„Warum?"

„Clark, du weißt, dass ich dich wirklich sehr, sehr mag. Vermutlich mehr, als ich sollte." Er wollte etwas sagen, aber sie hob ihre unverletzte Hand. „Bitte sag nichts. Bitte. Ja, ich muss zugeben, dass ich dich mehr als nur mag. Aber damals im Rathaus wäre es absolut unpassend gewesen, solche Gefühle zuzugeben. Du warst mein Chef. Wie hätte das ausgesehen?!"

„Wie ein Bürgermeister, der sich in seine Sekretärin verliebt, und umgekehrt. Und?"

Thora ignorierte ihn. „Und jetzt ist die Situation noch schlimmer. Du hast den Plan, etwas zu bauen, das unsere Umwelt auf lange Zeit, wenn nicht sogar für immer zerstört. Und ich bin mit dir darin nicht einverstanden. Mehr noch: Ich hasse den Plan, und ich verstehe einfach nicht, dass du ihn so dickköpfig erfolgst."

Clark schüttelte niedergeschlagen den Kopf. „Könnten wir nicht einfach unsere Kriegsbeile begraben?"

„Nein!" rief Thora. „Nicht, bis du deinen Plan widerrufst."

Clark kratzte sich am Kinn. „Geht nicht so einfach."

„Warum nicht?"

„Es bin nicht nur ich, der für den Plan ist."

„Ich verstehe. Du willst deinen Plan nicht zurückziehen."

„Du verstehst nicht", sagte Clark. „Ich täte es ja, nur um diesen verflixten Elefanten aus dem Wohnzimmer zu holen. Aber mir sind die Hände gebunden."

Sie starrten einander zornig an. Dann begannen ihre Mienen zu schmelzen. Sie wussten nicht, wie sie den Graben, der sie trennte, überwinden sollten. Aber sie wussten, dass sie beide daran arbeiten würden. Sie wollten einander nicht über irgendetwas Politischem verlieren.

„Lass uns das Essen genießen, das du mitgebracht hast, bevor es kalt wird", seufzte Thora und öffnete einen Küchenschrank. „Könntest du mir bitte ein paar Suppenteller herunterreichen?"

„Wir könnten direkt aus den Thermobehältern essen", überlegte Clark.

„Aber solches Essen verdient es besser", lächelte Thora. „Was für himmlische Kreationen hast du mir denn gebracht?"

*

Bürgermeister schwankt in Raffinerie-Debatte

judo. **Die gestrige Rathausanhörung zu den Plänen, eine Ölraffinerie nahe der Unterstadt Wycliffs zu bauen, hat eine überraschende Wendung genommen. Der Ideenträger des Projekts, Bürgermeister Clark Thompson, scheint einen neuen Blickwinkel in Erwägung zu ziehen, nachdem die Proteste in der südlichen Sundregion lauter geworden sind.**

Vielleicht war es der leidenschaftliche Appell von Öko-Aktivistin Thora Byrd vor zwei Wochen, der dafür gesorgt hat, dass die Dinge im Rathaus in die Binsen gehen. Vielleicht war es die grundlegende Unterstützung, die sie nicht nur von einer Mehrheit der Bürger Wycliffs, sondern auch von Städten rund um den South Sound sowie von Organisationen wie Green Peace erhält. Die Befürworter einer Ölraffinerie südlich des Fährhafens von Wycliff haben viel von der Begeisterung für ihre Argumente eingebüßt.

Hauptgrund ist der plötzliche und unerklärliche Gesinnungswandel Bürgermeister Clark Thompsons hinsichtlich des Projekts, das er ursprünglich selbst auf die städtische Tagesordnung gesetzt hatte. „Wir müssen die Vor- und Nachteile einer Raffinerie viel sorgfältiger abwägen, als wir das in der jüngeren Vergangenheit getan haben", mahnte Thompson Stadtrat wie Publikum. „Projekte wie diese sind rasch gebaut, aber ihre Folgen können sich auf Gesellschaft und Natur noch Jahrhunderte später auswirken."

Antonio Gepetto, Sprecher von AnCoSafe Oil, reagierte irritiert auf die Andeutungen, dass eine Ölraffinerie der Gemeinde von Wycliff sowie dem South Sound mehr Schaden als Nutzen bringen könne. „Ich hatte geglaubt, wir hätten die Angelegenheit detailliert diskutiert und seien uns grundsätzlich einig über ein vielversprechendes Joint Venture gewesen. AnCoSafe Oil hält Wycliff gegenüber natürlich immer noch dieses großartige Angebot aufrecht. Aber wir werden es nicht sehr viel länger tun. Danach werden wir uns nach zuverlässigeren Partnern umsehen, wenn nicht im South Sound, dann eben woanders."

Die Anhörung wurde auch auf den Platz vor dem Rathaus übertragen, wo hunderte von Demonstranten eingetroffen waren, um ihre Sprecher im Gebäude zu unterstützen. Die Anhörung könnte letztlich einen Erdrutschsieg für die Öko-Aktivisten gebracht haben. Jetzt ist das Rathaus von Wycliff wieder am Ball und wird rasch eine Entscheidung treffen müssen, da AnCoSafe Oil eine Frist von vier Wochen gesetzt hat. Der *Sound Messenger* konnte Thora Byrd für einen Kommentar nicht erreichen. (…)

7

Tipp der Woche von der Grünen Expertin:
Giftige Chemikalien sind nicht notwendig, wenn Sie Ameisen
aus Ihrem Haus entfernen möchten. Streuen Sie Backpulver um
die Areale, aus denen Ameisen herauskommen. Sobald die
Ameisen durch das Backpulver wandern, sterben sie. Dies hält
andere Ameisen davon ab, einen Ort zu besuchen, der zuvor so
interessant gewesen sein muss.

„… und vielleicht können wir einander besser kennen lernen, wenn wir eine Vernissage in einer der örtlichen Galerien besuchen oder am Wasser entlanggehen, während wir Eis essen."

„Mit wem sprichst du, Schätzelein?" Theodora Jones betrat das Büro ihres Sohnes, gerade als er fast fertig war, mit seinem Computerbildschirm zu sprechen.

„Mom!" rief Trevor sichtlich aufgebracht aus. „Jetzt hast du alles ruiniert!"

„Was ruiniert?"

„Meine Aufnahme. Musstest du in allerletzter Sekunde hereinkommen? Ich bin mir ziemlich sicher, dass jetzt deine Stimme darauf ist."

„Nun, dann mach's noch einmal."

„Geht nicht." Trevor schlug mit der Faust auf den Schreibtisch. Er war völlig frustriert. „Es ist aufgenommen und abgesendet."

„Abgesendet wohin?" Theodora ging kühl auf seinen Schreibtisch zu und warf einen Blick auf den Monitor. Sie erstarrte. „Ist das eine Dating-Seite?!"

Trevor wand sich leicht. „In der Tat."

„Du brauchst so etwas Plumpes doch nicht!" Theodora war entsetzt. Sie gab sich Mühe, nicht die Stirn zu runzeln. Es würde Falten in ihrem sorgfältig zurechtgemachten Gesicht verursachen. „Du bist ein sehr attraktiver, junger Mann und hast eine große Karriere vor dir. Die Mädchen sollten nach dir Schlange stehen."

„Nun, aus irgendeinem Grund tun sie das aber nicht", erwiderte Trevor trocken.

„Ach, mein armes Kleines", säuselte Theodora und versuchte, Trevor zu umarmen. Er wich ihr aus. „Gib nicht einfach auf. Vielleicht war meine Idee mit Patricia nicht gut. Kinder sollten nie an befreundete Familien verheiratet werden. Sie sollten ihre eigene freie Wahl haben. Ich sehe das jetzt ein."

„Es geht nicht um Patricia." Trevor schauderte, wenn er an die junge, eingebildete Rechtsanwältin dachte, mit der ihn seine Mutter vor knapp einem Jahr hatte verheiraten wollen. Damals war er in Kitty Kittrick verliebt gewesen, die junge Managerin des „Flower Bower". Aber seine Mutter war mit seiner Wahl nicht einverstanden gewesen. Und Patricia hatte die junge Frau öffentlich im Bistro verspottet. Oder es zumindest versucht. Kitty hatte sich selbst sehr gut zu verteidigen gewusst, wo er versagt hatte. Ende der Geschichte. Keine Patricia, keine Kitty. Auch keine Mattie – und er hatte keine Ahnung, was er bei *ihr* falsch gemacht hatte. Trevor fühlte sich wie ein elender Versager.

„Sag nicht, es ist immer noch wegen der Bäuerin."

„Kannst du bitte aufhören, andere Menschen zu beschimpfen, Mutter?" Trevor wurde ärgerlich. „Sie besitzt ein Unternehmen, und sie hat zufälligerweise jemanden geheiratet, der einen Abschluss in Landwirtschaft hat."

Theodora hob die Augenbrauen. „Ich bitte um Verzeihung", sagte sie. „Ich wusste nicht, dass du so empfindlich bist! Offenbar leidest du immer noch unter dem, was dieses kleine Nichts von einer Frau dir angetan hat."

„Mutter!" rief Trevor. Dann fuhr er einfach seinen Computer herunter und stand auf. „Bitte lass mich *einmal* meine Angelegenheiten auf meine Weise regeln." Er starrte sie zornig an.

Theodora blickte ihn kühl an. „Fein. Gib nur nicht mir die Schuld, wenn es schiefgeht."

„Bestimmt nicht", sagte Trevor steif.

„Nun denn", sagte Theodora und drehte sich um, um Trevors Büro zu verlassen. „Viel Glück. Ich bin mir sicher, du findest massenhaft gute Ehefrauen im Internet, wo jeder alles vorgeben kann."

*

Die Nähmaschinen im Bürgerzentrum surrten. Fünfzehn Frauen jeglichen Alters arbeiteten geschäftig an Stoffstücken. Ihre Augen konzentrierten sich auf die farbenfrohen Stoffreste, die durch ihre Finger flossen. Immer wieder rief jemand etwas. Dann ging Angela hin und schaute, wo sie helfen konnte.

„Sind Sie sicher, ich werde das je können?!" fragte sie eine Frau mittleren Alters mit vorzeitig ergrautem, längerem Haar verzweifelt. Ihr Stoff hatte sich in einen Knoten unter einem merkwürdigen Garngewirr verwandelt, das zudem abgerissen war.

Angela lächelte. Es war beeindruckend, wie sich ihre Züge verändert hatten, seit Thora sie wegen ihres Taschenprojekts besucht hatte. Als sei ein neues Licht in der alten, einst so bitteren Frau entzündet worden. „Vielleicht versuchen Sie's doch mit einer neueren Maschine. Diese klassischen benehmen sich manchmal daneben. Die neueren fädeln ihren Faden selbst ein, sodass die Spannung in jedem Teil der Maschine gleichmäßig ist. Sie werden nicht mehr mit solchem Wirrwarr enden."

„Ich fürchte, dann stecke ich zwischen Baum und Borke. Ich kann es mir nicht leisten, eine Maschine zu mieten", sagte die Frau leise.

„Wir finden einen Weg", sagte Angela zuversichtlich, obwohl sie nicht wusste, woher diese Zuversicht kam. Immerhin hatte auch sie keinen Fond, und Thora operierte dieser Tage mit schmalstem Budget. „Vielleicht fangen Sie zuerst als

Zuschneiderin an. Nach unseren ersten Lohnzahlungen können Sie dann vielleicht eine Maschine mieten."

Die Frau seufzte erleichtert. „Ich hatte mich so darauf gefreut, ein bisschen für mich selbst zu verdienen. Ich dachte, das sei das Ende, als das Stück Näharbeit so verkehrt herauskam. Mein Traum – wieder verpufft."

Angela nickte. So viele ihrer Träume waren in der Vergangenheit in Rauch aufgegangen, dass sie aufgehört hatte zu zählen. Aber irgendwie hatte sie es immer wieder geschafft, aufzustehen und weiterzumachen. Doch zu welchem Zweck? Sie straffte die Schultern. Vielleicht, um sich selbst zu beweisen, dass sie mehr wert war als das alberne, schwangere Mädchen, das geglaubt hatte, sich einen schicken Offizier einzufangen, würde ihr Glück bedeuten. Vielleicht, um zu beweisen, dass sie niemanden als sich selbst brauchte, um Schwierigkeiten zu überwinden. Vielleicht in der stillen Hoffnung, dass sie eines Tages, eines Tages ihre Tochter finden und sich mit ihr versöhnen würde.

Noch ein Ruf aus einer anderen Ecke des Raums. Ein eifriges Mädchen saß an einer relativ neuen Maschine mit einem Stück, das fertig war. Angela inspizierte es sorgfältig. „Der Saum ist krumm, Liebes", sagte sie und deutete auf die Nahtlinie. „Sie müssen einfach aufhören, am Stoff zu ziehen."

„Aber er schießt so schnell durch die Maschine."

„Sie können die Geschwindigkeit ein wenig verringern und wieder beschleunigen, wenn Sie mit dem Tempo zurechtkommen. Aber ziehen Sie niemals, außer Sie wollen eine Kurve in Ihrem Stück. Lassen Sie das Gewebe unter der Nadel selbst fließen. Es wird gerade hindurchziehen. Sie müssen den Stoff nur glattstreichen. Schauen Sie, so!" Sie zeigte es dem Mädchen.

„Wo haben Sie gelernt zu nähen?" wollte eine andere Frau neben dem Mädchen wissen.

„Ich hab's mir selbst beigebracht", sagte Angela. „Mein ganzes Leben lang habe ich sparen müssen. Meine Mutter hatte eine alte Maschine, und als junges Mädchen wollte ich modische Teile. Also nähte ich sie selbst. Damals war es billiger, Dinge selbstzumachen. Heute ist es das ganz offensichtlich nicht mehr. Stoffe sind teuer, wenn man sie nicht en gros kauft. Und das Outsourcen industrieller Näharbeiten an andere Länder hat Bekleidung deutlich billiger gemacht, als wenn man Mode selbst kreiert. Aber wir müssen wieder dahin gelangen, als wir selbst noch die Industrie hatten. Und wenn's nur eine Heimindustrie für Frauen wie uns ist!"

„Yay für uns!" sagte eine weitere junge Frau mit strähnigem Haar.

Angela überblickte den Raum und die Frauen, die darin saßen. „Thora Byrd ist die Initiatorin dieses Projekts, meine Damen. Sie ist eine wundervolle Frau, die mit beiden Beinen fest auf dem Boden steht. Da sie sich dieses Arbeitsprojekt für uns alle ausgedacht hat, dürfen wir sie niemals enttäuschen."

„Auf keinen Fall", sagte Meredith Baker und errötete.

Angela nickte ihr zu. „Nun, aber wir müssen um unseretwillen und für die Qualität unserer Arbeit ein paar Regeln aufstellen. Zu allererst: Rauchen Sie niemals im selben Raum, in dem Sie Ihre Stoffe und Nähutensilien aufbewahren."

„Was?!" Ein lebhafter Rotschopf in einer der hinteren Reihen schnappte nach Luft. „Aber das hält mich am Laufen!"

„Wenn es ohne nicht geht, dann tun Sie's außerhalb des Zimmers oder – noch besser – außerhalb Ihres Hauses. Und waschen Sie sich hinterher die Hände. Waschen Sie sich immer die Hände, bevor Sie mit Stoff hantieren. Liefern Sie weder Thora noch mir jemals stinkende oder klebrige Produkte ab. Niemand kauft verrauchte oder verschmutzte Taschen. Haben wir uns verstanden?"

Der Rotschopf nickte kleinlaut.

„Zweitens: Jeder erhält eine bestimmte Anzahl von Zuschnitten pro Woche. Es ist an Ihnen, wie viele Taschen Sie nähen. Wir kontrollieren die Qualität jeder Tasche. Und Sie werden pro Stück bezahlt. Wir bezahlen keine misslungenen Stücke. Wir können es uns nicht leisten, Geld zu vergeuden. Wenn Sie mehr als zehn Prozent misslungene Taschen abliefern, werden Sie zu einer anderen Aufgabe abgezogen oder müssen gehen."

„Herrje, das klingt schlimmer als dieser fiese Englischlehrer von der Wycliff High School", sagte eine Frau.

Angela hob die Brauen. „Wirklich? Nun, dann erklären Sie mir, was so schlecht an strengen Qualitätsauflagen ist. Wie würden Sie empfinden, wenn Sie eine wundervolle Tiefkühlpizza kauften, und Ihre Tochter verbrennt sie im Ofen zu Kohle?"

„Ich würde ihr eine runterhauen!" rief die Frau.

„Nun, wir schlagen hier niemanden. Wir versetzen Sie zum Zuschneiden. Oder in die Distribution. Oder irgendwo anders hin, wo Sie innerhalb der Produktion mitarbeiten können, bis Sie beweisen, dass Sie ein höheres Level erreicht haben. Nur wenn alles fehlschlägt, müssen Sie gehen."

Die Frau schwieg.

„Noch irgendwelche Fragen oder Kommentare?" fragte Angela.

„Wie werden Sie die erste Ladung Stoff finanzieren?"

Angela lächelte. „Ich habe Dottie McMahon dazu überreden können, uns eine Chance zu geben. Sie hat uns eine nette Summe vorgeschossen, mit der wir beginnen können. Wir enttäuschen diese großzügige Dame also besser nicht. Sorgen wir dafür, dass es sich für sie lohnt. Und während es sich herumspricht, können wir dazu beitragen, mit mehr Unternehmen zu sprechen und mit Qualität zu überzeugen."

„Werden einfache Rechtecke genug sein, dass wir alle etwas verdienen?"

Angela zuckte die Achseln. „Zunächst wird es nicht viel sein. Aber mit der Zeit können wir es aufwändiger gestalten. Wir können die Taschen füttern, sie in Tragetaschen mit besonderen Griffen und Front- oder Innentaschen verwandeln. Eines Tages verwenden wir vielleicht ganz edle Stoffe und kreieren noch ausgefallenere Taschen. Beginnen wir klein, und träumen wir groß, meine Damen!"

Jemand begann zu klatschen. Dann fiel jemand anders ein. Schließlich applaudierte jede Frau im Raum Angela. Und die hagere, alte Frau, die immer das Gefühl gehabt hatte, ihr Leben so massiv verdorben zu haben, spürte endlich, wie sich das Blatt wendete.

*

„Hast du noch mehr wilde Deponien gefunden?" Julie schob ihren leeren Teller zur Seite und nahm ihr Dessert in Angriff, einen Streuselkuchen mit in Marsalawein pochierten Äpfeln, den Dottie gebacken hatte. Man aß wieder einmal im Haus der McMahons zu Abend, und das Esszimmer sah gemütlich aus mit einer angezündeten Kerze in der Mitte des Tisches, während ein Rest des Sonnenuntergangs den Raum in Rot- und Goldtöne tauchte.

Luke McMahon kaute einen Bissen Schnitzel und schob Stampfkartoffeln auf seine Gabel. Er schluckte. „Leider, oder eher zum Glück, ja." Er nahm die letzten Restchen von seinem Teller auf und ließ sich damit Zeit, während Julie und Dottie ihn erwartungsvoll anblickten. „Wir haben Berichte über sieben weitere Stellen in Pierce County, eine oben in King County und eine weitere in Thurston."

„Verflixt!" rief Julie. „Meinst du, Ihr werdet je sicher sein, dass das alle sind?"

Luke schüttelte den Kopf. „Erst wenn wir den Kerl erwischen, der das getan hat, und er ein volles Geständnis ablegt, bin ich mir sicher, dass wir auch die letzte Stelle gesichert haben. Es nervt und ist außerdem gefährlich. Ich hoffe nur, dass durch Elis Foto am Ende jemand auftaucht, der das Fahrzeug gesehen hat."

Dottie nahm einen Schluck Wasser. „Es war geistesgegenwärtig von Eli zu fotografieren, während der Typ die Fässer so nahe bei seinem Land ablud."

„Es war auch ziemlich gefährlich." Luke leckte sich die Lippen und wischte sich einen Brotkrümel vom Kinn. „Der Kerl hätte bewaffnet sein können. Wir wissen es nicht. Aber es besteht immer die Möglichkeit, dass jemand, der ein Verbrechen begeht, sich mit einer Waffe verteidigen wird."

„Du meinst, es ist gefährlich, sich dem Kerl zu nähern oder ihn anzuzeigen?" fragte Julie.

„Wir werden auf jeden Fall den Namen jeglicher Zeugen so lange vertraulich behandeln wie möglich."

Sie aßen ihr Dessert schweigend. Die Atmosphäre war so düster geworden wie das Zimmer. Dottie schaltete die Lampe auf einem Beistelltisch an.

„Wie hoch ist die Wahrscheinlichkeit, dass der Typ, der den Laster entladen hat, und Peter Michaels ein und dieselbe Person sind?" fragte Julie.

Luke hörte einen Moment lang auf, den letzten Bissen seines Nachtischs zu kauen, als überlege er. Dann lehnte er sich in seinem Stuhl zurück. „Hör mal, Julie, das ist alles nicht offiziell, verstanden?"

„Ich werde kein Wort darüber äußern, bis du mir die Erlaubnis dazu gibst", versprach Julie. „Großes Pfadfinderehrenwort."

Dieses kindliche Gelübde rief ein winziges, humorvolles Funkeln in Lukes Augen hervor. Dann wurde er wieder ernst. „Wir vermuten, dass Peter Michaels identisch mit der Person ist, die illegal Sondermüll abgeladen hat, und wir wissen definitiv, dass er John Minors Erpresser ist."

Julie atmete tief aus. „Wahnsinn. Habt ihr Beweise? Ich meine, das Phantombild war Michaels so ähnlich wie's nur eben geht. Aber das bedeutet nicht unbedingt, dass er auch das andere Verbrechen begangen hat, oder?"

Dottie stand auf und räumte das Geschirr weg. Julie bot ihre Hilfe an, indem sie halbherzig Besteck vom Tischtuch aufsammelte, aber Dottie gebot ihr mit einem Wink Einhalt. „Ich weiß, dass du das noch genauer diskutieren willst", zwinkerte sie ihrer Tochter zu. „Du bist eine gute Journalistin, und ich werde mich nicht zwischen dich und deine Arbeit mit der kleinlichen Bitte stellen, dass du mir beim Abtragen hilfst."

Julie errötete. „Ich mach's wieder gut, Mom."

„Sicher", sagte Dottie. Sie wusste, dass Julie meist jedes Versprechen, im Haushalt zu helfen, vergaß. Eine gewisse

Selbstsucht war einfach ein Charakterzug ihrer Tochter. Sie wusste nicht, wie das je ihrer elterlichen Aufmerksamkeit und der ihres ersten Mannes, Sean, entgangen war, aber er war zweifelsfrei vorhanden. Und nun war es zu spät, sie zu ändern. Nun ja, andere Kinder gerieten offensichtlich schlimmer. Wussten Peter Michaels' Eltern, was er heutzutage trieb? Hätten sie es je mit einer guten Tracht oder zwei auf den Hintern verhindern können? Oder war er eines von diesen Kindern aus einer zerrütteten Familie, das sogar noch von einem Gericht damit entschuldigt würde, dass er als Kind misshandelt worden war?

„… noch kein Anzeichen." Luke hatte eine weitere Frage von Julie zu Ende beantwortet. „Vielleicht ist er noch hier in der Gegend. Wie es so oft mit Kriminellen der Fall ist, entfernen sie sich nicht unbedingt weit von ihrem Tatort. Sie scheinen sich in ihrem Territorium wohlzufühlen. Und sie kehren möglicherweise dahin zurück, um zu prüfen, ob man ihnen auf die Spur gekommen ist."

„Wie dumm!" sagte Julie.

„Macht es einfacher für uns gute Jungs, sie zu kriegen, glaub mir", sagte Luke.

„Wieso ist Mathilda eigentlich auf sein Angebot mit dem Abholdienst reingefallen?"

„Ganz einfach." Luke reckte seine Arme und faltete die Hände hinter seinem Kopf. „Mathilda ist nicht dumm. Noch ist das irgendeiner der anderen Kunden des Harrison Entsorgungszentrums, für die Michaels Müll abgeholt hat."

„Warum überhaupt einen Entsorgungsdienst mieten?"

„Es ist harte Arbeit, schwere Fässer auf eine LKW-Ladefläche zu heben. Wenn man also selbst nicht kräftig genug für diesen Job ist, braucht man genügend Leute, damit man einen zum Laden und Abliefern des Mülls bestimmen kann."

„Klingt mir ziemlich simpel", sagte Julie. „Mattie hat doch eine ganze Reihe Leute auf ihrer Werft."

„Nicht, wenn das Geschäft anzieht und sie jeden Mann braucht, um an den Booten ihrer Kunden zu arbeiten. Peter Michaels kam gerade gelegen. Also packte sie die Gelegenheit beim Schopf."

„Hat er ihr je seine Lizenz gezeigt?"

Luke seufzte. „Sie hat ihn sogar um eine Kopie für ihre Unterlagen gebeten."

„Hm", sagte Julie. „Sie ist offensichtlich klüger, als ich dachte."

Luke zog die Brauen hoch. „Nur, weil sie auf den Betrug hereingefallen ist, ist sie noch lange nicht dumm. Der Kerl hat das so clever angestellt, dass niemand Verdacht geschöpft hätte, wäre nicht Thora über die wilde Deponie im Wald von Wycliff gestolpert. Nun, die Wahl dieser Stelle war dumm. Aber Mattie? Nein."

„War die Lizenz dann echt?"

„Sie wirkte echt", sagte Luke und fuhr sich durchs Haar. „Sie hatte alle Stempel und unleserlichen Unterschriften, die man sich von so einem Papier erwartet. Aber das Wasserzeichen war aufgestempelt anstatt im Papier. Und als wir seine Firmenadresse überprüften, landeten wir auf einem Bebauungsgrundstück in einem Wohngebiet, nicht in einem Industriegebiet in Lakewood."

„Das Unternehmen war also insgesamt erlogen." Julie zeichnete mit ihren Zeigefingern Kreise aufs Tischtuch.

„Absolut." Luke stand auf und ging ans Fenster. „Peter Michaels war nie ein legaler Müllabholer." Er schwieg und wandte sich wieder zu Julie um. „Durch die Gerüchteküche hörten wir von einer Fitness-Trainerin, mit der er tatsächlich in einem der schäbigeren Viertel in Lakewood gelebt hat. Sie identifizierte den Dodge RAM als seinen und die Bekleidung der Person im Foto als ‚vielleicht seine'. Ich weiß allerdings nicht, wie weit dem Mädchen zu trauen ist. Er hat sie fallen lassen, bevor er die Gegend verließ, und sie hegt vielleicht Rachegedanken."

„Oder sie hat dir die Wahrheit gesagt", vermutete Julie.

„Sicher, oder das", gab Luke zu.

„Was, wenn Peter Michaels nicht einmal sein richtiger Name ist?"

Luke schnaubte ein kurzes Lachen. „Das, meine Liebe, ist eins von den Dingen, die warten müssen, bis wir den Mann erwischt haben."

„Hat es in anderen Countys oder Bundesstaaten ähnliche Fälle gegeben?" fragte Julie neugierig.

„Wir überprüfen das gerade, aber derzeit landen wir damit nur in Sackgassen."

Julie biss sich auf die Lippen. „Irgendetwas fühlt sich so schrecklich verkehrt damit an. Er taucht vor nur einem halben Jahr hier auf. Aber er kennt die Gegend wie seine Westentasche."

Luke starrte sie an. Dann holte er tief Luft. „Nicht zu glauben, Julie! Ich habe das so hingenommen, aber du hast recht. Du könntest da etwas auf der Spur sein."

*

Thora biss sich vor Schmerzen auf die Lippen. Ihr Arm lag immer noch in dieser riesigen, sperrigen Schlinge, die sie daran hinderte, ihn zu bewegen. Aber ab und zu durfte sie ihn daraus befreien und ihr Handgelenk drehen und den Ellbogen beugen, damit er nicht steif würde. Es schmerzte, als versuche jemand, ihr den Arm abzuschneiden, aber sie wollte eines Tages wieder voll bewegungsfähig sein. Auch wenn sie jetzt dabei schmerzlich das Gesicht verzog.

Bear saß vor ihr auf den Hinterbeinen und beobachtete sie aus großen Hundeaugen. Er verstand nicht, was Thora da tat, indem sie ihren rechten Arm auf und ab bewegte wie ein verletzter Vogel. Zwischendurch kläffte er.

Clark saß an Thoras Esstisch und schrieb an einer Unterlage. Er war in den letzten Wochen abends meistens bei ihr gewesen. Schließlich legte er den Kugelschreiber nieder, nahm seine Lesebrille ab und rieb sich den Nasenrücken. „Eine Menge

Dinge, die da auf einmal passieren, nicht?" sagte er halb zu sich selbst.

„Hätte gut auf einige davon verzichten können", erwiderte Thora. Dann zählte sie weiter: „Achtzehn, neunzehn, zwanzig. Fertig." Sie ließ den Arm sinken und legte ihn vorsichtig zurück in die Schlinge. Ein Schmerzenslaut entfuhr ihr, als sie den Ellbogen zurechtrückte.

„Ich wünschte, ich könnte dir den Schmerz abnehmen."

Thora blickte überrascht von der Schlinge auf und in Clarks besorgtes Gesicht. „Aber, Clark! Ich würde dir keine Schmerzen zufügen wollen."

Clark lächelte grimmig und sah weg. „Es tut mir weh, dich leiden zu sehen, und ich wünschte, es gäbe etwas, was ich dagegen tun könnte."

„Aber das tust du doch!" Thora lächelte jetzt breit und ging zu ihm, legte ihre linke Hand auf seine Schulter und drückte sie leicht. „Ich wüsste zumeist gar nicht, was ich ohne dich täte. Du kommst täglich hierher, machst Besorgungen, bringst Leckereien, schneidest mein Essen klein und hilfst mir sogar beim Hausputzen! Was könnte jemand denn noch für mich tun?!"

Clark seufzte, antwortete aber nicht. Stattdessen schob er seinen Stuhl zurück und stand auf, um in ihre Leseecke zu gehen und dort aus dem Fenster zu blicken. Thora folgte ihm. Auch sie blickte aus dem Fenster, aber ihre Gedanken richteten sich auf etwas anderes.

„Du hast heute Abend schwer gearbeitet", sagte sie leise.

„Wir haben noch eine Stadtratssitzung wegen des Raffinerie-Projekts."

„Wie ist die Anhörung im Rathaus ausgegangen? Ich meine, ja, ich habe die Zeitung gelesen."

„Du hättest dort sein und es selbst sehen können. Du hattest genug Angebote, dich dorthin zu fahren", sagte er und nahm den Nieselregen draußen in der stets dichter werdenden Dämmerung in sich auf.

„Du weißt, dass ich das nicht gekonnt hätte", widersprach Thora ruhig. „Wie könnte ich die Hand beißen, die für mich sorgt? Ich habe den Protest angezettelt, aber ich sitze nicht in der angreiferischen Menge, wenn du mich in so liebevoller Weise umsorgst." Sie blickte ihn schelmisch von der Seite an. „Vielleicht hattest du das bereits in deine Gleichung einbezogen, hm?"

„Was?" fragte Clark und wandte sich ihr zu.

„Dass ich mich dir nicht entgegenstellen würde, wenn du dich nur gut genug um mich kümmertest."

Clark hob die Augenbrauen. „Das glaubst du hoffentlich nicht ernsthaft?!" Sie sah ihn spitzbübisch an. „Weißt du, selbst ohne deine Anwesenheit waren genügend Demonstranten bei der Anhörung. Sie standen sogar vor dem Gebäude, und wir mussten Lautsprecher in die Rathausfenster stellen."

„Das muss ziemlich herb für dich gewesen sein."

„Ja, nun …" Clark verstummte. „Alles in allem wurden wir mit 30.000 Unterschriften überschwemmt, die gegen den Bau einer Raffinerie in Wycliff protestieren."

„Was?!"

„Du hast mich gehört."

„Aber das ist mehr als das Doppelte der Bevölkerung von Wycliff, was bedeutet, dass mehr als die Hälfte der Leute nicht stimmberechtigt sind!"

Clark drehte sein Gesicht wieder dem Fenster zu. Er starrte auf sein Spiegelbild in der Scheibe. Er wirkte nicht wie ein geschlagener Mann. Er wirkte ziemlich gelassen. Aber innerlich war er das nicht. „Eine Menge Leute aus der Gegend interessieren sich anscheinend auch für das Thema."

„Aber ihre Stimmen zählen nicht. Sie sind nicht aus Wycliff!"

„Ich denke, hier muss der Stadtrat die tatsächlichen Stimmen, die zählen würden, einfach übergehen. Wir müssen letztlich auch die Sorge all derer berücksichtigen, deren Petition als Ortsfremde dem Gesetz nach nicht zählen würde."

„Und es auf eine andere Ebene heben?" fragte Thora sanft.

„Es auf die Ebene allgemeinen menschlichen Interesses heben und an die Verantwortung gegen die Menschen denken, mit denen wir leben."

Thora lächelte, aber nicht triumphierend. „Du bist in kurzer Zeit weit gekommen, Clark", sagte sie und lehnte sich mit ihrer gesunden linken Seite an ihn.

Er legte einen Arm um sie. „Ich hätte von Anfang an auf dich hören sollen. Es hätte mir eine Menge Ärger erspart."

„Du hast keine Angst, das Gesicht zu verlieren?"

„Das Leben ist ein Lernprozess. Wenn wir jedes Mal das Gesicht verlören, wenn wir von einer Idee oder Aufgabe Abstand nehmen müssen, weil sie nicht gut für uns ist oder nicht richtig oder … ich weiß nicht, was …"

Thora nickte. „Du fürchtest dich also nicht, dem Stadtrat oder AnCoSafe Oil zu sagen, sie sollten von den Raffinerieplänen absehen?"

Clark lachte leise. „Wenn's nur so einfach wäre! Ich kann dem Stadtrat meine Empfehlung aussprechen. Aber wir müssen immer noch eine klare Entscheidung treffen, die AnCoSafe Oil übermittelt werden muss."

„Also ist es noch nicht sicher, dass die Raffinerie nicht doch gebaut wird?"

„Nein. Hoffen wir mal, dass die Befürchtungen der Leute in und um Wycliff ernst genug genommen werden, um den Plan fallen zu lassen."

„Clark! Du bist bereit, gegen deine eigene Idee zu stimmen?"

„Ich wollte immer nur das Beste für die Leute, die mich zum Bürgermeister gewählt haben. Wenn meine Idee nicht das ist, was sie wollen, wie komme ich dann dazu, sie gegen sie durchzusetzen?"

Sie standen Seite an Seite und blickten hinaus in die Dunkelheit.

„Ich bin stolz auf dich, Clark."

„Ich nicht", sagte er. „Ich dachte, ich täte das Richtige, und habe eine Menge Ärger und sogar Probleme für Leute verursacht."

„Du hast uns allen bewusst gemacht, was wir an der Schönheit von Wycliff und der Natur rundum haben. Wir hatten das inzwischen einfach schon für selbstverständlich genommen."

„Meinst du?"

„Ja, natürlich! Außerdem hat es allgemein mehr Umweltbewusstsein geweckt. Was bedeutet, dass mein kleines Heimarbeits-Projekt möglicherweise schneller wachsen wird, als ich zuerst zu hoffen gewagt habe."

„Deine Taschen-Geschichte? Erzähl' mir ein bisschen mehr dazu."

Thora holte tief Luft. „Wo soll ich anfangen? ..."

*

„Was meinst du damit, du bist draußen?!" schrie Peter in sein Telefon. Er hatte in einen Walmart-Parkplatz einbiegen müssen, um den Anruf anzunehmen. Überall waren Leute. Er war stinksauer. „Und warum, zum Teufel, rufst du mich an?! Bist du wahnsinnig?!"

„Meine Mutter hat Kaution für mich bezahlt."

„Dann sitzt sie uns jetzt also auch im Nacken?"

„Nein. Garn nicht. Das ist nur, was eine Mutter eben tut."

Julian Teal versuchte, derb zu klingen, scheiterte aber kläglich.

„Hey, ist das nicht prima?! Mann, ich hab' denen nichts gesagt, und ich kann tun und lassen, was ich will."

„Das denkst auch nur du, Vollidiot", zischte Peter. „Dein erster großer Fehler ist, mich überhaupt anzurufen. Bist du sicher, sie haben dein Telefon nicht angezapft?"

„So blöd bin ich nicht, Partner. Ich rufe von einer Telefonzelle aus an."

„Es gibt keine funktionierenden Telefonzellen mehr in Western Washington."

„Na, Rauchzeichen sende ich dir hier jedenfalls nicht. Die Zelle funktioniert definitiv, Mann."

„Ist dir jemand gefolgt?"

Stille am anderen Ende. Peter stellte sich vor, dass Teal den Kopf in alle vier Himmelsrichtungen drehte und prüfte, ob irgendjemand in der Nähe verdächtig wirkte. „Nee. Die Straße ist sauber. Auch keiner an den Fenstern gegenüber."

„In Ordnung." Peter holte Luft und merkte, dass er sich leicht gebeutelt fühlte. Er suchte mit einer Hand in seinen Taschen nach Zigaretten, während er in der anderen sein Mobiltelefon hielt. „Du hast Glück, dass du mich überhaupt erwischt hast."

„Wieso? Bist du nicht mehr hier in der Gegend?"

„Hab' keinen Empfang, wo ich dieser Tage bin."

„Das sind diese verflixten Flip-Telefone", sagte Teal verächtlich.

„Es tut's für meine Zwecke", antwortete Peter. „Aber egal. Du hast vermutlich einen Grund für deinen Anruf."

Teal räusperte sich. „Habe ich in der Tat. Ich bin im Augenblick nicht wirklich flüssig. Dass meine Mutter für mich Kaution bezahlt hat, macht's auch nicht viel besser."

„Du rufst mich also wegen meines nie versiegenden Geldes an, hm?" spottete Peter, während er sich eine Zigarette anzündete und den Rauch tief einsog.

„Naja, ich wollte es nicht so plump sagen."

„Dann rede nicht um den heißen Brei herum. Du willst, dass ich dir Geld gebe? Welche Sicherheiten hast du?" Teal war still am anderen Ende. „Keine. Dachte ich mir. Und ich bin kein Wohlfahrtsverein." Noch eine Pause. „Hast du ein Eisen?"

„Wie meinst du?"

„Na, ein Gewehr? Eine Pistole, einen Revolver, was auch immer?"

„Ich hab' ein altes Jagdgewehr von meinem Großvater."

„Na, großartig", schnaubte Peter. „Das hilft uns weiter."

„Wirklich?"

„Verstehst du Sarkasmus, Alter?!" Peter trommelte mit seinen Fingern aufs Lenkrad.

„Oh!"

„Du hast also keins."

„Ich habe …"

„Das funktioniert nicht bei dem Job, den ich plane. Okay. Jetzt hör' mir genau zu: Du bist in dem Ding mein Fahrer, okay?"

„Ist das alles?"

„Großer Gott, was willst du? Mach hier nicht einen auf Helden – dazu hast du nicht das Zeug. Halt einfach die Klappe und hör' zu. Ich hole dich von daheim ab. Ich werde dir das Datum mitteilen."

„Verstanden."

Peter verdrehte die Augen. Hätte Teal jetzt neben ihm gesessen, hätte er ihn erwürgt. „Du fährst von dort an."

„Wohin?"

„Ich sag dir dann, wohin. Dann steige ich aus und bin für ein paar Minuten weg. Sobald ich zurückkomme, trittst du aufs Gas."

„Mit dir oder ohne dich im Wagen?"

„Teal, wie hast du es je geschafft, Buchhalter zu werden?!"

„Ich bin immer detailversessen gewesen", sagte Teal säuerlich.

„Okay." Peter inhalierte seine Zigarette. „Okay. … Ich steige in den Wagen, du trittst aufs Gas und fährst, wohin auch immer wir dann spontan entscheiden."

„Und ich kriege Geld dafür? Nur, weil ich dich fahre?"

„Fünfzehn."

„Tausend?"

„Oh, um Gotteswillen, was weiß denn ich?!" spie Peter. „Fünfzehn Prozent."

„Dreißig."

„Na gut, zwanzig."

„Fünfundzwanzig, und ich fahre dich."

Peter seufzte, obwohl er Teal genau da hatte, wo er ihn wollte. Teal würde nicht sagen können, er sei unterbezahlt worden. „Okay. Abgemacht. Ich ruf' dich an, sobald ich das Ding lostrete. Halt' dich bereit."

Sie legten auf. Peter schlug auf das Armaturenbrett. Jetzt musste er nur noch all die kleinen Details planen. Würden sich einige Leute nicht wünschen, sie wären damals netter zu ihm gewesen, als er noch in Wycliff gelebt hatte?!

*

„Schön, dich wiederzusehen, Thora!" Die Ladeninhaberin von „Ultimate Crafts", Marylou Webster, strahlte. „Was macht deine Schulter? Tut's noch sehr weh? Wie lange dauert es, bis alles verheilt ist?"

Thora lächelte schwach. Sie hatte dieselben Fragen in den letzten paar Tagen so oft gehört und beantwortet, wenn sie sich von Clark hatte in die Stadt fahren lassen. „Danke, meine Liebe. Es tut noch ab und zu weh, aber es ist erträglich. Ich habe nur Glück, dass ich nicht operiert werden musste. Ich brauche nur etwas Zeit und Geduld – und ich muss zugeben, dass mir mitunter die Geduld ausgeht."

„Ja, nun, ich weiß, wovon du sprichst", lächelte Marylou. „Ich hatte vor ein paar Jahren eine Meniscus-Operation. Es war schmerzhaft, und ich durfte zum Arbeiten nicht stehen."

„Was hast du dann gemacht?"

„Gesessen", grinste Marylou. „Aber weißt du, ich hatte damals den Laden gerade erst aufgemacht, und ich konnte mir kein Extra-Personal erlauben. Konnte mir auch nicht erlauben, für die Dauer zu schließen. Es war eine harte Zeit. Aber nach einer Weile blickt man zurück und sagt: ‚Mensch toll, ich hab's geschafft!' – Du wirst sehen."

Thora nickte. „Vermutlich. Es ist bloß, dass ich gerade ein Projekt begonnen habe. Und jetzt lasse ich so ziemlich alle im Stich, wenn ich nicht meinen Teil erledige."

„Du meinst die Sache mit der Raffinerie? Schätzchen, das wird bestens erledigt! Es gibt so viele Menschen, die sich dagegen aussprechen – man wird es nicht ignorieren können. Du hast es angefangen, wir führen es zu Ende. Wir alle!"

Thora schüttelte den Kopf. „Das habe ich nicht gemeint. Obwohl es wirklich erstaunlich ist, wie der Protest gewachsen ist und an Dynamik gewonnen hat."

„Nicht wahr? Aber wovon sprichst du dann …. Oh! Oh!!! Die Sache mit den Taschen?"

Thora zog eine gefaltete weiße Baumwolltasche aus ihrer Handtasche, die von ihrer linken Schulter baumelte. Ihre rechte Hand hielt sie fest, obwohl sie noch in der Schlinge lag. Thora biss sich auf die Lippen. Jede kleinste Bewegung, in die ihr rechter Arm eingebunden war, kostete sie nun so viel Zeit und Schmerzen. Dann reiche sie die Tasche Marylou.

„Das ist erst der Anfang", stellte Thora fest. „Angela und ich haben ein Heimarbeits-Projekt begonnen, das Einkaufstaschen auf Bestellung näht. Das ist ein Muster, wie wir es zum Beispiel ‚Dottie's Deli' verkaufen. Es ist aus 100 Prozent Baumwolle und daher waschbar und voll kompostierbar und recyclebar."

„Das ist ziemlich gut", gab Marylou zu. „Aber ich bin mir sicher, das kostet auch was, richtig?"

„Sie sind nicht so billig wie die Plastiktüten, die Geschäfte sonst haben", bestätigte Thora. „Aber denk mal, welchen Gefallen wir der Umwelt und künftigen Generationen tun, wenn wir nicht fossile, sondern nachwachsende Materialien für Einkaufstaschen verwenden."

„Kauft sonst noch jemand eure Produkte?"

„Wie meinst du das?"

„Irgendwelche anderen Unternehmen. Oder ist Dottie die einzige?"

„Nun, das Tourismusbüro hat ein Paket von hundert geordert und wird darauf das Tourismuslogo von Wycliff drucken lassen."

„Ja, na gut, aber da hat doch vermutlich dein Freund Clark als Bürgermeister seine Finger drin, richtig?" zwinkerte Marylou.

Thora errötete. „Es ist nicht so, wie du denkst! Jedenfalls hat er diese Taschen noch nicht einmal gesehen."

Marylou biss sich auf die Lippen und drehte und wendete die Tasche in ihren Händen. „Das ist gute Qualität. Was kosten die?"

„Einen Dollar das Stück", sagte Thora rasch. „Ich weiß, da ist nicht viel Marge für dich drin. Aber sie halten so viel länger als selbst die kunststoff-verstärkten Supermarkttaschen für einen Dollar. Und ..."

„Ja, ich hab' dich verstanden. Sie sind waschbar."

„Genau", sagte Thora steif.

„Wie viele müsste ich abnehmen?"

„Wir verkaufen sie in Einheiten zu 50 Stück."

„Da machen deine Damen aber gar nicht viel Gewinn, oder?"

„Nicht wirklich, nein. Aber wir stehen ja auch erst ganz am Anfang. ,Nathan's' überlegt sich auch gerade, unsere Taschen aufzunehmen."

„Der Supermarkt in der Harbor Mall?"

„Nun, der und seine drei Filialen in Lakewood, Tacoma und Olympia." Thora massierte leicht ihren rechten Ellbogen. Er war ein bisschen taub, und die Schlinge fühlte sich von Minute zu Minute schwerer an. „Das heißt natürlich, falls sie sich für uns entscheiden ..."

„Natürlich." Marylou gab Thora die Tasche zurück. „Ich vermute, du brauchst sie wieder?"

Thora nahm die Tasche und stopfte sie zurück in ihre Handtasche. „Nun, danke, dass du Zeit gehabt hast und mich immerhin angehört hast."

„Gern geschehen", sagte Marylou.

Thora drehte sich um und steuerte auf den Ausgang zu, vorbei an maritimen Dekoartikeln und Leinwänden, einem Pinsel-Display und einem anderen großen Display mit Aquarell-, Öl- und Acrylfarben. Sie war schon fast an der Tür, als Marylou ihren Namen rief.

Thora wandte sich wieder um. „Ja?"

„Ich möchte gern für den Anfang ein Paket mit 50 bestellen. Ich glaube, ich habe da eine Idee."

Thora stand wie vom Blitz getroffen. „Du möchtest was?"

„Du hast mich schon richtig verstanden, meine Liebe. Ich hätte für den Anfang gern 50 Taschen – und wenn meine Idee gut funktioniert, bestelle ich vielleicht sogar nach."

„Ernsthaft?"

„Ernsthaft."

Thora begann zu strahlen. „O Marylou, danke. Wir können jede Unterstützung gebrauchen. Du wirst es nicht bereuen!" Und ihr Schritt war so viel leichter, als sie zurück an den Ladentisch ging, um die Details zu regeln.

*

Beitragen zu einer grüneren Umwelt

judo. Nachhaltige Materialien sind der Rohstoff für eines von Wycliffs jüngsten Unternehmen, „Bags 4 Choosers". Das Jungunternehmen verlässt sich dabei ausschließlich auf Heimarbeit, wie die Gründerinnen aus Wycliff, Thora Byrd und Angela Fortescue, betonen. Ihre Hoffnung ist es, es bis zum Ende dieses Jahrzehnts in jeden Haushalt in der South Sound Region geschafft zu haben.

Den meisten Wycliffern muss der Zusammenschluss von Angela Fortescue, 75, und Thora Byrd, 42, zu einem Unternehmen so unwahrscheinlich vorkommen wie der Erfolg, auf den sie mit ihrem neuen Heimarbeits-Projekt hoffen. Doch sie haben bereits 15 Frauen im Ort eingestellt, um gebleichte oder unbehandelte Einkaufstaschen aus Baumwolle oder Hanf zuzuschneiden, zu nähen und zu vertreiben. Während Fortescue die praktische Seite des Einlernens der Beschäftigten, den Materialankauf und die Qualitätskontrolle übernimmt, managt Byrd Marketing, Vertrieb und Distribution sowie PR.

„Wir erwarten nicht, sofort große Umsätze mit unserer Initiative zu machen", gibt Byrd zu. „Wir müssen etwas in den Köpfen bewegen, damit die Leute, statt kostenlose Plastiktüten zu benutzen, robuste, wiederverwendbare Einkaufstaschen kaufen, die umweltfreundlich sind. Das erfordert winzige Schritte, weil die erste allgemeine Reaktion auf jegliche ökologische Idee für gewöhnlich ein Nein ist. Für manche Leute klingt es zunächst teuer. Aber wenn wir weiterhin Ressourcen verschwenden, bezahlen wir eines Tages einen Preis dafür, der uns weit mehr wehtun wird."

Auf lange Sicht wird „Bags 4 Choosers", wie sich das junge Unternehmen nennt, Taschen aller Art produzieren, vor allem im Designbereich. „Wir planen, mit Brokat, Samt, Seide und sogar Materialien wie Kork oder Birkenrinde zu arbeiten", sagt Angela Fortescue. „Auch werden die Kunden ihre eigenen Materialien bringen können, um ein Unikat anfertigen zu lassen."

Derzeit arbeitet das Unternehmen dezentral mit jeder Beschäftigten bei sich zu Hause. In der Unterstadt Wycliffs wird es erst ein Geschäft geben, wenn sich das Unternehmen bezahlt macht, was noch lange dauern kann. Aber bereits jetzt hat die Firma Hoffnung für viele Frauen geschaffen, deren Leben in letzter Zeit nicht allzu viel Perspektive gehabt zu haben schien.

Wie reagieren die Unternehmen in Wycliff auf das B-2-B-Angebot von „Bags 4 Choosers"? Tatsächlich recht positiv. „Dottie's Deli" verteilt am kommenden Wochenende Taschen gratis und wird sie danach bis auf weiteres für einen Dollar pro Stück verkaufen. „Wir händeln sie einfach durch", sagt Inhaberin Dottie McMahon. „Wenn wir eine Chance haben, die Zukunft unserer Kinder zu verbessern, dann ist dies hier eine und noch dazu ohne Risiko." Das Tourismusbüro lässt seine Taschen individuell gestalten und verkauft sie mit dem Wycliff-Logo in ihrem Informationszentrum. Nathan's vier Supermärkte in der Region South Sound werden ab dem ersten nächsten Monats Baumwolltaschen verkaufen.

Ganz besonderen Aufwand betreibt „Ultimate Crafts" in der Back Row. „Kreatives Gestalten hat die Tradition des Nachhaltigen", sagt Inhaberin Marylou Webster. „Und wir müssen dem Ultimativen in unserem Firmennamen Rechnung tragen." Sie ruft für all ihre Kunden einen Wettbewerb aus, Wycliffs „ultimativ kreative Baumwolltasche" zu gestalten. Zu diesem Zweck hat sie Sets zusammengestellt, die eine Baumwolltasche, Stoffmalfarben und Glitzerkleber enthalten. Einsendeschluss ist der 31. Juli. Weitere Informationen gibt es in ihrem Geschäft oder unter Telefon ...

8

Tipp der Woche von der Grünen Expertin:
Verwenden Sie Eierschachteln aus Pappe als Saatgutstarter.
Schneiden Sie die einzelnen Unterteilungen aus, füllen Sie sie
mit Erde und halten Sie sie feucht, bis die Samen sprießen. Am
besten stellen Sie die „Becher" in eine Untertasse, um
überschüssiges Wasser darin aufzufangen. Pflanzen Sie die
Setzlinge samt Karton in Blumenerde. Der Eierkarton zersetzt
sich.

„Le Quartier" hatte einen geschäftigen Donnerstagabend. Véronique führte die Gäste an ihre Tische und nahm Tischbestellungen am Empfang entgegen. Paul und Barb waren in der Küche beschäftigt, und Christian eilte zwischen Bestellungen und dem Bedienen hungriger Gäste hin und her.

An einem der ruhigeren Tische in einer rückwärtigen Nische genossen Daniel und Mattie je ein Stück Quiche Lorraine.

„Ich hatte es neulich ernst damit gemeint, dir mit deinem Boot zu helfen", sagte Mattie, ihre Augen voll Heiterkeit.

„Selbst, nachdem ich es dir gezeigt habe und es so viel kleiner war, als du erwartet hattest?" fragte Daniel überrascht.

„Ich hatte eigentlich nur eine Ausrede gesucht, um dich wiederzusehen."

„Aber an dem Boot muss wirklich noch gearbeitet werden", beharrte Mattie.

„Aber es ist nicht so wichtig", sagte Daniel. „Ich habe es mit meinem Dad gebaut, als ich ungefähr 15 war. Es hat seit

Jahren in einem Karton auf dem Dachboden gesessen, und ich habe es erst herausgeholt, als ich umgezogen bin. Seither habe ich den Karton überallhin geschoben, wo er am wenigsten im Weg war."

„Aber wäre es nicht schön, dein Motorboot schwimmen zu sehen?" blieb Mattie hartnäckig.

„Bist du dir sicher?" fragte Daniel. „Normalerweise mögen Mädchen technische Dinge nicht besonders."

„Du vergisst, dass ich eine Werft leite, und ich weiß, wovon ich rede, weil ich den Job gelernt habe." Mattie nahm einen Schluck Chablis. „Würde es nicht Spaß machen, gemeinsam daran zu arbeiten und es perfekt aussehen zu lassen? So, wie du es ursprünglich auch wolltest?"

Daniel blickte in ihr eifriges Gesicht und begann zu schmelzen. War das die Frau, von der er gehofft hatte, dass sie eines Tages einen dauerhaften Platz in seinem Leben einnehmen würde? Jemand, mit dem er nicht nur seine geschäftlichen Sorgen, sondern auch seine Lieblingsbeschäftigungen, seine Hobbys, seine Träume teilen konnte?

„Du brauchtest nicht einmal mehr Ausreden, um mich zu sehen", lächelte Mattie ihn an.

„Habe ich als Mann nicht Glück?!" rief Daniel. „Klar. Ich würde gern mit dir an dem Boot arbeiten."

„Gut. Dann ist das abgemacht."

Sie aßen schweigend weiter und beobachteten einander mit wachsender Zärtlichkeit. Véronique spürte ihre Stimmung und servierte ihnen als Zwischengang ein winziges Amuse-Bouche. „Das geht aufs Haus", flüsterte sie und zwinkerte. Mattie errötete, und Daniel bedankte sich überschwänglich.

Ein paar Tische entfernt genossen Luke und Dottie McMahon ein romantisches Abendessen. Sie teilten sich eine farbenfrohe Platte voll verschiedener Delikatessen und eine Karaffe trockenen Rotwein. Luke fütterte Dottie gerade mit einem aromatischen Bissen, als Véronique an ihren Tisch kam. Ihr Gesicht verzog sich zu einem strahlenden Lächeln.

„Scheint, als hätten wir hier heute Abend eine Reihe Turteltauben", stellte sie fest. „Wie wundervoll – ich kann von Leuten wie Euch gar nicht genug bekommen."

„Wer wird sonst noch so verwöhnt wie ich?" fragte Dottie mit funkelnden Augen.

„Sieht so aus, als hätte Mattie Barton sich mit Daniel Harrison zusammengetan." Véronique nickte leicht in die Richtung des jüngeren Paars.

„Dann ist aus der miesen Geschichte doch noch etwas Gutes herausgekommen", stellte Luke fest. „Ich wünschte nur, ihnen wäre der Betrug erspart geblieben, durch den sie zusammengefunden haben."

„Ach, es gibt keinen Schaden, bei dem nicht auch ein Nutzen wäre." Dottie tätschelte seinen Arm. „Und du hast ihnen so toll geholfen."

„Ich wünschte, wir könnten Leute, die Schlechtes vorhaben, festnehmen, bevor sie's überhaupt getan haben", brummelte er. Dann konzentrierte er sich auf ein Petit Four aus geräucherter Forelle, Honig-Frischkäse, Meerrettich, und einem bisschen rosa Pfeffer und Dill. „Ich esse normalerweise nie so etwas Ausgefallenes wie das hier. Aber ich muss zugeben, das ist wirklich köstlich."

„Freut mich, dass es schmeckt", sagte Véronique.

„Wie steht es denn mit *deinem* Liebesleben, Süße?" fragte Dottie. „Ich weiß, ich bin zu neugierig, aber als Freundin mit einem Geschäft nebenan sehe ich nur, wie viel ihr hier zu tun habt. Bist du sicher, dass du Zeit genug findest, um dich auch um deine privaten Bedürfnisse zu kümmern?"

Véronique errötete. „Ich hoffe, ich sage es nicht verfrüht. Und vielleicht verstehe ich es ja auch ganz falsch. Aber, ja, ich glaube, Paul und ich sind in eine gewisse Richtung unterwegs …"

„Wirklich?!" Dottie war höchst erfreut und dämpfte sofort ihre Stimme. „Du und Paul? Wie wundervoll! Und wie diskret ihr das handhabt!"

„Ja nun", zögerte Véronique. „Es käme nicht gut, unsere Liebe vor den Gästen zu demonstrieren, oder? Und Paul hat noch nicht gesagt, ob er den Bund fürs Leben schließen möchte."

„Ach, er wird, er wird", grinste Luke und hob sein Glas um ihr zuzuprosten. „Er wäre verrückt, wenn er sich eine so hübsche, intelligente und fleißige, junge Dame wie dich entgehen ließe. Auf euer Wohl!"

„Danke", sagte Véronique. „Ich wünschte nur, Finn könnte hier sein, wenn es soweit ist. Wo ist er jetzt überhaupt? Wir haben von ihm schon eine Weile nichts gehört."

Finn Rover war eine 18-jährige ausgerissene Waise gewesen, als er vor ein paar Jahren nach Wycliff gekommen war. Nachdem Dottie ihn beim Stehlen in ihrem Feinkost-Geschäft erwischt hatte, hatte sie ihm ein Zuhause angeboten im Gegenzug dafür, dass er das Geld abarbeite, das er ihr und anderen Läden in der Stadt schuldete. Das Team des „Le Quartier" hatte ihm eine Stelle als Küchenhilfe angeboten. Während er sich gewissenhaft seinen Aufgaben widmete, wurde er rasch so gut wie ein Familienmitglied für Dottie und das Bistro-Team. Ein weiterer Wendepunkt in seinem Schicksal im selben Jahr noch war, als er einen kleinen Jungen, Bobby Random, davor gerettet hatte, unter die Räder eines Umzugswagens der Tulpenparade im selben Jahr zu geraten. Die dankbaren Eltern des Kindes hatten Finn mit seiner Traumausbildung belohnt. Er war nun auf dem besten Weg, Restaurantkoch zu werden.

„Ich wünschte auch, wir würden häufiger von ihm hören", seufzte Dottie. „Er hatte letztes Semester so viel zu tun, dass er nur ganz kurz zu Weihnachten heimkam. Aber ich schätze, er *musste* so hart arbeiten."

„Ist er eigentlich noch immer in Seattle?"

„Nein", antwortete Luke für Dottie, deren Augen etwas feucht geworden waren. „Er war nur bis letzte Woche an der Ostküste. Er sagte, er müsse verschiedene regionale Tendenzen in der amerikanischen Küche kennenlernen. Da es in New York City ebenfalls ein College gibt, das aufs Kochen spezialisiert ist, ist er dorthin gegangen. Und die Randoms bezahlen großzügig für ihn."

„Er schickt ihnen offenbar häufiger Emails als uns", sagte Dottie und schien etwas enttäuscht.

„Nun, er muss das wohl, wenn sie ihm sein Studium finanzieren", stellte die praktische Véronique fest.

„Er hat als Chef de Partie in einem exklusiven Restaurant an der 9th Avenue gearbeitet", berichtete ihr Dottie. „Und der Chefkoch dort hat ihn einem anderen Chefkoch drüben in Europa empfohlen."

„Dann geht er also vielleicht rüber?"

„Er ist schon dort und fühlt sich natürlich mächtig geschmeichelt", bestätigte Luke. „Stell dir vor, dass sein Chef ihm gesagt hat, er müsse noch mehr auf der anderen Seite des Atlantiks lernen. Ich hoffe, es steigt ihm nicht zu Kopf. Natürlich will er im Sommer durch ganz Europa reisen und, je nachdem, was drüben in der Alten Welt passiert, wird er von da aus planen."

Véronique schluckte. „Ich hoffe, er kommt immer mal wieder zurück. Er ist für mich wie der jüngere Bruder, den ich nie hatte. Unserer Bistro-Familie fehlt er."

Dottie streichelte den Arm der jungen Frau. „Als wenn ich's nicht wüsste. Es geht uns allen so."

Véronique lächelte wehmütig, dann wurde sie wieder ganz geschäftsmäßig. „Ich muss wieder zurück an die Arbeit. Ich hoffe, ihr habt noch einen schönen Abend."

„Werden wir", brachte Dottie noch heraus, bevor Luke ihr sanft den Mund mit einer marinierten Muschel stopfte.

*

Am selben Abend war die Main Gallery festlich erleuchtet. Die Inhaber, Mark Owen und Harlan Hopkins, hatten zu einer Vernissage mit einer neu entdeckten örtlichen Künstlerin eingeladen, und die Leute waren herbeigeströmt, um sich selbst einen Eindruck zu verschaffen. Jetzt schlängelten sie sich durch die Ausstellung, naschten Finger-Food, nippten an Getränken und sprachen in dem seltsam leisen Ton, der generell für Museen und Galerien reserviert zu sein scheint. Einige Leute präsentierten sich selbst als Kunstwerke und prangten mit einer interessanten Aufmachung, die entweder übertrieben künstlerisch oder elegant dezent war. Andere waren einfach von der Straße hereingekommen. Trevor hatte etwas Schickeres gewählt, da er heute Abend eines seiner ausgewählten Internet-Dates treffen würde.

Während er vorgab, in die seltsamen abstrakten Ölgemälde vertieft zu sein, von denen er dachte, einige sähen besser aus, wenn man sie kopfüber aufhängen würde oder besser noch mit dem Gesicht zur Wand, beobachtete er immer wieder nervös den Eingang. Er sah Mark und Harlan einige VIPs aus Wycliff begrüßen. Er sah John Minor Notizen und ein paar Fotos für den „Sound Messenger" machen und fragte sich, was der wohl von den Gemälden hielt. Nun, John war bekannt für seine echte Bildung, also würde er vermutlich etwas zu sagen finden, das Künstlerin wie Galerie glücklich machte und einige Leute wiederkommen ließ, um noch einen Blick darauf zu werfen und eventuell ein Werk zu kaufen.

Er wandte sich wieder der Leinwand vor sich zu und starrte darauf.

„Gefällt es Ihnen?" fragte ihn eine frische, junge Stimme. Er erschrak ein wenig. Dann blickte er in ein beinahe engelhaftes Gesicht, das von langen blonden Locken umrahmt wurde. Das Gesicht gehörte zu einer elfenhaften Frau in einem burgunderroten Kleid, das aus einer anderen Ära zu stammen schien.

„Ähm, ich bin mir nicht wirklich sicher", stammelte er und errötete. „Wissen Sie, ich bin kein Kenner."

Silberhelles Lachen. Sie schüttelte den Kopf, und ihre Locken flogen. „Ich könnte Ihnen eine Führung geben, wenn Sie möchten."

„Eigentlich warte ich auf jemanden, mit dem ich verabredet bin ..." Trevor spürte, dass er aus den falschen Gründen zur falschen Zeit am falschen Ort war.

„Schade", sagte die hübsche Dame. „Nun, vielleicht ein andermal."

„Sicher." Er fühlte sich seltsam beraubt, als sie ihn mit einem freundlichen Lächeln verließ. Hatte er es mal wieder vermasselt?

An der Tür herrschte ein wenig Gedränge, als mehrere Leute zugleich hereinkommen wollten, während sie anderen den Vortritt anboten. Es gab Gelächter, und Trevor fühlte sich noch einsamer und ausgeschlossener. Aber mit dieser kleinen Gruppe kam eine große, hübsche Dame herein, die ihn an das Internet-Foto erinnerte, auf das er Anfang der Woche reagiert hatte. Während sie den Raum absuchte, trafen sich ihre Blicke mit einem Blitz des Erkennens. Sie gingen aufeinander zu.

„Hallo", sagte Trevor und fühlte sich plötzlich sehr linkisch. „Schön, dass Sie kommen konnten."

„Hallo" antwortete die Brünette und schob sich eine Strähne ihres glatten Haars hinter das Ohr. „Es klang interessant genug." Sie lächelte ihn geschäftsmäßig an.

„Es?"

„Die Vernissage. Für gewöhnlich sind da eine Menge interessanter Menschen. Und es gibt gute Möglichkeiten zum Netzwerken."

Trevor war fast sprachlos. „Nun, ich dachte, wir lernen einander erst kennen …"

Sie lächelte ihn mitleidig an. „Trevor, richtig? Nett, Sie zu treffen, aber ich glaube nicht, wir wären glücklich miteinander."

„Aber Sie sind mir erst vor einer Sekunde begegnet."

„Richtig. Und ich bin mir sicher, Sie werden dasselbe denken. War das Ihre Mutter, die in Ihr Dating-Video hineinspaziert ist?"

„Ja, war sie. Aber was hat das damit zu tun?"

„Trevor, ich bin eine Geschäftsfrau. Ich weiß nicht, was für ein Anwalt Sie sind. Und um ehrlich zu sein, ich will es auch gar nicht wissen. Offenbar wird Ihr Leben immer noch von Ihrer Mutter bestimmt. Und keine Frau – zumindest keine wie ich – legt Wert darauf, einen Mann mit seiner Mutter zu teilen. Glauben Sie mir. Darf ich Ihnen einen Rat geben? Werden Sie erwachsen, bevor Sie sich mit jemandem verabreden." Sie zwinkerte ihm zu und ging weg, um sich dann Mark vorzustellen, mit dem sie nach ein paar Minuten Gesprächs Geschäftskarten tauschte.

Trevor fühlte sich schrecklich gedemütigt. Wie konnte sie kommen, nur um ihn zu verspotten und stehen zu lassen? Wie grausam! Und wie opportunistisch. Ihr hatte offenbar sein Vorschlag zugesagt, nach Wycliff zu kommen, aber es war immer nur um sie gegangen, nicht um ihn. Er erwischte sich dabei, wie er zur Tür ging.

„Ist sie nicht gekommen?" fragte die freundliche Stimme von vorher, und er fühlte eine leise Berührung auf seinem Hemdärmel.

„Nein", sagte er und blickte bitter zurück in den Raum.

„Vielleicht können wir dann ein andermal miteinander reden?" Die junge Frau schob ihm eine Karte in die Hand.

„Vielleicht", sagte er, und sie drängte ihn nicht weiter.

Später, als er allein in seinem Büro im abgedunkelten Haus seiner Eltern saß, erinnerte er sich der Karte und hob das Gesicht aus seinen Händen. Er kramte in seinen Taschen und fand sie, nur ein wenig zerknittert an einer Seite. Die Druckschrift war fein und geschwungen. Der Name darauf war der der Künstlerin der Vernissage.

*

Am Freitagnachmittag humpelte Mildred Packman, die pensionierte Lehrerin der Wycliff High School, die Main Street hinauf. Obwohl ihr Geist immer noch hellwach war, spürte sie, wie ihr langsam das Alter zusetzte, angefangen bei ihren Beinen. Heute war kein guter Tag zum Gehen. Aber sie wollte sich nicht damit stressen, einen Parkplatz an der Main Street zu suchen. Trotzdem musste sie zur Bank gehen. Sie brauchte Geld fürs Wochenende. Sie erwartete einige andere pensionierte Lehrer bei sich zu Hause und wollte etwas Besseres auftischen als nur die paar Brownies, die sie sich für gewöhnlich selbst am Wochenende gönnte.

*

Thora und Angela gingen vom Werftgebiet aus auf die Main Street zu. Sie sprachen glücklich über ihre Zukunftsträume.

„Meredith hat also heute Morgen ihren Mann für weitere vier Monate vor der Küste Alaskas verabschiedet", erzählte Angela Thora. „Und tschüs. Nun kann sie endlich damit anfangen, ein paar Tragetaschen mit Fronttasche zu entwerfen. Ich habe ihr auch gesagt, sie solle die Innentasche mit einem Reißverschluss ausstatten und sie groß genug machen, dass ein iPad und eine Brieftasche hineinpassen."

„Wunderbar", sagte Thora, die Tasche über der einen Schulter, die Immobilisierungsschlinge über der anderen. „Und heute die allerersten Schecks kassieren zu können – was für eine Belohnung für die Arbeit von uns allen! Auch wenn es erst einmal nur Peanuts sind."

„Jedes bisschen zählt", sagte Angela zuversichtlich. „Vergiss nicht, dass manche Frauen seit Jahren keinen eigenen Pfennig gesehen haben. Sie können jetzt vielleicht nichts großartig ausgeben, aber wo Bestellungen selbst von den Farmen der Farm-Kooperative hereinkommen – von Hofläden in ganz Western Washington … ist das nicht unglaublich?!"

„Wir wachsen zweifellos", sagte Thora. „Eines Tages haben wir vielleicht sogar unsere eigene Taschenkollektion in Boutiquen und Geschenkartikelläden."

*

„Ich springe mal rasch zur Bank hinüber und hole mehr Wechselgeld", sagte Pattie May mit freudiger Stimme. „Offenbar steckt unseren Kunden die Grillsaison in den Knochen. Wir brauchen viel mehr Kleingeld." Sie schnappte sich zweihundert Dollar und schob sie in einen Umschlag.

„Vielleicht könntest du auch schon etwas von unserem heutigen Tagesumsatz deponieren", schlug Dottie vor. „Ich fühle mich nie wohl mit solchen Geldmengen im Büro, während wir Kunden bedienen. Bring's lieber rasch zur Bank."

*

Julie fuhr die lange Strecke vom „Sound Messenger" in die Unterstadt Wycliffs. Heute war Zahltag, und sie wollte sich unbedingt für den Erfolg belohnen, den ihre jüngste Serie über Umweltkatastrophen in der Region in den letzten 50 Jahren ihrer Zeitung gebracht hatte. John Minor hatte ihr sogar einen Bonus gezahlt für das Mehr an Anzeigen, das hereingekommen war.

Vielleicht sollte sie sich das niedliche Sommerkleidchen kaufen, das sie Anfang des Monats bei „La Boutique" entdeckt hatte. Falls es ihr noch passte. Sie hatte ein paar Pfund zugenommen, weil sie sich in ihrer Einsamkeit abends mit Schokolade und anderen Leckereien zu belohnen pflegte. Es gab immer noch keinen Mann in ihrem Leben, und sie brauchte zumindest etwas für ihre Lebensgeister.

*

„Paul, wir brauchen dringend einen neuen Ofen. Es ist das fünfte Mal in diesem Monat, dass die Sicherung herausgesprungen ist, während ich nur eine Tarte Tatin darin gebacken habe." Barb schmollte. „Wenn das so weitergeht, kann ich nicht versprechen, dass ich damit noch Patisserien mit Qualität fertigen kann."

Paul drehte sich seiner Freundin und Kollegin zu. „Ich weiß, dass der Ofen nicht auf dem neusten Stand der Technik ist. Kannst du damit bitte nur noch ein paar Wochen länger arbeiten?"

„Kann ich nicht. Hör zu, es ist nicht nur mein Name der für unsere Desserts und Kuchen steht. Es ist auch der des Bistros. Wenn wir es vermasseln und Gästen rohen Teig servieren bloß wegen dieses fehlerhaften Geräts … Was, wenn sie Salmonellen kriegen?"

Paul seufzte. „Du weißt, dass wir nicht genug Geld haben, um die alte Küchenausstattung komplett auf einmal auszutauschen. Wir zahlen immer noch den begehbaren Kühler ab."

„Nun, deshalb gibt es Banken", beharrte Barb. „Um Himmelswillen, sie kennen uns. Wir sind am Ort. Sie essen hier. Glaubst du nicht, sie würden uns noch einen Kredit geben? Sie wissen, wir zahlen pünktlich zurück."

Paul hob die Hände. „Kann es bis Montag warten?"

Barb stemmte die Arme in die Hüften. „Paul Sinclair, warum schieben Männer immer alles auf?! Je früher wir ihre Zusage bekommen, desto besser. Wir könnten sogar schon dieses Wochenende einen neuen Ofen haben!"

„In Ordnung", sagte Paul. „Ich gehe rasch hinüber und versuche sie zu überzeugen, uns einen neuen Kredit zu geben.

Mensch, Barb, ich bin froh, dass wir nur geschäftlich miteinander zu tun haben."

„Nun", entgegnete Barb, „ich auch. Übrigens, je eher wir all diese Kredite erledigt haben, desto eher wirst du den Ring kaufen können, den du Véronique schenken willst. Ein neuer Ofen bedeutet mehr Kapazitäten …"

*

Peter blickte in den Rückspiegel. Niemand war ihm bisher gefolgt. Aber er hatte auch eigens nur winzige Nebenstraßen benutzt. Immerhin war sein Truck überall in den Nachrichten gewesen. Jetzt, da die Neuigkeit des Haftbefehls sich gelegt hatte und die Leute nicht mehr die Poster in Supermärkten, Postämtern und anderen öffentlichen Gebäuden betrachteten, schien es ihm sicher genug, seine Mission durchzuziehen.

Heute Morgen hatte er sein Haar mit seinem Elektrorasierer zu einer Meckifrisur getrimmt. Er wusste, es sah nicht aus wie ein professioneller Haarschnitt. Aber es hatte gewiss sein Aussehen verändert. Er hatte auch beschlossen, nicht seine grünen Kontaktlinsen zu tragen. Also glänzten nun seine blauen Augen gefährlich in seinem glattrasierten Gesicht. Nein, niemand würde Peter Michaels in dem Mann erkennen, der den Dodge RAM fuhr. Niemand würde überhaupt erwarten, dass er irgendwo in Western Washington auftauchte – Punktum.

Peter Michaels lachte in sich hinein. Er hatte Teal wegen seines veränderten Aussehens vorgewarnt. Teal hatte nichts davon verstanden, aber er würde bereitstehen, wenn er abgeholt wurde. Peter tätschelte sein Jackett, wo es sich leicht wölbte. Die Härte des Gegenstands darunter fühlte sich mehr als beruhigend an. Es fühlte sich einfach richtig an.

*

Julie bremste ab und suchte auf der Main Street einen Parkplatz. Schließlich entdeckte sie einen und bog hinein. Gerade wollte sie sich abschnallen, als ein dunkelgrauer Dodge RAM an ihr vorbeifuhr und vor der Bank in zweiter Reihe parkte. Julie starrte hin.

Sie las das Nummernschild und erkannte sofort die Nummer. Ein leiser Laut entfuhr ihr. Sie hatte das Nummernschild zu häufig niedergeschrieben, um es zu missdeuten. Fieberhaft grub sie in ihrer Handtasche nach ihrem Smartphone. Sie drückte die Schnellwahltaste für Luke und hatte ihn nach nur zwei Klingeltönen am anderen Ende.

„Luke?" fragte sie atemlos. „Du musst sofort in die Main Street kommen."

„Was ist los, Julie?" fragte Luke. „Ich bin nicht im Büro, sondern in der Oberstadt."

Julie stöhnte. „Dann schick jemand anders. Peter Michaels' Wagen parkt in zweiter Reihe vor der Bank."

„Bist du sicher, es ist seiner?" Lukes Stimme klang misstrauisch.

„Absolut. Und ich weiß nicht, warum, aber es ist mir unheimlich." Sie holte tief Luft. „Jetzt steigt jemand auf der Beifahrerseite aus."

„Michaels?"

„Nein. Jemand mit kurzem Haar und ohne Bart."

„Steigt der Fahrer auch aus?" Lukes Stimme klang, als ob er jetzt sehr schnell ginge.

„Nein, und der Motor läuft noch. – Oh, mein Gott!" Julies Augen wurden schreckensweit. „Er holt eine Pistole raus!"

„O Gott", sagte Luke. „Ich komme, so schnell ich kann. Bleib mit mir am Telefon, Julie. Ich alarmiere meine Leute auf der Wache." Julie hörte ihn eine Autotür öffnen und schließen und den Motor starten, während er über Polizeifunk nach Verstärkung rief. Dann war er wieder am Telefon. „Bist du noch dran, Julie?"

„Ja", sagte sie und zitterte. „Ich habe gerade sowas wie einen Schuss gehört."

„Warte ab, Julie. Bleib in deinem Auto. Tu nichts Dummes!"

*

Teal hatte Peter offenen Mundes angestarrt, als er vor seinem Apartment vorgefahren war. „Mensch, Alter! Ich hab' dich fast nicht erkannt!"

Peter grunzte. Idiot. Er hatte vermutlich nur das Fahrzeug identifiziert. Nun gut. Wenn seine Verkleidung so gut funktionierte, würde er das Ding durchziehen, ohne dass irgendjemand schlau daraus würde. Er setzte sich auf den Beifahrersitz, während Teal an den Spiegeln und seiner Sitzposition herumstellte.

„Hast du's bald?" fragte Peter genervt.

„Hey Mann, wenn ich schnell fahren soll, muss ich mich auf dem Fahrersitz wohlfühlen, okay?" Teal sah ihn bittend an. Peter hob die Hände in stummer Frustration. Endlich fuhren sie los.

Sie nahmen die I-5 und fuhren bei Parkland herunter. Von dort aus wählten sie winzige Straßen und Nebenstraßen. „Wohin fahren wir?" wollte Teal wissen. „Müssen wir wirklich diese Umwege machen?"

Peter antwortete nicht. Der Narr würde noch früh genug sehen, wohin sie fuhren. Und dass es nicht gut wäre, wenn sie zu früh Aufmerksamkeit auf ich Fahrzeug ziehen würden.

Eine halbe Stunde später fuhren sie in Wycliff vom Süden her ein und hielten auf die Unterstadt zu. „Halte vor der Bank", sagte Peter. „Lass den Motor laufen. Ich brauche nur ein paar Minuten."

„Jesus, Peter!" rief Julian Teal aus. „Tust du, wovon ich denke, dass du's tun wirst?"

Peter sah ihn an. „Was denkst du denn, was ich tun werde?"

Teals Gesicht wurde bleich. „Shit! Oh, Shit!"

„Hör zu, Teal", sagte Peter. „Halt's Maul und warte. Du kriegst immerhin Geld dafür." Peter stieg aus dem Auto.

Teal blickte verzweifelt durch das Seitenfenster. Was erst wie eine gute Idee ausgesehen hatte, war ein Alptraum geworden. Starrten nicht schon alle ihren Wagen an? Oder stellte er sich das nur vor?

Peter zog seine Sig P 320 heraus, sobald er den Eingang der Bank erreicht hatte. Er setzte keine Maske auf. Er fühlte sich als sein unverstelltes Selbst sicher genug.

In der Bank warteten mehrere Leute vor den drei Schaltern. Er war sich nicht sicher, ob er auch nur einen von ihnen kannte. Es war ihm auch völlig egal. Er ging rasch an einem Mann und einer Frau vorbei. Jemand öffnete hinter ihm den Mund, um gegen sein Vordrängeln zu protestieren. Dann hörte er ein Keuchen. „Oh, mein Gott! Oh, mein Gott! Er hat eine Waffe!"

Er grinste. Er besaß alle Macht. Er drängte die Dame mit dem flammendroten Haar am Schalter zur Seite, schob eine leere Mülltüte über die Theke und richtete seine Pistole auf den Kassierer. „Nicht den Alarmknopf drücken", kommandierte er. „Gib mir all dein Geld und das von den anderen Schaltern auch. Mach schnell."

Um den Ernst der Situation zu betonen, schoss er in die Decke. Eine Frau schrie. Der beißende Geruch von Pulverdampf stieg in der Halle auf. Der Kassierer füllte die Tüte mit fliegenden

Fingern. Sein Gesicht war totenbleich. Seine Kollegen standen an den anderen Schaltern und schauten hilflos zu.

„Keinen Alarmknopf drücken, verstanden?" schrie Peter und konzentrierte sich auf sie.

Hinter seinem Rücken bewegte sich etwas. Er fuhr herum und sah, wie eine ältere Dame mit zitternder Hand auf ihn deutete. „Ich kenne dich, nicht wahr? Du bist Prosper Martinovic."

Ein roter Vorhang senkte sich über seine Augen. Er war wütend. Er drückte ab. Noch ein Schuss knallte. Er ergriff die Tüte, aber die Tüte gab nicht nach. Er griff einen Arm, aber er wusste nicht, wessen. Er zog die Person, der der Arm gehörte zur Tür, ignorierte die Geräusche der Panik hinter sich. Er rannte hinaus. Er eilte auf den Wagen zu. Er zog die Tür auf. Er stieß die Person, deren Arm er immer noch hielt, auf den Mittelsitz und sprang selbst hinein. Er schlug die Tür zu.

„Fahr zu!" schrie er.

Die Reifen quietschten. Hupen ertönten hinter ihnen. Um ein Haar überfuhren sie ein paar Teenager, die die Straße überquerten. Dann wurde alles in Peter/Prospers Kopf still. Die Welt drehte sich in einem zornigen Dunkelgrau. Sein Plan war völlig danebengegangen.

*

In der Bank dachten die Leute, sie hätten einen furchtbaren Traum durchlebt. Erst hatten sie nicht bemerkt, dass ein bewaffneter Bankräuber hereingekommen war. Als sie es dann taten, versuchte jeder so unsichtbar wie möglich zu werden. Der arme Kassierer, auf den die Pistole gerichtet worden war, war einer Ohnmacht nahe gewesen. Er hatte gehofft, seine Kollegen würden den Alarmknopf unter ihren Schaltern drücken. Stattdessen schienen sie wie gelähmt und so unfähig etwas zu tun wie die biblischen Salzsäulen.

Angela Fortescue, die vom Bankräuber kurzerhand beiseitegeschoben worden war, war sich nicht sicher, ob sie verstörter darüber war, wie er sie behandelt hatte, als über die Tatsache, dass sie sich inmitten eines Banküberfalls befand.

Thora, die genau neben ihr stand, warnte sie mit einem Finger auf den Lippen, keinen Laut von sich zu geben. Sie war scheinbar ruhig, aber sie bebte wie die anderen auch.

Paul hatte hinter Mildred Packman in der Schlange gewartet. Er dachte, sie müssten nur still bleiben und den Räuber machen lassen, um die Tortur schnell hinter sich zu bringen. Er hoffte, dass nicht noch jemand in die Bank käme, der sich der Situation drinnen nicht bewusst war.

Mildred Packman hatte ein paar freundliche Worte mit Pattie May gewechselt, als der Räuber hereingekommen war. Etwas an dem Mann löste bei ihr eine Erinnerung aus. Sie würde sich nie sicher sein, ob es sein übermäßig selbstsicherer Schritt, seine Statur oder seine Gesichtszüge mit der stechenden Augenfarbe waren (oder vielleicht alles zusammen).

Alle erschraken und schrumpften noch mehr in sich zusammen, als der Räuber in die Decke schoss. Etwas Gips fiel herab, und ein bisschen Staub rieselte gleich hinterher. Die Neonleuchten flackerten leicht. Jemand keuchte laut. Und in dem Moment, als sie den Pulverdampf roch, erinnerte sich Mildred, an wen sie der Mann erinnerte. Vor fast anderthalb Jahrzehnten hatte dieser Mann, damals ein Teenager, in ihrer Geschichtsklasse gesessen. Damals hatte sie über die Seeschlacht bei Salamis unterrichtet, und der Junge mit dem grimmigen Gesicht und den strahlendblauen Augen hatte Papierschiffe auf seinem Schreibtisch angezündet. Es hatte ihn riesig amüsiert, als das Schwarzpulver, das er in sie geschüttet hatte, mit kleinen „Pops" explodierte. Mildred hatte das Feuer löschen können und den Jungen zum Rektor geschickt. Der Junge war für zwei Wochen suspendiert worden, und seine Eltern hatten für den Schaden, den er angerichtet hatte, bezahlen müssen. Prosper Martinovic. Das nichtsnutzige Kind, dann der nichtsnutzige Teenager, der Jahr um Jahr schlimmer wurde. Und was war jetzt aus ihm geworden?!

Als sie den Mann bei seinem Namen genannt hatte, war zornige Furcht über sein Gesicht gefahren. Sie sah die Pistolenmündung sich in ihre Richtung bewegen. Später würde sie sich nicht wirklich erinnern, was danach passiert war. Außer, dass sich ein weiterer Schuss löste, sie auf dem Fußboden landete und die Hölle losbrach. Sie hatte überall Blut an sich, aber sie spürte keine Schmerzen abgesehen von denen im Knie, auf dem sie zuerst gelandet war.

Menschen schrien. Sie waren um sie herum und kümmerten sich um sie und die Person neben sich. Der Räuber war fort. Die Banksirene heulte und trug das Ihre zu der Kakophonie drinnen bei. Draußen konnte man die schrillen Sirenen von herannahenden Polizeiwagen hören. Jemand kreischte: „Ruft einen Krankenwagen! Ruft einen Krankenwagen! Oh, mein Gott, er könnte verbluten!"

Es war ein Alptraum voll panischer Gesichter. Dann durchbrach der beruhigende Anblick von Polizeiuniformen die Szene. Jemand schaltete den Alarm ab. Menschen wurden zur Seite geführt, damit sie sich auf den Boden oder auf Stühle setzen konnten. Angela Fortescue schluchzte laut. Seit wann war diese Frau solch menschlicher Emotionen fähig?!

Als sich der Trubel an Mildreds Seite etwas beruhigte, konnte sie einen Blick auf Paul Sinclairs äußerst blasses Gesicht erhaschen. Seine Augen waren geschlossen. Er lag in einer Blutlache. Er atmete schwach, und der Polizist, der ihn hielt, blickte nervös auf die Uhr über der Tür. „Weshalb braucht der verdammte Krankenwagen so lange?!"

„Was ist passiert?" fragte Mildred leise.

„Er hat Ihnen das Leben gerettet", sagte ein ältlicher Herr.

„Er hat mir das Leben gerettet?" fragte Mildred entsetzt.

„Der Bastard hat die Waffe auf Sie gerichtet, und der junge Mann hat Sie zu Boden geworfen, sodass die Kugel Sie nicht treffen konnte. Ist dabei selbst in die Schusslinie geraten. Wenn Sie mich fragen, ist er ein verflixter Held!"

Mildred starrte Paul an. Ihre Zähne begannen, laut zu klappern.

Eine Minute später barsten Sanitäter mit großen Notfallkoffern durch die Tür. Sie machten sich sofort bei Paul an die Arbeit. Aber einer von ihnen sah auch nach Mildred, die furchtbar zitterte, und bedeckte sie mit einer Folie, um sie warm zu halten. Er gab ihr eine Beruhigungsspritze und verpflasterte ihr Knie.

„Wie geht es Paul?" fragte sie den Sanitäter.

„Ist das der Mann mit der Schussverletzung?" fragte er mit einem Blick auf den jungen Mann, der jetzt immer wieder das Bewusstsein verlor und von drei Sanitätern gleichzeitig versorgt wurde.

„Ja. Er hat mir das Leben gerettet", sagte Mildred und wurde sich erst jetzt bewusst, was Paul für sie getan hatte. Es war, als erwache sie aus einer ausgesprochen tiefen Benommenheit.

„Kann ich nicht sagen, Ma'am", antwortete der Sanitäter, und auch sein Gesicht verriet ihr nicht mehr. Er durfte vermutlich nichts Schlechtes oder Gutes sagen. „Aber ein Gebet für ihn kann nicht verkehrt sein, hm?"

Mildred nickte, während sie sich den Tränen nahe fühlte. „Ich denke nicht." Ihre Augen folgten der Bahre, auf der sie Paul jetzt hinausrollten.

„Sind Sie wieder soweit in Ordnung?" fragte der Sanitäter.

„Sicher", sagte Mildred automatisch. „Sicher."

*

Julie hatte das Gefühl, dass die Polizei Ewigkeiten brauchte, um einzutreffen. Obwohl sie wusste, dass sich Sekunden nur scheinbar zu Stunden dehnten. Den Schuss zu hören, hatte sie schwer erschüttert. Ihre Hand am Smartphone zitterte. Was ging da drinnen nur vor sich?

„Bleib einfach ganz ruhig", klang Lukes Stimme warm durchs Telefon. Julie fühlte ihre beruhigende Wirkung. „Geht sonst noch irgendjemand gerade auf die Bank zu?"

Julie blickte sich um. „Du meinst, wird irgendjemand sonst noch in diese Situation hineinlaufen?" Sie schluckte schwer.

„Ich kann niemanden sehen. Übrigens kann ich, glaube ich, jetzt Martinshörner aus der Richtung der Polizeiwache hören."

„Gute Jungs – sie liegen offensichtlich gleichauf mit ihren schnellsten Trainingsergebnissen", sagte Luke stolz.

In dem Augenblick hörte Julie einen zweiten Schuss. „Oh, Gott, bitte nicht!"

„Was ist jetzt passiert?"

„Gerade wurde zum zweiten Mal geschossen."

„Halt still, Süßes. Hab' keine Angst."

„Ich habe keine Angst um mich", sagte Julie. „Ich sorge mich um die Menschen in der Bank."

Plötzlich öffnete sich die Tür der Bank, und sie sah den Mann regelrecht herausstürzen. Er hielt noch immer die Waffe, die Mündung auf den Boden gerichtet. Und er zog eine Person mit sich, die er in das Fahrzeug schubste.

„O nein!" schrie Julie in das Telefon.

„Was jetzt?!" fragte Luke. „Ich bin fast in der Unterstadt."

Julie schloss für einen Moment die Augen. Dann öffnete sie sie wieder und sah den Wagen fortrasen.

„Es ist furchtbar", sagte sie. „Er hat gerade die Bank verlassen. Sie haben Thora."

*

Aus dem „Sound Messenger":

Versuchter Überfall endet mit Entführung

jomin. **Obwohl der gestern Nachmittag versuchte Banküberfall auf die Wycliff Bank fehlschlug, konnte der Räuber, identifiziert als der 30-jährige Prosper Martinovic (auch bekannt als Peter Michaels), entkommen. Während des Vorfalls wurde eine Person schwer verletzt, ein anderer Bürger aus Wycliff wurde entführt.**

Die Stadt Wycliff ist erschüttert von dem brutalen versuchten Banküberfall, der sich gestern eine Stunde vor Schließung ereignete. Als der Räuber die Bank an der Main Street betrat, befanden sich dort 20 Menschen.

Nachdem Mildred Packman, pensionierte Lehrerin der Wycliff High School den Räuber als Prosper Martinovic identifizierte, versuchte der sie zu erschießen. Koch Paul Sinclair vom „Le Quartier" rettete Packman, indem er sich selbst in die Schusslinie warf, während er sie zu Boden stieß. Er befindet sich derzeit schwerverletzt im St. Christopher's Hospital in Wycliff, wo die Ärzte noch um sein Leben ringen. Packman blieb unverletzt.

Um ungehindert zu entkommen, nahm Martinovic Umweltaktivistin Thora Byrd als Geisel und floh in einem dunkelgrauen Dodge RAM, der von einem bislang unidentifizierten Komplizen gefahren wurde. Bis zum gestrigen Redaktionsschluss wurde Thora Byrd weder gefunden, noch sind Forderungen nach Lösegeld eingegangen.

Prosper Martinovic, ehemals Bürger von Wycliff, war in jüngster Zeit in eine Betrugsserie im Bereich der Entsorgung von Sondermüll verwickelt. Er wurde auch dahingehend überprüft, dass er vermutlich die Person ist, die in mindestens zehn Fällen in der Region Sondermüll verkippt hat. Außerdem ist er zumindest teilweise verantwortlich für den Diebstahl des Fonds für die Viktorianische Weihnacht in Wycliff vor zwei Jahren. Da er auch in anderen Bundesstaaten wegen Betrugs, Überfällen, Raub, Totschlags und versuchten Mordes gesucht wird, hat das FBI den Fall übernommen. Das Wycliff Police Department (WPD) kooperiert in den lokalen Fällen.

WPD und FBI hoffen auf Hinweise aus der Bevölkerung. Sollten Sie einen Dodge RAM wie im Foto unten sehen oder den Aufenthaltsort von Prosper Martinovic (siehe unten abgebildetes Phantombild) und seines Komplizen oder des Opfers, Thora Byrd (siehe Foto rechts) kennen, informieren Sie bitte sofort das WPD unter

911. Das FBI warnt die Bürger vor Martinovic und seinem Komplizen, da beide bewaffnet sein könnten und offenbar bereit sind zu schießen. „Niemand sollte sich den beiden Personen nähern", warnt Luke McMahon, Polizeichef des WPD. „Wir wissen noch nicht, ob Thora Byrd als menschlicher Schild benutzt wird. Jegliche direkte Begegnung mit diesen Männern kann ihr Leben gefährden."

9

Tipp der Woche von der Grünen Expertin:
Werfen Sie Gemüsereste nicht einfach weg, sondern bereiten Sie
davon einen Fond zu. Kochen Sie die Reste in leicht gesalzenem
Wasser, dann werfen Sie die nun aromalosen Feststoffe weg und
frieren den Fond ein. Tun Sie dasselbe mit Geflügel- und
Fischkarkassen. Sie erhalten so aromatische Fonds für alle
möglichen Eintöpfe, Suppen und Saucen ohne Verschwendung.

„Das ist alles meine Schuld", jammerte Barb, während sie auf einen Stuhl im Bistro sank. Sie, Véronique und Christian hatten gerade durch Chief McMahon von dem Banküberfall erfahren. Er hatte die Botschaft sehr sorgsam formuliert, aber die volle Wirkung des Geschehens war noch nicht eingesackt.

Véronique schloss die Bistrotür und schloss sie ab. Sie war bleich wie ein Gespenst.

„Ich schätze, wir lassen das Restaurant heute Abend zu", sagte sie tonlos. Dann ging sie auf Barb zu und legte einen Arm um ihre Schulter. „Gib dir keine Schuld. Das war nur ein schrecklicher Zufall …"

Sie weinte nicht. Sie war wie betäubt von der Nachricht. Sie musste die Dinge in die richtige Reihenfolge bringen oder etwas tun. Sie musste nachsehen, wie schlimm es war. Sie musste überlegen, wie sie ohne Paul weitermachen konnte, bis er wieder auf den Beinen war. Sie würde nicht Pauls Eltern anrufen müssen. Sie würden die furchtbare Nachricht ebenfalls durch die Polizei erhalten haben. Sie würden sofort zum Krankenhaus gefahren sein. Sie würde ihnen vermutlich vor der Notaufnahme begegnen. Sie würde dort mit ihnen sprechen können.

Christian putzte energisch die Tische. Es war seine Art, so mit einer Situation zurechtzukommen, die ihm kalt erwischt hatte. Einer seiner Freunde schussverletzt? Der freundliche, friedfertige Paul? Wo er doch nur einen weiteren verflixten Kredit von der Bank hatte holen wollen?

Die drei Freunde sahen einander stumm an. Barbs Augen waren rot, Véroniques trocken, Christians zornerfüllt.

„Ich fahre hinüber zum Krankenhaus", entschied Véronique.

„Du kannst nicht fahren", bemerkte Christian.

„Ich bin absolut ruhig", behauptete Véronique.

„Weil der körperliche Schock noch nicht eingesetzt hat. Hinterm Steuer wirst du ein Nervenbündel sein."

„Ich werde es schaffen."

„Bitte", flehte Barb. „Bitte streitet nicht. Es ist schon schlimm genug. Wir haben Angst, dass dir etwas passiert, Liebes. Kannst du nicht einfach den Bus nehmen?"

Véronique sah die beiden an und seufzte. „Nun gut. Ich schätze, wir haben heute schon genug Angst ausgestanden. Ihr braucht nicht noch mehr Sorgen." Sie ging in den Belegschaftsraum und holte ihren Mantel. „Ich rufe euch später an. Ich hoffe, sie lassen mich zu Paul." Sie winkte ihnen traurig zu und ging durch die Hintertür bei der Küche.

Ein früher Abendgast klopfte an die Bistrotür.

„Chris", sagte Barb schwach, „könntest du dich bitte um ihn kümmern?"

Er nickte. Seine Miene verriet keine Regung. „Schreib inzwischen ein Schild für die Tür."

Sie nickte, und er ging an die Tür, um zu erklären, warum „Le Quartier" heute Abend geschlossen bleibe. Der Mann war sichtlich schockiert. Nach einem kurzen Wortwechsel schloss Christian wieder ab, und er klebte Barbs handschriftliche Notiz an die Glastür.

„Was nun?" fragte er.

„Ich weiß nicht", begann Barb wieder zu jammern. „Es ist alles meine Schuld, weil ich nicht bis Montag auf einen Kredit warten wollte." Sie begann heftig zu zittern und wiederholte, dass es ihre Schuld sei. Christian war hilflos. Er setzte sich neben sie und hörte einfach nur zu. Er konnte einfach nicht begreifen, dass ihre Welt vor einer Stunde auf den Kopf gestellt worden war.

*

Clark saß an seinem Schreibtisch im Rathaus, als seine neue Sekretärin, mit der er immer noch nicht richtig warm geworden war, vorsichtig an die Tür klopfte und dann hereinspähte.

„Mr. Thompson", sagte sie, und aus ihrem Gesicht war jegliche Farbe gewichen. „Chief McMahon möchte mit Ihnen sprechen."

„Nun, schicken Sie ihn herein", sagte Clark freundlich. „Oh, und machen Sie uns doch bitte eine Tasse Kaffee!"

Sie nickte und verschwand. Eine Sekunde später betrat Luke den Raum und biss sich auf die Lippen. Die Botschaft, die er zu überbringen hatte, konnte er weder elegant noch diplomatisch übermitteln. Die Situation war ihm völlig neu, und er wusste nicht recht, wie er sie handhaben sollte.

Clark erhob sich und ging um seinen Schreibtisch herum, um seinem alten Freund die Hand zu schütteln, während er ihm gleichzeitig eine männliche Umarmung gab. „Luke, alter Junge! Was bringt dich her?"

Luke druckste herum. „Können wir uns vielleicht setzen?"

„Sicher, sicher", antwortete Clark herzlich. „Setzen wir uns da drüben in die Sessel – viel bequemer als diese monströsen Holzstühle am Schreibtisch." Er führte Luke zur Sitzecke und sank in einen der Lehnstühle. „Also, warum verbringst du deinen Freitagnachmittag im Rathaus, statt deine reizende Frau von der Arbeit abzuholen und das Wochenende zu genießen?"

Luke seufzte. „Ich weiß nicht einmal, wie ich's sagen soll."

Clark merkte endlich, wie besorgt und müde Luke wirkte, und wurde sehr ernst. „Ist etwas Schlimmes in der Stadt passiert?"

„Wir hatten vor ungefähr einer Stunde einen verfluchten Banküberfall."

„Hier in Wycliff?"

279

„Die Wycliff Bank."

Sie starrten einander an.

„Wie geht es den Bankangestellten?" fragte Clark.

Luke seufzte. Clark war offenkundig ein wunderbarer Bürgermeister, der eher nach den Betroffenen fragte als nach der möglicherweise erbeuteten Geldsumme.

„Sie sind geschockt, aber in Ordnung."

„Gut, gut."

Die Sekretärin kam herein und stellte zwei mit Kaffee gefüllte Tassen auf den Tisch zwischen ihnen. Ihre Hände zitterten, und etwas heiße Flüssigkeit lief über den Rand in Clarks Untertasse. „Entschuldigung. Soll ich ..."

„Nein", unterbrach sie Clark. „Es ist in Ordnung. Eine Serviette tut's."

Sie floh beinahe aus dem Zimmer.

„Du bist nicht hier, um mir von einem Banküberfall ohne Bedeutung zu berichten, Luke. Warum bist du hier? Was ist passiert? Spuck es aus."

„Einer von den Bankkunden wurde während des Vorfalls schwer verletzt." Luke bewegte sich unbehaglich. Clark sah ihn mit einer unausgesprochenen Frage im Gesicht an. „Paul Sinclair. Der junge Koch vom ‚Le Quartier'."

„Guter Gott", stöhnte Clark. „Das ist ein Schlag für Dottie, richtig? Ich meine, sie und diese Kinder haben einander von Anfang an so nahegestanden. Sie muss sich schrecklich Sorgen machen."

„Sie weiß es noch nicht", sagte Luke durch zusammengebissene Zähne. „Paul ist jetzt in der Notaufnahme von St. Christopher's. Die Ärzte können bislang noch nichts sagen. Er hat viel Blut verloren. Abgesehen davon habe ich keine Ahnung, welchen Schaden die Kugel noch angerichtet haben mag."

Clark fluchte. Dann entschuldigte er sich. „Ich werde mich später mit den Eltern in Verbindung setzen und schauen, wie es ihnen geht", sagte er. „Vielleicht können wir etwas für sie oder Paul tun."

Luke nickte. Der schlimmste Teil der Botschaft musste noch überbracht werden. Clark merkte es am verbissenen Gesicht des Polizeichefs.

„Das ist noch nicht alles, oder?" fragte Clark leise.

„Leider nein", gab Luke zu. „Es gibt da noch ein anderes Opfer." Er verstummte und schluckte. Dann entschied er sich dafür, es unverblümt auszudrücken, denn er würde die Tatsache ohnehin nicht verbergen oder abschwächen können. „Sie haben Thora mitgenommen."

„Sie haben was?!" Clarks Kiefer fiel entsetzt herunter, dann bekam er sich wieder in den Griff. „Das ist nicht wirklich wahr, oder?"

Luke schüttelte den Kopf wie in Zeitlupe. „Es ist hart. Es tut mir so leid, dir solche Nachrichten überbringen zu müssen. Ich glaube, ich weiß, was sie dir bedeutet."

Clark bedeckte seine Augen einen Moment lang mit der rechten Hand. Dann wischte er sie sich übers Gesicht. „Und niemand hätte den Räuber, der das getan hat, daran hindern können?"

„Niemand. Du kannst nicht mit jemandem argumentieren, der die Waffe locker sitzen hat, Clark. Die Leute waren schon schockiert genug über Paul, der am Boden lag. Es wäre wahnsinnig gewesen, sich dem Mann in den Weg zu stellen, um ihn davon abbringen zu wollen oder Thora von ihm loszureißen."

„Wissen wir, mit was für einem Auto sie geflohen sind?"

„Das ist der Haken", sagte Luke. „Es war Peter Michaels' Truck."

„Der, der in die wilden Deponien verwickelt war?"

„Genau der." Luke erhob sich und ging im Raum auf und ab. „Jemand konnte den Räuber sogar identifizieren. Laut Mrs. Packman, unserer pensionierten High-School-Lehrerin, war es Prosper Martinovic."

„Prosper Martinovic?" Clark lachte beinahe. „Aber das ist bizarr! Er wird schon gesucht, weil er der Handelskammer vor ein paar Jahren den Weihnachtsfond gestohlen hat. Jetzt kommt er zurück, um die Bank auszurauben und eine Bürgerin zu entführen? Was zur Hölle?!" Er schlug mit der Faust auf den kleinen Tisch, sodass die Tassen noch einmal erschüttert wurden und noch mehr überschwappten. Dann stand auch er auf und ging ans Fenster. Die Hände in den Hosentaschen starrte er blind in die Abenddämmerung draußen.

„Das FBI hat den Fall übernommen. Das Wycliff Police Department arbeitet nur auf Kooperationslevel. Ich weiß nur, dass sie einen Suchbefehl für den Mann haben, der länger als mein Arm ist. Was Peter Michaels angeht – er könnte der Fahrer gewesen sein. Leider hat niemand auf diese Person geachtet."

„Haben sie eine Ahnung, wohin sie gefahren sind?"

„Sie haben die Stadt in nördlicher Richtung verlassen", sagte Luke leise.

„Habt ihr sie verfolgt?"

Luke seufzte. „Wir haben alle Polizeiwachen in Western Washington sofort verständigt. Der Alarm ist also draußen. Aber du weißt ja, wie es ist – jemand muss sie sehen, um sie melden zu können."

„Also ist Thora ganz allein da draußen mit zwei bewaffneten Räubern …" Clark sprach mehr zu sich selbst als mit Luke.

Luke antwortete nicht. Er trat an die Seite seines Freundes und sah ebenfalls hinaus.

„Kann ich irgendetwas tun?" fragte Clark, und seine Stimme brach schließlich.

Luke klopfte ihm auf die Schulter. „Das FBI und wir tun alles Menschenmögliche, um Thora sicher und gesund zurückzubringen", versuchte er zu trösten.

Clark nickte und schluckte. Dann sah er Luke mit feuchten Augen an. „Ich hatte sie an diesem Wochenende fragen wollen, ob sie mich heiraten will …"

„Du musst nur noch ein bisschen länger warten, das ist alles", sagte Luke ruhig. „Ich bin mir sicher, sie ist eher zurück, als wir jetzt zu hoffen wagen." Clark nickte stumm. „Inzwischen verspreche ich dir, dich auf dem Laufenden zu halten, wo auch immer ich es kann, okay?" Ein freundschaftlicher Schlag auf die Schulter des Bürgermeisters, und Luke wandte sich um, um das Büro zu verlassen. Der Raum war inzwischen dunkel geworden. Der Kaffee stand auf dem Tisch, kalt und unangerührt.

*

Véronique war nur eine halbe Stunde, nachdem sie das „Le Quartier" verlasse hatte, im Krankenhaus angekommen. Sie musste vor sich selbst zugeben, dass Christian recht gehabt hatte. Sie wäre nicht in der Lage gewesen zu fahren. Sie hätte nicht einmal den Motor ihres Autos anlassen können. Denn nun hatte der Schock eingesetzt, und sie zitterte, schwach bis auf die Knochen.

An der Rezeption in der Krankenhauslobby brachte sie kaum Worte heraus. Die Rezeptionistin blickte nicht allzu beeindruckt, dass sie das schussverletzte Opfer von heute Nachmittag sehen wollte. Würden die Leute nicht schließlich unter allerhand Vorwänden kommen, um einen Blick auf Paul Sinclair zu werfen und ihre Neugier zu befriedigen? Außerdem kam die Rezeptionistin als Ortsfremde selten nach Wycliff, und – um ehrlich zu sein – wäre die Kost des „Le Quartier" zu exotisch für sie gewesen, um dort essen zu gehen. Sie zog Restaurants wie Pizza Hut in der Harbor Mall, den Harbor Pub oder – und das war das Abenteuerlichste, woran sie sich in Sachen Essen wagte – das Southern BBQ Restaurant vor, das erst unlängst südlich des Fährhafens eröffnet hatte. Also hätte sie nicht gewusst, was halb Wycliff bereits vermutete – dass Véronique und Paul tatsächlich ein Paar waren.

„Tut mir leid, Ma'am", sagte sie. „Ich kann Sie nicht einmal in die Nähe der Notaufnahme lassen. Sie sind weder Familie, noch haben Sie eine Vollmacht. Außerdem ist er vermutlich immer noch im OP."

„Könnte ich bitte wenigstens im Wartebereich der Notaufnahme sitzen?"

Die Rezeptionistin rollte die Augen. „Ich wüsste nicht, wozu das gut sein sollte. Und die Ärzte werden Ihnen auch nichts sagen."

„Aber seine Eltern sind vermutlich dort. Da bin ich mir ziemlich sicher."

„Ich hoffe, Sie wollen ihrem Kummer nicht noch mehr zusetzen."

Véronique war außer sich. Gerade, als sie schon aufgeben wollte, winkte die Rezeptionistin mit einer Hand ab. „Na gut. Gehen Sie schon, und sehen Sie selbst, dass es nichts gibt, was Sie tun könnten."

Bevor sie es sich noch einmal überlegen konnte, eilte Véronique auf den Gang zu, der zum Flügel mit der Notaufnahme führte. Ihr Mund war trocken, als sie den Warteraum der Abteilung betrat. Sie wusste nicht, warum sie erwartet hatte, dass nur Pauls Familie und sie dort sein würden. Die Welt war voller Un- und Vorfälle, und der Warteraum war gefüllt mit sorgenvollen Gesichtern, auf und ab gehenden Füßen, klammernden Händen und ab und an einem Schluchzen. Ärzte eilten ein und aus, Krankenschwestern prüften geschäftig Patientenakten. Der Kaffeeautomat in einer Ecke war unablässig in Benutzung.

Véronique suchte mit den Augen den Raum nach Pauls Eltern ab, konnte sie aber nicht finden.

„Kann ich Ihnen helfen, Liebes?" fragte eine Schwester sanft.

Véronique schluckte. „Ich bin die Freundin des Schussopfers, das vor kurzem hereingebracht wurde."

„Von welchem?" fragte die Schwester.

„Da ist mehr als eines?"

Die Schwester lächelte angespannt. „Leider wissen manche Leute nicht, wie man richtig mit Waffen umgeht. Wir haben eben erst jemanden mit einem Streifschuss am Arm heimgeschickt. Wenn Sie also nach ihm suchen …"

„Nein", sagte Véronique heiser. „Nein, der Mann, den ich meine, wurde heute Nachmittag bei dem Banküberfall verletzt."

Auf dem Gesicht der Schwester malte sich Erschrecken, und sie nickte Véronique mitfühlend zu. „Er ist noch immer im OP."

„Sind seine Eltern schon da?"

„Sie warten in einem anderen Zimmer", sagte die Schwester in ernstem Ton. „Für Situationen wie diese haben wir sie lieber in einem etwas privateren Bereich. Würden Sie mir bitte folgen?"

Véronique fühlte einen eiskalten Schauer ihren Körper herunterkriechen. „Ist Paul ... ich meine, er ist ja noch immer ..."

Die Schwester sah sie nüchtern an. „Ich darf nichts über den Zustand von Patienten sagen. Das steht nur den Ärzten zu. Tut mir leid. Aber wenn es nicht Hoffnung gäbe, würden sie nicht noch operieren, nicht wahr?"

„Natürlich."

Es gab zwei Türen auf dem kleinen Flur zwischen OP und Warteraum. Eine war geschlossen; es war ein Belegschaftsraum. Die andere Tür war leicht angelehnt, und Véronique bemerkte in dem Raum dahinter eine Bewegung. Die Schwester klopfte und schob ihren Kopf durch den Spalt. „Sie haben Besuch." Sie hielt Véronique die Tür auf.

„Véronique!" rief Mrs. Sinclair aus. Sie war eine umfangreiche Frau mit üppigem Busen und einem freundlichen, wenn auch nicht beeindruckendem Gesicht. Heute Abend sah sie furchtbar aus. Ihr Gesicht war mit hektischen Flecken übersät, ihre Augen waren rot gerändert, und ihr Haar war ein Krähennest, als hätte sie es in ihrer Verzweiflung gerauft.

Mr. Sinclair war groß und blass. Niemand konnte leugnen, dass Paul sein Sohn war – ihre äußerlichen Ähnlichkeiten waren zu groß. Er ging nun mit langen Schritten auf Pauls Freundin zu und schüttelte ihr die Hand. „Danke, dass du gekommen bist", sagte er kurz. Dann drehte er sich um und studierte wieder die Bilder an der Wand. „Wie ist es möglich, dass ein perfekter Tag wie dieser plötzlich so von Chaos und Kummer erfüllt ist?"

Véronique versuchte nicht einmal, zu antworten. Mrs. Sinclair weinte wieder. Sie tupfte sich die Tränen mit einem Kleenex weg, dass schon ganz nass war, und Véronique reichte ihr ein frisches von einer Schachtel auf einem Beistelltisch.

„Danke, Liebes", flüsterte Pauls Mutter.

„Wie geht es Paul?" fragte Véronique nach einer kurzen Pause.

„Das wissen wir noch nicht", antwortete Pauls Vater. „Wir wissen, dass er Bluttransfusionen benötigt hat, weil er so viel verloren hat. Und sie müssen herausfinden, welchen Schaden die Kugel angerichtet hat. Die Ärzte haben an ihm gearbeitet, seit wir hier sind. Wir haben keinen von ihnen gesehen, nur eine der Schwestern. Sie sagte uns, es könne ein paar Stunden dauern."

Véronique schluchzte trocken. „Er ist nur dort gewesen, um einen Kredit für einen neuen Ofen für das Bistro aufzunehmen", sagte sie. „Er liebt das Bistro so sehr ..."

Mrs. Sinclair weinte jetzt ungehemmt. „Warum er?!"

„Weil er ein Held ist", sagte Véronique leise und strich der anderen Frau über den Arm. „Er hat heute ein Leben gerettet.

288

Er hat nie an sich selbst gedacht. Er dachte nur daran, Ms. Packman zu retten."

„Was, wenn ..."

„Denk nicht einmal daran!" unterbrach Mr. Sinclair seine Frau. „Die Ärzte sind noch bei ihm drin. Ich nehme das als ein Zeichen der Hoffnung."

Mrs. Sinclair presste ihr Kleenex gegen den Mund, um ihr Schluchzen zu ersticken. Dann ließ sie die Hand in ihren Schoss sinken. „Ich weiß noch, wie er eine streunende Katze mit nach Hause brachte, als er drei war. Es stellte sich heraus, dass die Katze kein Streuner war. Sie gehörte jemandem in der Oberstadt der panisch nach ihr suchte, während das Kätzchen in unserer Küche verwöhnt wurde." Sie lachte hysterisch.

„Siehst du, was für ein großes Herz er hat?" sagte Véronique und verhinderte so rasch, dass Pauls Vater etwas Harsches bemerkte. „Ich bin mir ziemlich sicher, dass er durchkommen wird. Und wir alle werden ihm dabei helfen, so schnell wie möglich wieder gesund zu werden. Wir haben heute Abend das Bistro geschlossen, sodass wir zur Hand sein können, falls ihr etwas braucht. Und falls Paul etwas braucht ..." Véroniques Stimme brach.

„Wir wissen das sehr zu schätzen, Véronique", sagte Mrs. Sinclair mit zittriger Stimme. „Du bist, weiß Gott, eine gute Freundin. Paul liebt dich so ..."

„Du solltest heim zu deiner Familie gehen, Liebes", sagte Pauls Vater.

„Sie wissen, wo ich bin." Véronique blieb standhaft. „Ich muss bei euch und Paul sein. Ich könnte mir nicht vorstellen, daheim oder bei meinen Eltern zu sein, wenn Paul so einen Kampf kämpft."

Mr. Sinclair blickte ihr prüfend ins Gesicht und nickte dann leise zustimmend. Mrs. Sinclair drückte ihr die Hand.

Sie gingen auf und ab. Sie aßen Sandwiches aus dem Food Court im Untergeschoss des Krankenhauses – vielleicht war es lecker, aber es schmeckte wie Gummi, und jeder Bissen schien beim Kauen größer zu werden. Sie sprachen kaum. Sie starrten auf die Fotos an der Wand. Sie setzten sich. Die Sorge hielt sie wach. Bis einer nach dem anderen einnickte.

Es war nach Mitternacht, als ein erschöpfter Arzt den Raum betrat, um über die Ergebnisse der Operation zu berichten. Mrs. Sinclairs Hand flog an ihren Mund, Mr. Sinclair wischte sich die Augen. Véronique merkte nichts davon. Sie schlief fest, während sie wie zum Selbstrost die Arme um sich geschlungen hatte.

*

Dottie hatte von dem fehlgeschlagenen Raubüberfall gehört, sobald Christian und Barb das Bistro verlassen hatten. Sie waren im Feinkostladen vorbeigekommen und hatten es ihr in ihrem Büro erzählt. Als sie gegangen waren, war Dottie in ihren Bürostuhl gesunken und dort fünf Minuten lang geblieben, während sie auf nichts Bestimmtes starrte, stumm, tränenlos und fassungslos.

So hatte ihre Verkäuferin Sabine sie gefunden, nachdem sie angefangen hatte, Dotties geschäftiges Treiben in den Gängen beim Aufstocken der Regale zu vermissen. „Bist du in Ordnung?" fragte Sabine sie.

Dottie nickte, sagte aber kein Wort.

„Ich habe eben Chris und Barb weggehen sehen. Stimmt irgendwas da drüben nicht?"

„Auf Paul wurde in der Bank geschossen", sagte Dottie, und ihre Stimme klang in ihren eigenen Ohren wie die einer Fremden.

„Was?!" keuchte Sabine.

„Er war da, als jemand einen Banküberfall versuchte. Und der Räuber hat auf ihn geschossen. Also, er hat nicht wirklich auf ihn gezielt, sondern auf Ms. Packman. Paul hat ihr das Leben gerettet."

Sabines Hand flog zu ihrem Mund. „Das ist furchtbar! Wie geht es ihm?"

„Chris und Barb wussten nicht mehr als das. Véronique ist natürlich ins Krankenhaus gegangen. Und sie haben beschlossen, das Bistro heute Abend geschlossen zu lassen. Sie waren einfach zu geschockt, um einfach weiterzumachen."

„Natürlich", hauchte Sabine. „Oh, mein Gott! Und ich dachte immer, Wycliff sei ein so idyllischer Ort, an dem so etwas nicht passieren könnte!"

„Ja, nun. Es ist keine einsame Insel, sondern Teil dieses Landes. Wir hatten bisher einfach nur Glück."

„Haben sie den Räuber schon gekriegt?"

Dottie schüttelte den Kopf und seufzte. „Hier wird es wirklich hässlich. Sie haben Thora als Geisel genommen, als sie flüchteten."

„Thora?!"

„Ja. Sie stand vermutlich nur an einem für sie ungünstigen Ort. Es hätte genauso gut jemand anders erwischen können. Aber jetzt ist sie bei ihnen." Dottie umarmte sich selbst, um sich zu wärmen, da sie zu zittern begonnen hatte. „Als hätte sie in diesem Jahr nicht schon durch genug durchgemacht mit ihrem verlorenen Job und der gebrochenen Schulter."

Sabine lehnte sich an ein Sideboard, das im Büro als zusätzlicher Lagerraum für Waren genutzt wurde. „Und dann noch in der Situation mit der Schlinge zu sein … wie brutal von ihnen!"

„Nun, es lässt sich darüber streiten, was brutaler ist – jemand ziemlich Hilflosen zu entführen oder auf Leute zu schießen." Dottie schüttelte den Kopf, als versuche sie, aus einem Alptraum zu erwachen. Dann erhob sie sich. „Ich schätze, ich sollte meine Arbeit im Laden fortsetzen. Ich darf mich von allem erst einmal nicht zu sehr mitnehmen lassen. Und ich denke, wir sehen Pattie heute Abend nicht mehr. Sie wird von der Polizei als Zeugin vernommen werden."

Sabine tätschelte Dotties Schulter, als sie vorbeiging. Sie war entsetzt. Aber sie war eher wütend als besorgt. Alles, was sie jetzt für Paul tun konnten, war zu beten. Aber sie wünschte, es könnte etwas gegen Kriminelle getan werden, die Wycliff in einen Ort verwandelten, der es einfach nie hätte sein sollen. Wycliff war friedlich und wunderschön, keine Bühne für Verbrechen und Gewalt.

Dottie und sie gingen wieder wie gewöhnlich an die Arbeit. Als sie später den Laden schlossen, sprachen sie mit anderen darüber. Inzwischen waren schon Gerüchte im Umlauf. Aber niemand wusste mehr als nur das, was Christian und Barb Dottie bereits mitgeteilt hatten.

Schweren Herzens ging Dottie nach Hause. Das Haus der McMahons war in Küche und Esszimmer erleuchtet, was hieß, dass Luke vielleicht schon das Abendessen bereitet hatte. Dotties Herz machte beim Gedanken an ihren Mann einen kleinen Sprung. Welch ein Glück hatte sie gehabt, so einen guten und fürsorglichen Mann nach ihrem ersten Ehemann, Sean, zu finden, der so früh und plötzlich verstorben war. Luke war nun der Fels in ihrem Leben, und so maskulin er auch war, so erfreute er sie doch immer wieder damit, dass er Aufgaben von ihr übernahm.

Daher war sie nicht überrascht, als sie die Haustür öffnete und der Flur nach Knoblauch und Gemüse duftete. „Mmmh!" sagte sie. „Das riecht wie meine vegetarische Lieblingspizza."

Luke kam aus der Küche und lächelte sie an. „Nur noch fünf Minuten. Ich hab' sie gerade aus dem Ofen geholt."

Dottie umarmte ihn und verschwand fast in seinen bärigen Armen. „Es tut so gut, zu dir nach Hause zu kommen. Besonders an einem Tag wie diesem."

Lukes Gesicht wurde ernst. „Er war furchtbar, und ich bin nur froh, dass ich erst mal Pause machen kann, weil das FBI übernimmt. Ich muss allerdings in Bereitschaft bleiben."

„Ich bin so entsetzt darüber, was Paul passiert ist."

„Ziemlich heldenhafte Aktion", stimmte Luke zu. „Es ist allerdings eine verdammte Schande!"

Dottie schalt ihn nicht, dass er in dieser Situation fluchte. Wenn er sich auf diese Weise Luft machen musste, sollte er das dieses Mal tun dürfen. Er musste ein paar harte Stunden hinter sich haben, in denen er mit Opfern und ihren Familien zu tun gehabt, Schichten um diesen besonderen Fall organisiert und mit dem FBI gearbeitet hatte. Sie streichelte seinen Bartschatten. „Zeit für dich, dich zu setzen und dich verwöhnen zu lassen, hm?"

Er lächelte schief. „Ich fühle mich nicht wirklich nach sitzen", gab er zu. „Obwohl ich den Tisch im Esszimmer gedeckt habe. Ich möchte lieber im Stehen essen."

„Nun, dann lass uns in der Küche essen, und du kannst herumgehen und -stehen, so viel du möchtest", gab Dottie ihm nach. „Obwohl es, wie du weißt, viel gesünder ist, beim Essen zu sitzen."

Luke zwinkerte ihr zu, aber dem Zwinkern fehlte seine übliche Leichtigkeit. Er ging zurück in die Küche. „Du wirst nicht erraten, was wir im Büro herausgefunden haben, nachdem wir

über den FBI-Daten und unserem Phantombild gebrütet haben",
sagte er über seine Schulter hinweg.

„Was?" wollte Dottie wissen. Sie folgte ihm in die Küche
und sah zu, wie er ein Schneiderad über die Pizza schob, die
dampfend auf der Theke saß. Er legte ein großes Stück auf einen
Teller und reichte ihn ihr. „Setz dich und iss. Ich werd's dir
verraten."

Dottie kletterte auf einen der Barhocker an der
Küchentheke und biss in ihre Pizza. „So gut!" murmelte sie
zwischen zwei Happen.

Luke begann, in der Küche herumzugehen, während er in
sein Stück biss. Er kaute und beobachtete, wie seine zierliche Frau
eines ihrer Lieblingsessen genoss. Er wollte erst, dass sie gegessen
hätte, bevor er ihr Nachrichten überbrachte, die noch verstörender
waren, als die, die sie ohnehin schon kannte.

„Nun?" fragte Dottie neugierig.

„Nun", lächelte Luke grimmig. „Stellt sich heraus, dass
Wycliff den Bankräuber ziemlich gut von vor Jahren kennt, als er
noch ein schlitzohriger und mitunter krimineller Junge war."

„Prosper Martinovic", nickte Dottie.

„Richtig. Ms. Packman hat ihn identifiziert. Es wird noch
besser. Nachdem sich herausstellte, dass der Wagen, in dem der
Räuber ankam, derselbe wie der von Peter Michaels war, haben
wir die Computerbilder von beiden auf dem Monitor
nebeneinandergestellt." Luke machte eine wirkungsvolle Pause
und sah, dass er Dotties ganze Aufmerksamkeit erhielt. „Es stellt

sich heraus, dass bei 98 Prozent Ähnlichkeiten zwischen beiden Prosper Martinovic ein und dieselbe Person ist wie Peter Michaels."

„Was?" stotterte Dottie heraus.

„Ja. Er muss Kontaktlinsen getragen haben, wenn er Michaels war. Er trug sein Haar länger und einen Bart. Abgesehen davon gibt es so viele Ähnlichkeiten, dass es fast keinen Zweifel mehr an der wahren Identität von Peter Michaels gibt."

Dottie wischte sich den Mund mit einem Papiertuch ab. „Ich kann's nicht glauben!"

„Solltest du aber."

Sie schob den Teller weg. „Ich bin nicht mehr hungrig."

„Wirklich? Kein zweites Stück?"

„Nein, danke. Die ganze Geschichte ist so verkommen."

Luke nickte. Er blickte prüfend in ihr Gesicht und machte sich dann an den Rest seiner Geschichte. „Es wird noch hässlicher."

„Thora …"

„Martinovic hat sie zu seinem Fahrzeug gezerrt und sie hineingestoßen. Dann sind sie weggefahren."

„Dann war da noch ein Fahrer?"

„Richtig. Wir wissen noch nicht, wer."

„Solange ihr sie kriegt. Verfolgt das FBI sie also?"

„Gewissermaßen."

„Wie meinst du das?"

Luke seufzte. Es war so schwer, ihr das zu sagen. Und doch musste er es tun. „Offensichtlich sind wir erst angekommen, als Martinovics Wagen schon fort war. Das FBI traf noch später ein – sie haben auf ihrem Weg von Seattle herunter in einem dieser höllischen Staus auf der I-5 festgesteckt. Aber ... der Wagen wird seit Anfang an verfolgt, ganz recht."

„Wenn nicht von der Polizei und dem FBI, dann von ... O Gott, nein!" Dottie schnappte nach Luft und wurde so weiß wie die Wand hinter ihr.

„Ja, Julie." Luke kam um die Theke herum und nahm Dottie fest in seine Arme. „Sie war eigentlich gerade auf dem Weg zur Bank, als sie Martinovic in zweiter Reihe parken, aussteigen und eine Waffe ziehen sah."

„Nein. Nicht Julie!!!" wimmerte Dottie.

„Als sie das sah, rief sie mich sofort an und hielt mich auf dem Laufenden. Ich war wegen eines kleinen Zwischenfalls in der Oberstadt und erfuhr von ihr über die Schüsse und von Thoras Entführung, während ich zur Bank losraste. Meine Kollegen waren etwas vor mir dort, aber auch sie trafen zu spät ein."

„Und Julie?"

„Julie hatte ihr Telefon noch eine Weile an. Sie sagte mir, sie würde ihnen folgen. Ich sagte ihr, sie solle vorsichtig sein. Sie erklärte, sie versuche ein paar Autos zwischen sich und dem Fahrzeug zu halten. Sie fuhren nordöstlich."

„Zum Mt. Rainier?"

„Es gibt eine Menge nordöstlich", sagte Luke ruhig. „Wir wissen es noch nicht."

„O Julie, mein Kind", weinte Dottie. „Warum ist sie so dumm und folgt solchen gefährlichen Menschen?!"

„Weil sie dachte, sie müsse Thora helfen." Luke wiegte Dottie sanft in den Armen, und sie schluchzte vor sich hin.

„Aber sie könnte umgebracht werden, wenn sie herausfinden, dass sie ihnen folgt."

„Das weiß sie, meine Süße, aber sie würde Thora in dieser Situation nicht alleine lassen. Soviel sagte sie, bevor sie auflegte."

„Sie hat aufgelegt?"

„Sie war vollauf damit beschäftigt, gleichzeitig zu verfolgen und sich zu verstecken."

Das dumme, gedankenlose Kind!" Luke antwortete nicht. „Ich hoffe, sie verliert sie aus den Augen Ich hoffe, sie ist bald in Sicherheit."

„Sie wird in Sicherheit sein", antwortete Luke. „Inzwischen hat sich das FBI auf ihr Telefon-GPS eingeloggt. Sie wissen genau, wo sie ist."

„Wo?"

Luke schluckte, aber seine Kehle blieb trocken. „Irgendwo auf der Route 410 östlich von Enumclaw."

*

Als Julie sah, wie Thora zu Peter Michaels' Wagen gezogen und von dem Mann hineingestoßen wurde, der offenbar nur ein paar Minuten zuvor in der Bank seine Waffe eingesetzt hatte, war sie entsetzt. Sie ließ ihren Motor an und fuhr langsam aus ihrer Parklücke, als der Truck davonraste.

Thora war in Gefahr. Sie war noch immer verletzt und fühlte sich vermutlich noch hilfloser und unsicherer in dieser scheußlichen Lage, als das eine körperlich völlig unbeschadete Person getan hätte. Und war es nicht ausgerechnet sie gewesen, die die erste wilde Deponie gefunden hatte? Das machte es doppelt gefährlich für Thora. Wer weiß, was Peter Michaels und der Bankräuber mit ihr tun würden?!

„Sprich mit mir, Julie." Lukes Stimme klang wieder durch ihr Telefon.

„Thora ist in Peter Michaels' Wagen gestoßen worden, und sie fahren jetzt auf der Main Street Richtung Norden."

„Ich habe dich den Motor starten hören."

„Ich folge ihnen."

„Nein, das wirst du nicht tun!"

„Du kannst mich nicht davon abbringen, ihnen zu folgen", entgegnete Julie. „Außerdem verschafft es uns einen echten Vorteil zu wissen, wo genau sie sind. Ich weiß, du wirst eine Weile brauchen, bis du andere Polizeiabteilungen kontaktiert hast, damit die sie aufzuhalten versuchen. Inzwischen verfolge ich sie und halte dich auf dem Laufenden."

„Das ist wahnsinnig, Julie."

„Normalerweise würde ich so etwas auch nicht tun", gab Julie zu und fädelte sich in den Kreisverkehr bei der Harbor Mall, während sie beobachtete, welche der drei Ausfahrten der Pick-up Truck zwei Wagen vor ihr wählen würde. „Aber es ist die beste Option, Thora so schnell wie möglich aus dem Truck zu befreien."

„Du weißt nicht einmal, worauf du achten musst, wenn du bewaffnete Gangster verfolgst."

„Stimmt, aber ich werde mein Bestes tun."

Sie hörte, wie Luke den Motor seines Autos abstellte. Sie hörte ihn seine Tür öffnen und schließen. „Ich bin jetzt bei der Bank. Hör zu, ich rufe dich in einer Weile wieder an. Sobald ich weiß, was in der Bank passiert ist und mich darum gekümmert habe. Inzwischen kontaktiere ich andere Polizeiwachen. Pass auf dich auf und mach nichts Dümmeres, als du es ohnehin schon tust." Er hängte auf.

„Ja, sehr ermutigend", sagte Julie zu sich selbst und schaltete ihr Freihand-Gerät aus.

Zuerst war es recht einfach, dem Truck zu folgen. Julie hatte so viele Krimis gelesen und gesehen, dass sie wusste, dass sie dem RAM nicht zu offensichtlich folgen durfte. Sie ließ zwei Wagen zwischen ihm und sich, mitunter sogar einen dritten. Es war der abendliche Stoßverkehr, und der Fahrer des Trucks musste auf jede Menge anderer Dinge achten, als in seinen Rückspiegel zu blicken, um zu sehen, ob sie verfolgt würden.

Am Rand von Wycliff bog der Truck auf eine kleinere Landstraße mit weniger Verkehr ab, die sich durch Prärien und

Wälder wand, durch Sümpfe und weniger dicht besiedeltes Gebiet. Julie schaute nicht einmal hin, wohin sie fuhren. Sie kannte diesen Teil Western Washingtons wie ihre Westentasche. Solange Thoras Kidnapper in der Gegend blieben, würde sie kein Problem damit haben, ihren Aufenthaltsort Luke oder irgendeinem anderen Polizeibeamten zu beschreiben.

Der Sonnenuntergang war herrlich. Der Mt. Rainier stach gegen das Kaskadengebirge ab wie ein majestätischer weißer Riese, nunmehr in sanfte Rosa- und Blautöne getaucht. Die Flüsse und Seen, an denen Julie vorbeifuhr, waren glänzende Gewässer aus Quecksilber, in die immer wieder Wasservögel eintauchten, um Insekten oder kleine Fische zu fangen. Ein Waschbär eilte vor Julies Auto über die Straße, und sie bremste für das putzige, kleine Tier. Die Welt hätte solch eine Idylle sein können …

Julie hoffte, dass die Polizei sie früher oder später einholen und sie aus dieser höllischen Verfolgung ablösen würde. Aber aus irgendeinem Grunde blitzten keine Blaulichter hinter auf. Und als Luke sie endlich zurückrief, brach schon die Nacht herein.

„Bist du immer noch okay, Julie?" waren Lukes erste Worte.

„Ja", sagte sie durch zusammengebissene Zähne. Sie war verärgert, dass sie noch nicht ein Zeichen dafür entdeckt hatte, dass man den Wagen aufhalten wollte, der nun eine halbe Meile vor ihr herfuhr.

„Wo bist du?"

„Bin gerade an der Tankstelle in Buckley vorbeigekommen."

„Haben sie eine der Abzweigungen nach Osten genommen?"

Julie suchte die Straße vor sich nach dem Truck ab. Der Verkehr war wieder dichter geworden. Aber da war er, wieder ein bisschen näher vor ihr. „Nein. Sie sind immer noch auf der Hauptstraße. – Hör mal, habt ihr Jungs nicht irgendwo mal wenigstens eine Straßensperre aufgestellt?"

Luke schnaubte. „Hör zu, Fräulein Neunmalklug, wessen Job machst du hier? Deine Mutter sorgt sich zu Tode, bis du nach Hause kommst. Straßensperren … Weißt du, wie viele wir hier in der Gegend aufbauen müssten? Wir müssen sichergehen, in welche Richtung sie unterwegs sind, bevor wir Leute, Zeit und Geld für Straßensperren einsetzen."

„Nun, sie sind jetzt auf dem Weg nach Enumclaw", sagte Julie und legte auf. Also wirklich! Hatte er sie gerade Fräulein Neunmalklug genannt, wo sie alles war, was die Polizei gerade hatte, um die Entführer zu finden? Sie würde es ihm zeigen.

Ein paar Meilen später wählte der Truck die Route zum Nationalpark. Zuerst kamen noch ein paar Autos aus der Gegenrichtung, aber nach einer halben Stunde Fahrt, ein bisschen hinter Greenwater, ließ der Verkehr nach. Julie war hungrig. Sie hatte hinten im Auto ein paar Müsliriegel, aber sie würde nicht an sie herankommen, es sei denn, sie hielte an und stiege aus. Außerdem musste sie sich dringend erleichtern. Aber sie konnte nicht zulassen, dass Thora etwas zustieß. Falls es ihr nicht schon zugestoßen war. Allein der Gedanke verursachte ihr Übelkeit. Soviel dazu, dass sie hungrig war. Sie würde keinen Bissen hinunterbekommen.

Julie fuhr weiter. Sie hatte kein Radio an, da sie keinen Anruf verpassen wollte. Sie hätte ohnehin jetzt keine Musik genießen können. Und sie hätte weder Nachrichten noch Dokumentationen oder Unterhaltungssendungen verarbeiten können. Das Brummen ihres Autos und die tiefe Dunkelheit rundum waren beinahe hypnotisch.

Plötzlich musste Julie sehr scharf bremsen. Der Truck war wie vom Erdboden verschwunden. Verflixt! Sie hatte ihn nicht abbiegen sehen. Wohin konnten sie gefahren sein? Julie fuhr langsam weiter, bis das Auto vor ihr, das sie vom Truck getrennt hatte, nur noch aus zwei roten Leuchtpunkten bestand, die schließlich in der Nacht erstarben.

Da Julie kein Auto hinter sich hatte, konnte sie es sich erlauben, noch langsamer zu fahren. Und da war's: eine schmale Abfahrt in den Wald, kaum asphaltiert und ziemlich ausgefahren. Julie schauderte. Als sie die schmale Straße hinabblickte, konnte sie etwas ausmachen, was Fahrzeuglichter sein mochten. Sie zog ihren Wagen zur Seite und suchte panisch nach ihrem großen Autoatlas. Ihre Finger zitterten als sie eilig Seite um Seite umblätterten. Sie wagte kaum, das Innenlicht anzustellen, um die Karte zu lesen, nach der sie gesucht hatte. War *das* die Abfahrt? Oder war sie *das*? Julie hatte nicht nach dem Meilenstein geschaut, den sie wenig vorher passiert hatte. Großer Fehler. Andererseits sahen beide Abfahrten auf der Karte ziemlich ähnlich aus. Sie führten ins Nichts. Hoffentlich hieß das, dass der Truck auf demselben Weg wiederkommen musste, auf dem er verschwunden war.

Julie erschauerte. Sollte sie folgen? Oder in ihrem Auto warten, bis der Truck zurückkam und dann die Verfolgung erneut aufnehmen? Sie versuchte, Luke telefonisch zu erreichen, aber sie hatte nur einen Balken im Display. Nicht genug, um jemanden anzurufen oder Anrufe hereinzubekommen. Julie biss sich auf die Lippen. Sie war jetzt ganz auf sich gestellt, und sie war sich nicht sicher, was sie tun sollte. Eines war allerdings sicher: Sie konnte nicht von hier weggehen. Sie würde Thora nicht allein mit ihren Entführern irgendwo draußen in der Wildnis des Mt. Rainier lassen. Sie würde bleiben und warten, egal wie lange es dauerte.

*

Als der Räuber ihren linken Arm ergriffen und sie von Angelas Seite weggerissen hatte, hatte Thora keinen Laut von sich gegeben. Der Hilfeschrei, den sie ausstoßen wollte, steckte irgendwie wie klebriges Essen in ihrer Kehle. Sie konnte nicht schlucken, um einen Laut auszustoßen oder zu protestieren. Sie wurde schneller durch die Türen gewirbelt, als sie ihre Geistesgegenwart zurückgewinnen konnte, und dann in den

Mittelsitz eines Trucks gestoßen, der ihr irgendwie bekannt vorkam.

Der Bankräuber sank auf den Sitz rechts neben ihr, zog die Tür zu und stieß dabei gegen ihren rechten Arm. Sie stöhnte. Der Räuber schrie irgendetwas zu dem Fahrer neben ihr, und der Wagen kreischte vorwärts, während hinter ihnen Hupen ertönten. Erst da wurde sich Thora voll bewusst, was passiert war. Und Schreien würde ihr jetzt gar nichts helfen.

Für sich überlegte sie, was sie tun sollte. Erst einmal stillhalten, entschied sie. Sehen, wie sie aufeinander reagierten. Der zu ihrer Rechten war offenbar schießwütig. Selbst jetzt hielt er immer noch seine Waffe auf sie gerichtet. Als ob sie sich vom Mittelsitz bewegen und über seine Beine oder die des Fahrers auszubrechen versuchen konnte, um Himmelswillen!

Der Fahrer … Er kam Thora vor wie jemand, der so gar nicht in diese Situation passte. Er war gut gepflegt, verglichen mit dem offenbar selbstzugefügten Meckischnitt des Räubers. Er blickte reumütig, fast als sei er in der Situation so sehr gegen seinen Willen gefangen wie sie selbst. Aber vielleicht interpretierte sie die Dinge, wie sie sie gern gehabt hätte.

„Wo ist das Geld?" fragte der Fahrer.

„Hab's nicht", knirschte der Räuber zwischen den Zähnen hervor.

„Was zur Hölle?!"

„Halt die Klappe und fahr!"

Sie schwiegen, bis sie außerhalb Wycliffs waren und auf eine kleine Landstraße abbogen. Thora hatte diese Straße wegen ihrer malerischen Aussichten immer gemocht. Jetzt würde sie für immer durch diese Erinnerungen befleckt sein. Sie stöhnte, als die Schwerkraft einer engeren Kurve ihren Entführer wieder gegen ihren rechten Arm drückte.

„Sei still, Frau", sagte er grob.

„Sie ist verletzt", sagte der Fahrer mit einem Seitenblick auf Thora. „Siehst du nicht diese sperrige Schlinge? Sie hat vermutlich Schmerzen."

„Was tust du? Verteidigst diese …?" Er biss sich auf die Lippen und verschluckte das obszöne Wort, das er hatte aussprechen wollen. Irgendwie war Thora anders als die Frauen, die er sonst kannte, und er spürte, dass er seine Wortwahl würde anpassen müssen.

„Hey Mann", sagte der Fahrer, und in Thoras Ohren klang es wie eine billige Gangsterimitation. „Ich war für das Geld, aber nicht für eine Entführung."

„Nun, du bist jetzt Teil davon", schnappte der Räuber.

„Tu wenigstens die Knarre weg", sagte der Fahrer. „Sie wird mit der dicken Schlinge nichts tun können. Und wenn du versuchst, sie zu erschießen, triffst du vielleicht versehentlich mich."

„Hältst du mich für bescheuert?" murrte der Räuber. Aber er steckte immerhin seine Waffe in den Holster unter seinem

Jackett. Thora seufzte erleichtert auf. „So, Lady, das ist aber kein Freibrief für dich, irgendwas Dummes zu tun, verstanden?"

„Ja", sagte Thora sanftmütig.

„Gibt's jemand, der für dich Lösegeld bezahlen könnte?"

„Nein", sagte Thora.

„Keine Familie? Eltern? Brüder oder Schwestern? Ein Ehemann?"

„Nichts davon."

Der Räuber starrte sie ungläubig an. Doch Thoras Gesicht blieb ruhig, und er wandte sich verärgert ab.

„Sind Sie okay, Ma'am?" fragte der Fahrer.

„Thora", sagte sie. „Gewissermaßen, unter den Umständen."

Er warf ihr einen kurzen Blick zu. „Haben Sie Schmerzen?"

„Hey, was für ein Spiel spielst du da?!" schrie der Räuber den Fahrer an. „Guter Polizist, schlechter Polizist, oder was?!"

Der Fahrer starrte den Räuber scharf an. „Ich habe nichts von all dem geplant. – Das müssen Sie mir glauben, Thora."

Sie lachte fast vor Verzweiflung. Der Räuber war gefährlich. Der Fahrer war offenbar nur ein geldgieriger Idiot, der sich in den Schlamassel gebracht hatte. Einen Riesen-Schlamassel. Dann sah sie den Mann auf ihrer anderen Seite an. Er blickte besorgt und angespannt. Der Raub war für ihn so absolut falsch gelaufen, und er musste sein Gesicht wahren. Das war für den Moment alles. Sie schwieg und starrte geradeaus vor sich hin.

Irgendwann – es war an einer Ampel in Bonny Lake – blickte sie in den Rückspiegel, um zu sehen, ob die Polizei versuchte, sie einzuholen. Es war kein Polizeiwagen in Sicht. Aber sie entdeckte einen himmelblauen VW Käfer, der so aussah wie Julie Dolans. Ihr Herz schlug bis in den Hals. Dann verwarf sie den Gedanken. Weshalb würde Julie ihnen folgen wollen? Außerdem war sie die Stieftochter des Polizeichefs. Sie wäre klüger, als bewaffnete Räuber und Entführer im Alleingang zu verfolgen. Und wie viele himmelblaue VW Käfer gab es zudem vermutlich in Western Washington?!

In der großen Kurve der Hauptstraße in Buckley wagte Thora einen weiteren vorsichtigen Blick in den Rückspiegel. Tatsächlich, der VW Käfer war immer noch hinter ihnen mit ein paar Wagen dazwischen. Thora sandte ein Stoßgebet. Wenn es doch nur Julie wäre! Wenn nur jemand, irgendjemand wüsste, wohin man sie brachte … Sie musste die Aufmerksamkeit beider Männer gewinnen und sie von dem Auto ablenken, das ihnen absichtlich oder auch nicht folgte.

„Was werden Sie mit mir tun?" fragte sie.

„Weiß noch nicht", antwortete der Mann auf dem Beifahrersitz.

„Die alte Lehrerin hat Sie beim Namen genannt", fuhr Thora fort. „Prosper Martin …"

„Prosper Martinovic", sagte der Mann. „Verdammt, es ist ihre Schuld, dass alles schiefgelaufen ist."

„Weshalb kannte sie Sie?"

„Sie war 'ne alte Lehrerin von mir", sagte Prosper.

„Halt", unterbrach der Fahrer. „Ich dachte, du heißt Peter!"

„Sowas wie ein Pseudonym", erwiderte Prosper fast stolz. „Gleiche Initialen, gleiche Unterschrift, wenn man sie unleserlich genug schreibt."

„Du willst mir damit sagen, du hast mir nie deinen wirklichen Namen genannt?!" Der Fahrer war sichtlich erregt.

„Was bedeutet schon ein Name, Teal?!"

Thora horchte auf. Teal?! Dann war sie nicht nur bei dem Team, das heute Nachmittag versucht hatte, die Bank auszurauben und das Pauls Blut an seinen Händen hatte. Das waren auch die Leute, die Scheckbetrug verübt und illegal Sondermüll abgekippt hatten. Jetzt musste sie ganz vorsichtig vorgehen.

„Haben Sie deshalb auf sie geschossen? Weil sie Sie erkannt hat?" Prosper schwieg. „Weil sie Sie in Gefahr gebracht hat?"

„Hör zu, Lady, du hast keine Ahnung!" platzte es aus Prosper heraus. „Ich bin hier aufgewachsen. Meine Eltern stammten aus dem kommunistischen Osteuropa. Sie waren so angepasst, dass sie jegliche Identität verloren haben. Wenn du meinen Vater beschreiben willst … er war grau. Seine Meinung war grau, sein Ehrgeiz war grau, selbst seine Träume waren grau.

Er war farblos. Auch mir wurde zu Hause beigebracht, so zu sein: Sei farblos, damit du dazu passt. Aber ich wollte ein Anführer sein. Wenn du kein Anführer sein kannst, weil dir die Leute sagen, dass du nicht zu ihnen gehörst, machst du deine eigenen Gesetze und versuchst für die Leute ein Anführer zu sein, denen deine Gesetze gefallen."

„Sie sind also ein Rebell geworden?"

Prosper lachte, aber er klang nicht glücklich. „So kannst du's nennen. Und natürlich versuchten meine Eltern, alles wieder zu übertünchen. Wieder und wieder und wieder. Indem sie die Dinge übertünchten, versuchten sie, mein Leben in das gleiche Grau zu verwandeln wie das ihre. Aber das haben sie nicht geschafft. Ich dachte mir immer größere Ideen aus."

„Aber hat es Sie glücklich gemacht?" fragte Thora vorsichtig.

Prosper lachte erneut. „Ach nun … Was ist schon Glück?!"

„Mit seinem eigenen Gewissen eins zu sein. Zu leben, ohne beeinträchtigt zu werden oder andere zu beeinträchtigen. Alles fürs leibliche Wohl zu besitzen. Lieben und geliebt zu werden …"

„Liebe!" schnaubte Prosper. Thora wartete fast auf ein „Pah, Humbug!". „Weißt du, was für Frauen man begegnet, wenn du dich erst mal für den Weg entschieden hast, den ich eingeschlagen habe? Sie verkaufen sich alle für Geld, für Drogen, für materielle Dinge. Keine von denen liebt mich. Sie lieben, was ich ihnen bieten kann."

„Traurig", sagte Thora und prüfte erneut verstohlen den Rückspiegel. Es waren immer noch Scheinwerfer zu sehen, aber in weiter Ferne. Thora war sich nicht einmal sicher, ob das noch der Käfer war. Sie warf einen Blick auf Teal. Er fuhr sehr konzentriert. Offensichtlich fuhr er nicht gern in der Dunkelheit. Auch schien ihn das Thema, das sie diskutierten, aufzuregen.

„Ich bin mir sicher, Sie haben nur noch nicht die Richtige gefunden."

„Oh, sicher", spottete Prosper. „Vielleicht eines Tages. Eine von diesen halbheiligen Frauen, die glauben, sie könnten mein Leben auf den Kopf stellen und mich wieder zu Grau verwandeln?"

„Was ist so verkehrt daran, sich anpassen zu wollen?"

„Es ist langweilig. Dafür muss man sein ganzes Potenzial auf einen bestimmten Rahmen herunterfahren. Es nimmt deinen Individualismus. – Lady, ich weiß nicht mal, warum ich das überhaupt mit dir diskutiere."

Thora lächelte ihn an. Sie versuchte so sehr, freundlich und unschuldig zu wirken. Sie brauchte beide auf ihrer Seite. „Weil ich gefragt habe, wer die Person hinter dem Räuberkostüm mit der Waffe ist?"

„Ja, genau." Sie fuhren noch eine Weile weiter. „Hinter der kleine Brücke nach links", sagte Prosper zu Teal.

Sie bogen von der Hauptstraße ab und auf eine einspurige Forststraße ab. Sie war kaum asphaltiert und stellenweise ziemlich holprig. Thora biss sich auf die Lippen, konnte aber ein Stöhnen nicht unterdrücken, als Prosper in einem besonders tiefen Schlagloch gegen sie prallte.

„Sorry", sagte er.

„Schon okay", brachte Thora heraus.

Es war eine ruppige Strecke, und sie fuhren gut eine Stunde lang auf gewundenem Pfad durch den dichten Regenwald. Zweige streiften den Wagen, Pfützen spritzten ihre Nässe gegen die Fenster. Die Scheinwerfer schnitten durch die Nacht und beleuchteten mit Flechten überwachsene Baumstümpfe und hohe, breite Baumstämme neben den Fahrspuren. Ein verwirrtes Reh starrte sie an. Dann trat es vorsichtig in den Schatten der Bäume. Einmal schien ein Bärenjunges seine Klauen an einer jungen Fichte zu schärfen. Aber das mochte auch nur eine Illusion gewesen sein.

Die Fahrspuren wurden breiter. Sie überquerten eine enge Brücke aus Holzbrettern. Dann endete die Straße in einer einigermaßen geebneten Wendefläche.

„Halt hier an", befahl Prosper Teal. Teal stoppte. Der Motor lief rund. Der Benzintank war noch immer halbvoll. Thora begann, sich Sorgen zu machen. Mitten im Wald bei Nacht zu halten, war für sie kein gutes Omen.

Prosper öffnete die Tür und sprang hinunter. „Raus!" sagte er zu Thora.

„Was?“

„Raus! Du hast mich schon verstanden.“

Thora sah Teal besorgt an. Der tat so, als sehe er es nicht. Thora kletterte vorsichtig hinaus. Sie wusste, dass sie jetzt hingerichtet werden würde. Sie spürte, wie es in ihr sauer hochstieg. Sie dachte an Clark, dem sie nie genug für seine Fürsorge, seine Freundschaft gedankt hatte. Dem sie nie gezeigt hatte, wie sehr sie ihn liebte. Oh, wie sie ihn liebte, selbst wenn seine wirtschaftlichen Ansichten so traurig mit ihren ökologischen kollidierten. Aber, oh … Sie schluchzte trocken.

Prosper ging an ihr vorbei, stieg zurück in den Truck und schloss die Tür. Thora sah ihn verständnislos an. Er ließ die Scheibe herunter. „Betrachte es als deinen Glückstag!“ sagte er rau zu ihr. Dann befahl er Teal umzudrehen und ließ Thora allein mitten im Nirgendwo in der Dunkelheit zurück.

*

313

Aus dem „Sound Messenger“:

Entführung nimmt

glimpfliches Ende

jomin. **Umweltaktivistin Thora Byrd, die am Freitagnachmittag während eines versuchten Banküberfalls entführt worden war, wurde später am selben Abend wohlbehalten in den Vorbergen des Mt. Rainier gefunden. Die Identität beider Räuber und Entführer konnte bestätigt werden. Das Fluchtfahrzeug wird auf einer östlichen Route vermutet.**

„Sie haben mich einfach gehen lassen!" Thora Byrd aus Wycliff kann es immer noch nicht glauben, dass sie am späten Freitagabend unbeschadet von ihren Entführern freigelassen wurde. Sie war in der Wycliff Bank gewesen, wo sie Zeugin eines missglückten Banküberfalls wurde. Während des Vorfalls (wir berichteten in der Samstagsausgabe des *Sound Messenger*) wurde Chefkoch Paul Sinclair von einer Kugel getroffen, als er heldenhaft das Leben von Mildred Packman, pensionierter High-School-Lehrerin, rettete. Sofort danach und beutelos entführte der nun als Prosper Martinovic, ehemaliger Bürger von Wycliff, identifizierte Bankräuber Thora Byrd und hielt sie gemeinsam mit seinem Komplizen bis etwa 22 Uhr fest.

Thora Byrd beschreibt die Entführer als rau, aber human. „Das ist kein Fall von Stockholm-Syndrom", sagt sie. „Ich sympathisiere gewiss nicht mit diesen Leuten. Aber unter den gegebenen Umständen haben sie mich anständig behandelt." Byrd wurde ins Mt. Rainier-Gebiet gebracht, wo sie am Ende eines Forstwegs etwa sechs Meilen entfernt von der SR 410 nahe einem der Eingänge zum National Park freigelassen wurde. Sie begann in der Dunkelheit zurückzulaufen, als sie von Julie Dolan, Redakteurin des *Sound Messenger* aufgelesen wurde, die sie hatte verfolgen können, ohne dass die Entführer sie bemerkt hätten.

Dolan hatte ihr Auto nahe der Abzweigung geparkt, bis der Wagen der Entführer zurückkam. „Es war reines Glück, dass sie auf demselben Weg zurückkamen. Ich hätte Ewigkeiten warten können, wenn es eine Verbindung zu einem anderen Forstweg gegeben hätte", stellt sie fest. Sie beobachtete, wie der Truck in Richtung Cayuse Pass fuhr, der über das Kaskadengebirge führt, und fuhr dann den Forstweg entlang, um Byrd zu suchen.

Thora Byrd konnte ihren Entführer, Bankräuber Prosper Martinovic nicht nur auch als den Verursacher der wilden Deponien und Scheckbetrüger Peter Michaels identifizieren. Sein Komplize in dem Betrug war auch der Fahrer in Sachen Banküberfall, Julian Teal. „Er war sich offenbar nicht bewusst, dass er zusätzlich zum Bankraub auch Teil einer Entführung sein würde", sagt Thora Byrd. „Aber er war definitiv erregt wegen des fehlgeschlagenen Überfalls."

Das FBI hat Maßnahmen getroffen, die Flüchtigen zu ergreifen. Wer Martinovic und/oder Teal sieht oder ihnen begegnet (siehe Beschreibung im Textkasten unten), sollte sich ihnen nicht nähern, sondern umgehend 911 anrufen. Beide Männer sind höchstwahrscheinlich bewaffnet und bereit zu schießen.

Inzwischen erholt sich Thora Byrd in ihrem gemütlichen Strandhaus vom Schock ihrer Entführung.

„Ich versuche einfach, mich auf mein neugegründetes Unternehmen, ‚Bags 4 Choosers', zu konzentrieren", sagt sie.

Das andere Opfer des Verbrechens vom Freitagnachmittag hat nicht so viel Glück gehabt. Paul Sinclair liegt immer noch in kritischem Zustand im Krankenhaus. (…)

10

Tipp der Woche von der Grünen Expertin:
Entfernen Sie Wachsflecken aus Textilien mit einem warmen
Bügeleisen und einem Papierhandtuch oder Toilettenpapier.
Gehen Sie sicher, dass Sie nicht die Dampffunktion des
Bügeleisens benutzen. Legen Sie das Papier auf das Wachs, dann
bewegen Sie die Spitze des warmen Eisens vorsichtig über das
Papier. Das Papier absorbiert das Wachs, und Ihr Textil sollte
nach wiederholtem Vorgang wachsfrei sein.

Thora wusste nicht, wie viele Tränen der Erleichterung und Freude sie vergossen hatte, seit sie von ihren Entführern freigelassen worden war. Zuerst war sie zu geschockt gewesen, um irgendetwas zu fühlen. Ihr einziger Gedanke war es gewesen, wie sie in der Dunkelheit aus der Wildnis zurück auf die Straße gelangen sollte. Jeder, der einmal nachts im Wald gewesen ist, weiß, wie verwirrend und tückisch jeder Schritt sein kann. Der Regenwald des pazifischen Nordwestens ist dicht und vermittelt einem für gewöhnlich selbst bei hellem Tageslicht das Gefühl, durch die Dämmerung zu spazieren. Obwohl ein heller Mond am Himmel stand, durchdrang er kaum das dicke Laub und die Nadelbäume um die Wendefläche am Ende des Forstwegs. Thora war vorsichtig, wohin sie ihren nächsten Schritt setzte. Sie sorgte sich, dass Menschen nach ihr suchen und die kleine Abzweigung von der Straße verpassen mochten. Zudem ließ sie der Anblick wilder Tiere zuvor Augen und Ohren weit offen halten.

Ihr Schritt zögerte. Ab und zu rutschte sie ab oder stolperte in der unebenen Fahrspur, die sie zum Laufen gewählt hatte, um die Richtung beizubehalten. Sie hörte etwas im Unterholz rascheln und sah es über den Weg huschen, ein kleines Wesen, von dem sie betete, dass es so ängstlich war wie sie. Sie war auch hungrig, aber sie hatte nichts bei sich. Außerdem war der Drang, auf dem Weg zu bleiben, größer als alles andere.

Als sie glaubte, sie habe schon seit Stunden ihren Weg durch die Dunkelheit gesucht, wurde sie plötzlich von hellen Autoscheinwerfern geblendet. Weil sie dachte, ihre Entführer hätten es sich mit der Freilassung anders überlegt, eilte sie ins Unterholz, wo sie sich das Fußgelenk vertrat. Dann hörte sie Julie nach sich rufen; sie humpelte heraus und begann vor Erleichterung, dass man sie gefunden hatte, zu schluchzen. Julie wickelte sie in eine Decke und gab ihr einen Müsli-Riegel zu essen, fuhr dann zum Ort der Freilassung, drehte dort und fuhr so schnell wie möglich zur Hauptstraße zurück.

Greenwater zu erreichen, bedeutete, zurück in der Zivilisation zu sein und wieder eine volle Anzahl von Balken im Telefon zu haben. Julie hielt beim General Store und rief Luke an, um ihn wissen zu lassen, dass sie auf dem Weg zurück nach Wycliff seien.

Thora zitterte den ganzen Weg zurück vor Schock, obwohl Julie die Heizung voll aufgedreht hatte. Als die Lichter von Wycliff in Sicht kamen, fuhr Julie direkt zu Thoras Cottage am Strand. Dort warteten bereits zwei Autos – Lukes und Clarks.

Die Haustür öffnete sich, und das Licht von innen schien einladend über den Rasen und den schmalen gepflasterten Weg zum Auto. Bear rannte aus der Tür, begann vor Freude zu bellen und zu heulen und gab Thora kaum eine Chance die Wagentür zu öffnen und auszusteigen. In seiner Ekstase, Thora wiederzuhaben, warf Bear sie fast um, während er an ihr hochsprang und versuchte, ihr schwanzwedelnd und winselnd so etwas wie eine Hundeumarmung zu geben.

Thora blickte zur Tür. Clark stand auf der Schwelle und beobachtete sie mit einem Lächeln, das die Spuren des Bangens der vergangenen Stunden trug. Thora schaffte es schließlich, Bear zu beruhigen und auf ihr Zuhause zuzugehen.

„Clark", sagte sie, und ihre Stimme brach. Dann rannte sie die letzten paar Schritte und endete in seinen weit ausgebreiteten Armen. „Clark!"

„Du bist daheim", flüsterte er zärtlich und hielt sie fest an sich gedrückt. „Ich bin so froh, dass du in Sicherheit bist."

Luke räusperte sich hinter den beiden. „Ich will ja nicht stören oder euch voneinander noch länger trennen. Aber ich muss eine erste Aussage aufnehmen, Thora. Tut mir leid."

Sie nickte, ohne ihn anzublicken.

„Kann das nicht warten?" fragte Clark. „Sie hat so viel durchgemacht."

„Es könnte ihr sogar helfen, mit dem Erlebnis besser fertigzuwerden. Du wirst vermutlich besser schlafen, wenn du erst einmal darüber gesprochen hast, Thora. Außerdem braucht das

FBI unsere Unterstützung." Dann entdeckte Luke seine Stieftochter und runzelte die Stirn. „Du rufst am besten sofort deine Mutter an! Sie ist den ganzen Abend wach geblieben vor Sorge."

Julie unterdrückte ein Lächeln. Er war nicht wirklich verärgert, dass sie ihm ausgeholfen hatte. Er fürchtete nur, dass sie Dottie eine wirklich schlimme Zeit beschert hatte. Sie hob das Telefon hoch, um zu zeigen, dass sie wählte, und ging zurück zu ihrem Auto.

„Danke!" rief Thora ihr nach. Dann gingen sie hinein.

Es war drei Uhr morgens, als Luke sich schließlich verabschiedete. Clark bestand darauf, bei Thora zu bleiben, und sie war dafür ziemlich dankbar. Seine Anwesenheit hielt sie davon ab, ständig an ihre Entführung zu denken. Stattdessen konnte sie es tatsächlich genießen, dass er sie mit einem Eintopf verwöhnte, den er im Gefrierschrank gefunden und für sie aufgewärmt hatte.

„Mmmh", sagte er. „Das nenne ich Seelennahrung."

„Es ist nur weiße Bohnensuppe mit Spinat", lächelte sie und tauchte ihren Löffel ein. „Irgendwo im Gefrierschrank habe ich auch noch Fleischklößchen. Möchtest du ein paar davon darin?"

Er schüttelte den Kopf. „Ich möchte nur hier mit dir sitzen und so tun, als sei es völlig normal, mit der Frau, die ich liebe, um fast vier Uhr morgens heiße Suppe zu essen."

Sie schnappte nicht nach Luft. Er hatte ihr gesagt, was sie bereits wusste, aber so lange irgendwie ignoriert hatte. Sie lächelte ihn an, und sie spürte eine weiche Wärme in ihrem Kopf und ihrem Körper aufsteigen. Etwas, das sie einfach entspannte, aber ihr Herz auch wild schlagen ließ. „Ich liebe dich auch, Clark", sagte sie leise. „Ich kenne keinen besseren Mann als dich, und ich hoffe, du verzeihst mir meinen Affentanz."

Er ergriff ihre Hand. „Das war kein Affentanz. Du hattest recht, unsere Beziehung und unsere Arbeit getrennt halten zu wollen. Du hattest recht wegen meiner furchtbaren Idee mit der Raffinerie. Und mir ist es lieber, du bist etwas zurückhaltend als zu einfach zu gewinnen."

Sie sahen einander tief in die Augen. Sie aßen ihren Eintopf auf. Sie räumten gemeinsam das Geschirr ab. Es war das Natürlichste auf der Welt, dass sie die nächsten paar Stunden Thoras Schlafzimmer teilten. Eng umschlungen schliefen sie den Schlaf völliger Erschöpfung. Einmal stöhnte Thora leise in ihren Träumen. Aber Clark zog sie samt Schlinge noch ein bisschen näher an sich, und sie schmiegte sich an ihn, ohne je aufzuwachen.

*

Julie tat sich schwer, Dottie zu erklären, warum sie sich in Gefahr gebracht hatte. „Verstehst du denn nicht, dass es völlig unnötig war?" wollte Dottie wissen. „Das FBI ist an der Sache dran. Sie hätten Thora heimgebracht. Sie wissen, wie man Verbrecher verfolgt und notfalls mit ihnen verhandelt."

„Mom, ich hatte keine andere Wahl!" beharrte Julie.

„Sag mir, dass du es nicht bloß wegen der Story getan hast!“

Julie blickte Dottie fassungslos an. „Du denkst, das wäre mein erster Gedanke gewesen? Mom, glaubst du wirklich, ich denke nur an mich selbst?“ Sie knallte die Tür hinter sich zu, und Dottie sank auf einen Stuhl.

Ihr Kind war wohlbehalten zurück. Warum also machte sie ihm den Ausflug zum Vorwurf? Weil alles hätte so schrecklich schiefgehen können. Weil sie immer noch eine Mutter war, auch wenn ihr Kind jetzt eine erwachsene und unabhängige Frau war. Weil sie nicht beteiligt gewesen war, sondern von der Seitenlinie aus hatte zusehen müssen, ohne die Möglichkeit, in ihr Schicksal einzugreifen.

Luke kam herein und sah, wie sie trübselig auf ihre gefalteten Hände starrte. „Wieder Streit mit Julie?“ fragte er sanft, umarmte sie und küsste sie auf die Stirn.

„Ich schätze, es ist meine Schuld“, sagte Dottie kläglich. „Ich will einfach nur, dass sie nachdenkt, bevor sie handelt. Und es scheint so, dass es nicht mehr meine Aufgabe ist, etwas zu sagen.“

„Nicht, wenn es in Form nachträglicher Schelte ist“, gab er ihr zu bedenken. „Du musst loslassen, Schatz. Sie wird dich um Rat bitten, wenn und falls sie einen braucht. Aber nicht, wenn du sie behandelst wie ein mutwilliges Kind.“

Dottie nickte. „Ich weiß, ich hab's vermasselt.“

Luke lächelte sie schief an. „Weißt du, unter uns gesagt, hat sie Schelte verdient. Sie hätte nicht losfahren dürfen, als gäbe es niemanden, der weiß, was in solch einer Situation zu tun ist."

Dottie schenkte ihm ein halbes Lächeln. „Das habe ich versucht, ihr zu sagen."

„Ich hab' es ihr gesagt, als ich sie gestern Nachmittag am Telefon hatte. – Genug geredet. Der Fall ist abgeschlossen, und wir müssen die Scherben aufsammeln."

„Paul", sagte Dottie traurig. „Hast du Nachricht über ihn."

„Noch nichts Genaueres. Die Ärzte sagen nur, dass er von einem kritischen Zustand zu einem ernsten Zustand umbewertet worden ist. Sie wollten niemandem mehr sagen. Es dauert vielleicht noch eine Weile festzustellen, wie schwer die Kugel ihn verwundet hat."

Dottie seufzte. „Die armen Eltern."

Luke nickte. „Auf ein Kind stolz sein zu dürfen, hat manchmal seinen Preis. Er nahm eine Flasche Milch aus dem Kühlschrank und schenkte sich ein Glas ein. „Magst du auch was zu trinken?"

„Nein, danke", sagte Dottie. Sie verstummte und änderte dann ihren Ton, um einen Thermenwechsel anzudeuten. „Gibt es Neues zu Prosper Martinovic? Haben sie ihn geschnappt?"

„Nichts weiter, als dass das FBI ihm auf den Fersen ist. Aber sie haben Teal irgendwo am Straßenrand östlich von Leavenworth gefunden."

„Er saß einfach da?"

„So ungefähr. Er ging auf die nächstgelegenen paar Häuser an der Straße zu, als sie ihn fanden. Er hat sich widerstandslos ergeben."

„Dann hat er sich also von Martinovic getrennt? War er am Ende der Bessere von beiden?"

„Nicht wirklich." Luke schüttelte den Kopf. „Anscheinend hat Martinovic ihn rausgeschmissen. Teal wäre sonst bei ihm geblieben. So viel hat er auch zugegeben."

„Ich hoffe, er kriegt, was er verdient", sagte Dottie.

Luke leerte sein Glas auf einen langen Zug. „Das ist Sache des Gerichts, nicht der Polizei oder des FBI, Liebes", sagte er.

„Und ich hoffe, sie kriegen endlich diesen Martinovic, diesen Gangster, dieses …" Dottie brach ihre Tirade ab. Sie wollte ihren wahren Gefühlen nicht ausdrucksvollere Worte verleihen.

„Lass ihnen noch ein, zwei Tage. Es wird nicht mehr lange dauern, wenn sie einem Kriminellen mal so dicht auf den Fersen sind."

*

Trevor saß mit seinen Eltern auf der Gartenveranda und genoss Sandwiches als spätes Mittagessen. Zumindest genossen Theodora und James ihre. Der Garten stand in voller Blüte, und die weißen Korbmöbel verliehen der Szene etwas Romantisches. Trevor kaute lustlos und fragte sich, wie er die Nachricht am besten überbringen sollte. Er blinzelte ins Sonnenlicht, als könne ihn der Panoramablick auf den Sund inspirieren. Nach einer Weile räusperte er sich.

„Kann ich mit dir reden, Dad?"

„Jetzt sofort?" fragte James.

„Nach dem Mittagessen in deinem Büro?"

„Hast du Geheimnisse vor mir?" fragte Theodora leicht pikiert.

Trevor seufzte. „Nein, Mutter, natürlich nicht."

„Warum besprecht ihr es dann nicht einfach hier und jetzt?"

Trevor schrumpfte innerlich, aber dann setzte er sich auf. Nichts würde sich je ändern, wenn er die Veränderung nicht begrüßte.

„Also gut", sagte er. „Ich werde ausziehen."

James blickte überrascht, aber Theodora war entsetzt. „Gefällt es dir hier nicht mehr? Haben wir etwas falsch gemacht?"

Trevor schüttelte den Kopf. „Nein, habt ihr nicht. Außer, dass ihr mich schon längst hättet rausschmeißen müssen."

„Aber wir haben dich gern hier. Die Joneses sind eine alte Wycliff-Dynastie. Hier haben immer mehrere Generationen unter einem Dach gelebt."

„Nun, dann bin ich der Erste, der dieses Muster durchbricht", sagte Trevor.

„Aber warum?"

„Zunächst muss ich lernen, auf meinen eigenen Beinen zu stehen. Das bedeutet nicht, dass ich nicht mehr hierher zur Arbeit komme. Aber auch nur dazu. Auch keine regelmäßigen Mahlzeiten mehr mit euch." Theodora wollte ihn unterbrechen, doch er wehrte sie ab. „Nein, Mutter. Ich komme gern ab und zu als Gast, aber ich muss mein eigenes Zuhause aufbauen."

„James!" flehte Theodora. „Ergibt das für dich einen Sinn?"

James lachte in sich hinein. „Sogar sehr. Und ich glaube, ich liege nicht ganz falsch, wenn ich annehme, dass es mit deiner Verabredung neulich abends zu tun hat. Du bist davon so schlechtgelaunt zurückgekommen, dass ich dir nicht einmal einen Drink anzubieten wagte, um den Schmerz runterzuspülen."

„Was für eine Verabredung?" fragte Theodora. „Hat dich irgendjemand verletzt, mein Schatz?"

Trevor schüttelte verzweifelt den Kopf. „Ich bin erwachsen, Mutter, nicht ein 13-Jähriger, der davor beschützt werden muss. Ich kann für mich selbst einstehen. Weshalb ich übrigens ausziehe."

„Natürlich bist du erwachsen …"sagte Theodora matt.

„Und genau das ist der Punkt", unterbrach sie Trevor. „Mir wurde gesagt, ich sei es nicht. Und irgendwie hatte die Dame recht. Ich habe sorgfältig über unsere kurze Unterhaltung nachgedacht, und ich habe gemerkt, dass auch ich mich mit niemandem treffen wollte, wenn das bedeutete, dass ich im Haus meiner Schwiegereltern enden und meine Füße unter ihren Tisch stellen müsste."

„Aber was ist daran so verkehrt?" versuchte es Theodora erneut.

„Theo!" James legte eine Hand auf ihre sorgfältig manikürten und tätschelte sie sanft. „Erinnerst du dich daran, wie schwer du es mit meiner Mutter hattest? Sie versuchte ständig, über dein Leben zu bestimmen, und du versuchtest, ihres zu modernisieren. Sie behandelte dich wie ein unwillkommenes Kind, während du lediglich einen Ehemann haben wolltest. Es hörte erst auf, als wir sie in ein Pflegeheim geben mussten. Möchtest du dasselbe für Trevors künftige Ehefrau?"

„Aber ich bin anders als deine Mutter!" protestierte Theodora.

„Natürlich bist du das, mein Schatz", gab James zu. „Aber die Mädchen da draußen wissen das nicht. Und sie sind auch nicht willens, es erst einmal zu versuchen. Verständlicherweise. Die Zeiten großer Dynastien unter einem Dach gehören der Vergangenheit an, Theo. Gib Trevor eine Chance, der Frau zu begegnen, die ihn liebt. Und mit der Zeit kommt sie vielleicht immer öfter in unser Zuhause, nicht, weil es das Zuhause unseres Sohnes ist, sondern weil sie für uns alte Dackel Freundschaft empfindet."

Theodora schnappte nach Luft, aber vermutlich eher wegen der flapsigen Wortwahl als wegen ihres Inhalts. Dann beruhigte sie sich mit sichtbarer Mühe. Mit immer noch verletzter Miene fragte sie Trevor: „Das ist also, was du denkst?"

Trevor nickte. „Ich fürchte es."

Theodoras Augen wurden plötzlich feucht. „Da geht mein Kleines …"

Trevor rollte die Augen. James zwinkerte ihm zu. „Nur, um dir möglicherweise eines Tages ein weiteres ins Haus zu bringen", sagte er und nahm einen Schluck aus seinem Wasserglas. Aber da er gleichzeitig lachen musste, geriet ihm Wasser in die Luftröhre. Er musste heftig husten und floh von der Szene.

*

„Ich hoffe, du weißt, warum du dich plötzlich gegen eine Raffinerie entscheidest, wo es doch überhaupt erst deine Idee gewesen ist!" Walter May war erregt. Die Stadtratssitzung hatte kaum eine Viertelstunde gedauert, und die Agenda hatte lediglich „Neue Aufgaben" erwähnt, nicht, dass es beim Bürgermeister einen Meinungsumschwung gegeben hatte. Clark hatte erklärt, dass er aus ökologischen wie wirtschaftlichen Gründen von seinem Raffinerievorschlag Abstand nehme.

Jetzt saß er auf seinem Stuhl am Kopf des langen Tisches und sah sich den Reaktionen seiner Ratskollegen ausgesetzt. Er hatte erwartet, dass Walter verärgert sein würde, sodass er bereit war zu parieren. „Walter, du kannst dir dessen sicher sein. Und es ist mir selbst ein wenig peinlich."

„Ich bin mir sicher, wir alle wissen, warum Sie Ihre Meinung geändert haben", sagte Dr. Ajith Katkar mit feinem

Lächeln. „Und eigentlich bin ich froh darüber, dass Sie sich ihre erste Meinung noch einmal durch den Kopf haben gehen lassen, statt ihr einfach stattzugeben, nur weil es Ihre Idee war."

„Wie meinen Sie das?" Walter starrte den orientalisch aussehenden Mann kampflustig an.

„Dass es manchmal ehrlicher ist, seine Meinung zu ändern, als einem veralteten Gedanken anzuhaften."

„Veraltet?!" Walters Gesicht wurde dunkelrot vor Ärger. „Eine Raffinerie bedeutet Fortschritt. Sie bedeutet Wachstum. Sie bedeutet Möglichkeiten."

„Verzeihen Sie mir", sagte Ajith still und legte seine schlanken Hände aneinander, Fingerspitze an Fingerspitze. „Es lag nicht in meiner Absicht, Sie zu verärgern. Und ich verstehe Ihren Standpunkt. Aber vielleicht hat die Berücksichtigung ökologischer Zerstörung gegenüber ökonomischem Wachstum für Clark an Gewicht gewonnen. Ich habe mich letztes Mal enthalten, weil ich genauer darüber nachdenken wollte, und ich muss zugeben, ich habe mich mit der Idee eingehender befasst."

„Nun, ich auch", gab Philip Nouveau, der Feuerwehrmann, zu. „Als Familienvater sähe ich natürlich gern mehr Arbeitsmöglichkeiten in Wycliff als nur im Sicherheitssektor und im Tourismusgeschäft. Ähm, aber ich kann meine Augen weder vor der unbestreitbaren Gefahr von Rohöl-Transporten verschließen, die in der Unterstadt enden würden, noch vor einem Feuer in der Raffinerie."

„Ich dachte, du wärest *für* unsere Idee!" Walter starrte Philip verwirrt an. „Wann hast du deine Meinung geändert?!"

„Spielt es eine Rolle, wann?" versuchte James Jones, der Anwalt, die Wogen zu glätten. „Worauf es ankommt, ist, dass wir uns im Klaren darüber sein müssen, was wir wollen, damit wir AnCoSafe Oil eine klare Botschaft übermitteln können."

„Ich habe, um eine Synopse unserer Argumente zusammenzutragen, das Für und Wider auf einem Blatt zusammengestellt." Clark griff einen Stapel Fotokopien und reichte ihn herum. „Ich habe darauf meine früheren Argumente geschrieben und auch meine jetzigen. Ich verstecke mich nicht davor, dass ich meine Meinung geändert habe."

Walter grummelte etwas, schloss aber sofort seinen Mund, als er einen fragenden Blick seitens Clark auffing und einen sehr amüsierten von Bill „Chirpy" Smith.

„Vielleicht fangen wir mit den Pros an und diskutieren eines nach dem anderen", schlug Clark vor. „Wenn uns dazu ein Contra einfällt, notieren wir es auf der anderen Seite, falls es nicht schon dasteht. Dasselbe machen wir natürlich hinterher mit den Kontras. Beginnen wir also mit mehr Arbeitsmöglichkeiten …"

Sie diskutierten so ruhig wie möglich, was eine entscheidende Veränderung für Wycliffs Zukunft bedeuten würde. Sie argumentierten drei Stunden lang und ließen jede weitere „Neue Aufgabe" auf der Agenda beiseite. Am Ende stimmten sie ab. Es war kein einstimmiges Ergebnis, aber Clark kannte jetzt seine Order.

*

Angela war sichtlich nervös. Ihre Hände zitterten leicht, als sie ihren Campingtisch für einen Kaffeeklatsch deutschen Stils deckte. In Kürze würden ihre Gäste eintreffen. Sie hörte ein Auto kommen, Thoras Stimme und dann das Zuschlagen einer Autotür. Eine Minute später klopfte es an ihre Tür. Angela öffnete.

„Hallo Ang …" Thora hielt mitten im Wort inne. Ihr stand der Mund offen. „Was hast du mit deinem Haar gemacht? Du siehst toll aus!"

Angela lächelte und errötete. „Findest du?"

„Aber hallo!" Thora starrte auf den modischen neuen Haarschnitt, der immer noch tiefrot war, aber bei weitem attraktiver als das künstliche Rubinrot, das Angela früher getragen hatte.

„Ich dachte mir, dass, wenn wir Mode verkaufen wollen, ich dem auch mehr entsprechen muss", sagte Angela scheu. Noch ein Klopfen an der Tür. „Komm rein, Meredith – es ist offen."

Meredith schlüpfte herein und umarmte Angela. Sie war etwas vorsichtiger bei Thora, die sie noch nicht gut genug für solch herzliche Begrüßungen kannte.

„Setzt euch, setzt euch", drängte Angela. „Ich hab' uns einen schönen deutschen Kuchen von ‚Dottie's Deli' besorgt, und der Kaffee ist auch schon fertig."

„Das ist sowas Besonderes", sagte Meredith. Sie rückte sich einen Stuhl zurecht und setzte sich, während sie einen in Papier eingewickelten Gegenstand auf den Tisch legte.

Angela brachte Kaffee und Kuchen; dann setzten auch sie und Thora sich.

„Wie geht es dir?" fragte Meredith Thora.

Thora lächelte. „Ganz gut, danke."

„Angela und ich waren am Boden zerstört, als sie dich verschleppt haben." Meredith brach ab. „Es muss für dich noch schlimmer gewesen sein."

„Nichts, was ich noch einmal durchmachen wollte." Thora lachte nervös. „Ich schätze, ich werde eine Weile keine Waldspaziergänge mehr machen."

„Diese Männer sollten hart bestraft werden!" rief Angela aus.

„Ich vertraue unserem Justizsystem", sagte Thora ruhig. „Sie werden schon nicht so einfach davonkommen, wenn man sie erst erwischt hat. Und Teal haben sie schon."

Sie nahmen den ersten Bissen Kuchen schweigend.

„Nun", sagte Thora nach einem Schluck heißen Kaffees. „Ihr habt so ein Geheimnis daraus gemacht, warum ich euch heute besuchen sollte. Ich bin schon total gespannt."

Angela lächelte geheimnisvoll, und Meredith schob den verpackten Gegenstand Thora zu. „Es geht um das hier."

Thora blickte neugierig auf das Päckchen. „Was ist das?"

„Mach es auf", strahlte Angela. „Während du verschwunden warst, mussten wir sichergehen, dass deine Träume allmählich Form annehmen, und wir haben eine Nachtschicht eingelegt."

Thora zupfte am Seidenpapier. Ihr Mund wurde plötzlich trocken. Sie erblickte durch einen Riss im Papier ein paar Zentimeter Brokat. Sie schnappte nach Luft, als sie den Gegenstand im Ganzen sah. Eine wunderschöne Handtasche, komplett mit Klappe und einem prachtvollen, ungewöhnlichen Schmuckknopf, einem verstellbaren Schulterriemen, Seidenfutter und einer Innentasche mit Reißverschluss. Die Farben der Tasche waren dezente Braun- und Ockertöne, akzentuiert mit Petrol und Türkis, in einem geometrischen Muster. „Das ist einfach atemberaubend!" rief Thora und hielt sie auf Armlänge, um sie noch besser zu sehen. „Wann habt ihr das gemacht?"

„Meredith hat das Design hier am Tisch gestaltet, während ich mir die Augen ausgeheult habe", sagte Angela und verzog das Gesicht.

„Dann erinnerte sich Angela, dass sie von früher noch ein bisschen wundervollen Stoff aus Deutschland hatte", warf Meredith ein.

„Wir haben eine von unseren Zuschneiderinnen hergeholt, um die Teile anzufertigen, und eine unserer Näherinnen hatte Zeit genug, um ein Extra-Projekt anzunehmen."

„Ich habe geprüft, wie gut das Design umgesetzt wurde",
fuhr Meredith fort. „Und Angela hat die Qualitätskontrolle
durchgeführt."

Die beiden Frauen blickten Thora erwartungsvoll an.
Thora war sprachlos. Sie legte die Handtasche auf den Tisch und
strich über das Gewebe. „Ihr bringt mich fast zum Weinen",
flüsterte sie.

„Iss einfach noch ein bisschen Kuchen", lachte Angela.

„Das ist sogar noch schöner, als ich es mir je vorgestellt
habe."

„Danke", lächelte Meredith, und durch ihre Schlichtheit
strahlte ein wenig Selbstbewusstsein.

„Das ist mit Sicherheit der Beginn unserer neuen
Kollektion", sagte Thora mit verträumten Augen. „Was bedeutet,
dass du von jetzt an deiner Fantasie freien Lauf lassen musst,
wann immer dir etwas einfällt, Meredith. Wir sollten nach
ähnlichen Stoffen sehen, um das Design in anderen Farben und
Mustern nachzuarbeiten. Und ich werde das hier definitiv den
Geschenkbedarfs- und Modegeschäften hier in Wycliff zeigen.
Ich bin mir ziemlich sicher, dass sie solche Accessoires lieben
werden."

Angela hob ihre Kaffeetasse. „Dann auf ,Bags 4
Choosers'!"

Thora und Meredith hoben ebenfalls die Tassen.

„Das ist der beste Ausgang, den ich für mein schlechtes Abenteuer hätte erhoffen können", lächelte Thora. „Danke, Ladies."

Die drei sahen einander an. Es hätten kaum drei unterschiedlichere Frauen um einen Tisch sitzen können. Doch ihre Leidenschaften und Träume begannen ein festes Band der Freundschaft zwischen ihnen zu knüpfen.

*

Daniel erhob sich, als Mattie an den Tisch kam, an dem er im Bair Bistro in Steilacoom saß. Er lächelte. Mattie sah wunderschön in ihrem weiten Sommerrock und der ärmellosen Bluse aus. Es war ein Samstag, und da sie an diesem Wochenende sie nicht arbeitete – eine Freiheit, die sie sich dann und wann nahm –, hatte sie sich hübsch anziehen können. Daniel hatte sich ebenfalls schick zurechtgemacht. Er schob ihr einen Stuhl zurecht, wartete, bis sie saß, und setzte sich dann ebenfalls. Das Bistro war gefüllt mit Gästen für ein spätes Frühstück oder ein frühes Mittagessen.

„Wir haben Glück, überhaupt einen Tisch bekommen zu haben", bemerkte Mattie. „Zudem in der Fensternische! Ich weiß, dass es hier furchtbar voll sein kann." Sie blickte hinaus auf die Lafayette Street und sah Leute zum Café oben in der Wilkes Street gehen oder von einem unlängst eröffneten Gemüseladen mit vollen Taschen herauskommen. Einige Leute gingen offensichtlich auch einfach nur in der hübschen kleinen Stadt spazieren und zeigten auf Häuser, die so alt waren wie der Staat Washington selbst.

„Mir ist nach einem Glas Sekt", verkündete Daniel. „Wir sind immerhin wieder am Ort unserer ersten Verabredung."

„Es hat sich nicht sehr wie eine Verabredung angefühlt", gab Mattie zu. „Ich war zornig wegen meines Unternehmens. Ich war besorgt darüber, was in deinem vor sich ging. Ich spürte all diese Schmetterlinge, aber ich hatte Angst davor, was die Zukunft der Werft bringen würde. Ich hatte Angst, meinen guten Ruf zu verlieren. Und ich hatte auch ein bisschen Angst vor dir. Immerhin kannte ich dich ja nur als Geschäftspartner." Sie lächelte ihn an und legte ihren Kopf ein wenig schief. „Ich hätte auch gern ein Glas Sekt, aber ich muss erst etwas essen und eine Tasse Tee trinken. Andernfalls hättest du später eine sehr beschwipste Mattie an dir hängen."

„Es würde mir nichts ausmachen, wenn du an mir hingest", grinste Daniel unverfroren. „Lass uns schauen, ob sie heute Morgen eine Tagesspezialität haben."

Sie blickten auf ihre Karte, und wenig später ging Daniel auf Blickkontakt mit der Bistroinhaberin, Sarah Cannon. Sie kam mit energischen Schritten herüber.

„Guten Morgen zusammen", sagte sie und lächelte. Sie trug ihr Haar in zwei niedlichen Rattenschwänzchen, die mit Bändern geschmückt waren, die mit rosa und roten Herzen bedruckt waren. „Schön, dass Sie wieder da sind. Was darf ich Ihnen bringen?"

Daniel bestellte Eier Hemingway und einen Beilagensalat. Mattie bat um belgische Waffeln mit Beeren. „Und eine Tasse Earl Grey bitte." Mattie lehnte sich zurück und gab Sarah die Karte wieder. Sie verpasste, das Aufflackern in Sarahs Augen, als sie Daniel anlächelte.

„Es tut mir leid, aber Earl Grey ist aus", sagte Sarah und klimperte mit den Wimpern. Sie unterdrückte das Lachen, das aus ihrem Mund sprudeln wollte, und Daniel runzelte die Stirn.

„Nun, dann alles, nur keinen Lapsang Souchong", sagte Mattie.

„Wir haben einen sehr feinen Lady Gold Tee", brachte Sarah kaum ohne Kichern heraus, und Daniel blickte sie erneut stirnrunzelnd an.

„Nie gehört, aber … nun, ich versuche ihn mal."

Sarah rauschte in die Küche, und Mattie hörte sie in fröhliches Gelächter ausbrechen.

„Hab' ich was Falsches gesagt?"

„Nicht im Geringsten, Liebling." Daniel schüttelte den Kopf. Er runzelte die Stirn.

„Warum runzelst du die Stirn?"

„Tu ich das?" Daniel hustete.

Sarah kam mit einem hübschen, mit einer großen roten Rose dekorierten Porzellanbecher mit Deckel zurück, der das

Aroma bewahren würde, solange der Tee zog. Sie stellte die Tasse vor und zog sich zurück.

Mattie blickte auf die Tasse, dann auf Daniel. „Ist das nicht mal hübsches Porzellan?! Ich bin gespannt, wie der Tee schmecken wird." Sie hob vorsichtig den Deckel, und eine Dampfwolke stieg auf. Mattie schnüffelte mit geschlossenen Augen. „Anscheinend muss sich das Aroma noch entwickeln", grübelte sie. „Lady Gold ..." Sie öffnete die Augen, hob den Teebeutel ein wenig, um ihn in der Tasse zu bewegen und schnappte nach Luft. Der Teebeutel enthielt einen Ring mit einem Satz entzückender, kleiner Diamanten.

Im nächsten Augenblick war Daniel vor ihr auf den Knien und ergriff ihre Hand. „Mattie, Liebste", sagte er heiser. „Würdest du mir die Freude und Ehre erweisen, meine Frau zu werden? Ich weiß, es ist noch sehr früh, das zu fragen. Aber die letzten Tage haben mir gezeigt, wie schnell Schlimmes geschehen kann. Also dachte ich mir, wir könnten gerade so gut etwas Schönes passieren lassen."

Mattie kamen die Tränen. „Daniel", flüsterte sie.

„Wenn es zu früh für dich ist, kannst du auch einfach den Ring behalten und darüber nachdenken."

„Nein", sagte sie entschieden.

„Nein?" Daniel erbleichte.

„Ich meine, nein, ich muss es mir nicht überlegen. Und das Aroma dieses speziellen Tees muss sich auch nicht mehr entwickeln. – Oh Daniel, natürlich ist es ein Ja!" Sie warf ihm die

338

Arme um den Hals, und ihr Kuss ging unter im Applaus der anderen Gäste und dem ploppenden Geräusch einer Sektflasche, die geöffnet wurde.

„Sekt ist manchmal besser als Tee", grinste Sarah und reichte dem frisch verlobten Paar zwei Flöten mit goldenem Sekt. „Sie haben es mir schwer gemacht, nicht laut zu lachen, Daniel. Ihre Idee mit dem Ring in der Teetasse war wirklich etwas Besonderes." Sie zwinkerte. „Ich hoffe, wir bereiten Tees mit diesem Aroma jetzt öfter zu."

*

Aus dem „Sound Messenger":

Bürgermeister streicht Raffinerie-Projekt und verlobt sich

judo. Wycliff und seine Liebhaber können tief aufatmen, dass Bürgermeister Clark Thompson in einer Pressekonferenz am vergangenen Freitag bekanntgab, dass das AnCoSafe Oil Raffinerie-Projekt null und nichtig sei. Stattdessen will die Stadt in mehr umweltfreundliche Konzepte investieren, die der Zukunft der Region South Sound zuträglich sind.

Aktivisten, die in die Demonstrationen gegen das AnCoSafe Oil Raffinerie-Projekt beteiligt waren, das südlich des Fährhafens in Wycliff erstellt werden sollte, begrüßten Bürgermeister Clark Thompsons Verlautbarung mit Jubel. „Wir hatten gehofft, den Bau zumindest um ein paar Jahre verzögern zu können, indem wir Petition um Petition eingereicht hätten", sagt ein Bürger, der nicht namentlich genannt werden möchte. „Wir hätten uns eine Menge Mühe gegeben, um Gerichte einzuschalten. Dass man das Projekt einfach fallen lässt, ist mehr, als wir zu hoffen gewagt hätten."

Der Stadtrat hatte nicht einstimmig gegen das Projekt gestimmt; tatsächlich gab es eine Enthaltung. Aber es zeigt, wie wertig die Gegenargumente waren – Enthaltungen sind schließlich keine Neinstimmen. Ein Teil des Ergebnisses ist sicherlich Aktivistin Thora Byrds lauter Stimme zuzuschreiben, die die Protestbewegung ins Leben rief und am Ende sogar die Meinung des Bürgermeisters änderte.

„Welche Gefahr mit Gefahrstoffen verbunden ist, haben wir in der illegalen Verkippung von Sondermüll in der Region South Puget Sound in den letzten Monaten gesehen", sagte Thompson. „Die Bemühungen, solche Orte zu reinigen und die Bevölkerung zu schützen, kosten viel Zeit und Geld. Und sie sind buchstäblich unvorhersehbar. Wir hatten Glück, alle wilden Deponien zu finden und zu sichern. Wir können die Auswirkungen kaum absehen, die der Bau einer größeren Raffinerie auf den südlichen Sund haben könnte. Und ich spreche dabei noch nicht einmal von einem Katastrophen-Szenario."

Das Budget, das die Stadt Wycliff vielleicht in eine neue Infrastruktur und eine Erhöhung der öffentlichen Sicherheit und Dienstleistungen investiert hätte, wird nun umweltfreundlichen und konservierenden Maßnahmen zugewandt. Nächste Woche werden Mitglieder der Handelskammer und des Stadtrats mögliche Projekte mit dem Ministerium für Wildtiere und Fischerei sowie dem Verkehrsministerium diskutieren, um Wycliff noch attraktiver und umweltfreundlicher zu machen.

Thora Byrd, die vergangene Woche mit ihrer Entführung Schlagzeilen gemacht hat, erhielt einen großen Sonderapplaus, als sie im Publikum entdeckt wurde. Sie lehnte jeglichen Kommentar ab, wurde aber später dabei gesehen, wie sie Thompson zur Entscheidung des Stadtrats gratulierte.

Obwohl das Raffinerie-Projekt nun vom Schreibtisch des Bürgermeisters ist, wird er seine ehemalige Rathaussekretärin beruflich allerdings nicht zurückgewinnen. Stattdessen besagen Gerüchte, dass Thompson Ende dieses Monats an einem bislang ungenannten Ort ein Verlobungsfest mit seiner künftigen Braut geben wird. Der *Sound Messenger* wünscht Clark Thompson und Thora Byrd alles Gute.

Epilog

Thora lehnte am Geländer ihrer Veranda und genoss die milde Brise, die vom Wasser herkam. Das Geräusch sanfter Wellen, die an den Strand schlugen, war beruhigend. Eine Möwe kreischte in der Luft, und Bear saß neben Thora, seinen Plüschteddy unter einer Pfote. Er verließ seit ihrer Entführung kaum ihre Seite.

„Die Post hat gerade einen Brief für dich gebracht", sagte Clark und näherte sich ihr vom Cottage her. Er reichte ihr einen schlichten weißen Umschlag ohne Absender. „Ich habe ihn für dich geöffnet."

„Danke, Liebes", sagte Thora und streichelte sein Gesicht mit den Augen. „Ich wüsste nicht, wie ich diese Dinge ohne dich handhaben würde. Diese Schlinge nervt mich wirklich."

„Schhh." Clark küsste sie sanft auf die Lippen. „Nur noch ein paar Wochen, und alles ist wieder normal für dich. Außerdem hat sie uns dahin verholfen, wo wir heute miteinander stehen."

„Auf meiner Terrasse", neckte Thora, wohl wissend, dass er etwas weit weniger Greifbares meinte.

Er lachte leise. „Nie um eine Antwort verlegen, oder? Nun, ich überlasse dich dann mal deinem Brief."

„Nein, bleib. Ich frage mich – lass ihn uns gemeinsam lesen."

Clark legte seinen Arm um ihre Schulter, während sie einen einzelnen weißen Bogen Papier aus dem Umschlag zog und auffaltete.

„Sehr geehrte Ms. Byrd", las sie laut. „Wenn ein Kind im Leben den falschen Weg wählt, gibt es zwei Parteien, die davon berührt werden ... seine Eltern und seine Opfer. Ich bin Prosper Martinovics Vater, und im Namen meines Sohnes bitte ich Sie um Verzeihung für das, was er Ihnen angetan hat. Glauben Sie mir, niemand betrauert mehr als ich, was aus Prosper geworden ist. Falls ich Ihnen irgendetwas anbieten darf, um die harte Situation wiedergutzumachen, in der Sie sich befunden haben, teilen Sie es mir bitte über den *Sound Messenger* mit, und ich weiß, wie ich Sie erreiche. Mit freundlichem Gruß, Michael Martinovic."

„Mike Martinovic, der ehemalige Kassenwart, der die Handelskammer um ihr Weihnachtsbudget betrogen hat", stellte Clark verwundert fest.

Thora nickte. „Es ist genau, wie Prosper es mir gesagt hat, während wir zum Mt. Rainier fuhren. Seine Eltern haben ihn immer gedeckt und versucht, die Wogen zu glätten."

Clark nickte nachdenklich. „Das wird nicht länger notwendig sein", sagte er, reichte ihr die Morgenzeitung und deutete auf eine Schlagzeile. Thoras Augen wurden weit. Dann las sie den Artikel und zerknüllte den Brief.

„Er hat sich vor den Augen des FBI umgebracht?"

„Er hat mit seinem Auto die Seitenbarriere der Straße durchbrochen und ist einige hundert Fuß in den Canyon gestürzt", bestätigte Clark. Sein Gesicht war ernst.

Thora blickte übers Wasser. „Also hat er sich noch einmal widersetzt", bemerkte sie. „Er wollte sich nie anpassen. Er wollte hervorstechen. Weil er nicht erreichen konnte, was er für den Erfolg seines Lebens gehalten hat, hat er einen dramatischen Abgang gewählt. Was für eine Verschwendung!"

Clark zog sie an sich. „Doch nicht einmal *seine* Existenz war vergebens", sagte er sanft. „Indem er uns den Schock unseres Lebens verpasst hat, hat er uns auf einander zu geschubst."

„Oh, Clark", schalt Thora. „Du machst auch aus etwas Schrecklichem noch etwas Gutes!"

„Was spricht dagegen?" Seine tiefblauen Augen funkelten vor Jungenhaftigkeit. „Machen wir doch aus den Zitronen, die uns das Leben bietet, einfach Limonade!"

Rezepte

Dotties Hühnerfrikassee

1 EL Butter

2 TL Mehl

Saft einer ½ Zitrone

200 ml Hühnerfond

1 TL Senf

125 g saure Sahne oder Joghurt

Estragon

½ TL Zucker

½ TL Salz

Pfeffer

500 g gegartes Hühnerfleisch, gewürfelt

250 g weißer Spargel, geschält, geschnitten und leicht gegart

250 g Champignons, geputzt, geschnitten und gebraten

Butter schmelzen und das Mehl darin verrühren (Roux). Zitronensaft hinzufügen und aufkochen lassen. Fond hineinrühren und mit der Roux klümpchenfrei verrühren. Saure Sahne, Senf, Estragon, Zucker, Salz und Pfeffer hinzufügen. Hühnerfleisch, Spargel und Champignons hinzufügen. Nach Bedarf Wasser zugeben. Nach Bedarf abschmecken und nachwürzen. Mit Reis servieren.

Clarks gebeizter Lachs (Gravad Lax) mit Honig-Dijonsenf-Sauce

2 Stücke Lachsfilet je mindestens 250 g, mit Haut

100 g Salz

100 g Zucker

½ Strauß frischer Dill

Für die Sauce mischen:

5 EL Dijonsenf (fein oder grob)

3 EL Flüssighonig

2 EL Pflanzenöl (kein Oliven- oder Nussöl)

1 EL milder Essig

1 Prise Salz

Salz und Zucker mischen und ein Drittel davon auf ein großes Stück Alufolie streuen. Darauf ein Drittel des Dills verteilen. Ein Lachsfilet mit der Haut nach unten auf die Mischung legen. Ein weiteres Drittel der Mischung und des Dills auf den Lachs verteilen. Das zweite Filet mit der Hautseite nach oben darauflegen. Den Rest der Mischung und des Dills darauf verteilen. Die Alufolie dicht um den Lachs wickeln. Das Päckchen in einer Schale für 72 Stunden in den Kühlschrank legen und alle 12 Stunden wenden (Vorsicht, auslaufende Flüssigkeit!). Nach drei Tagen den Lachs auspacken, überschüssige Salz-Zucker-Mischung mit Papiertüchern abwischen. In dünne, schräge

Scheiben parallel zur Lachsfaserung schneiden. Mit Honig-Dijonsenf-Sauce und Baguette oder Kartoffelpuffern servieren.

Thoras Spinat & Bohnen-Eintopf mit Fleischklößchen

200 g getrocknete weiße Bohnen

1 kleine Tüte Spinat, gehackt

1 Knoblauchzehe

1 Becher Knorr gelierter Rinder- oder Hühnerfond

Salz

Pfeffer

Majoran

Oregano

1 EL saure Sahne

Olivenöl

Für die Fleischklößchen:

500 g Rinder- oder Putengehacktes

1 Ei

1 Zwiebel, feingehackt

100 g Semmelbrösel

125 g geriebene Möhren

Salz

Pfeffer

Knoblauchpulver

Bohnen in einem großen Topf über Nacht einweichen. Zum Kochen bringen und eine Stunde lang köcheln lassen. Inzwischen

Zutaten für Fleischklößchen mischen, zu Bällchen formen und in einer Pfanne gar braten. Was nicht für die Suppe verwendet wird, kann eingefroren werden. Wenn die Bohnen weich sind, Fond (Rinderfond für Rindfleischklößchen, Hühnerfond für Putenfleischklößchen), Knoblauch, Gewürze und Kräuter hinzufügen und abschmecken. Wasser hinzufügen, bis gewünschte Suppenkonsistenz erreicht ist. Fleischklößchen fünf Minuten in der heißen Bohnensuppe ziehen lassen. Spinat und saure Sahne erst kurz vor dem Servieren hinzufügen. Als Beilage empfehlen sich Bauernbrot und Butter.

Thoras Tipp für Vegetarier:

Statt des gelierten Fleischfonds einfach Gemüsebrühe verwenden und natürlich die Fleischklößchen weglassen.

Danksagung

Zuerst möchte ich allen danken, die meine Wycliff-Romane gekauft, gelesen und vielleicht sogar anderen weiterempfohlen haben, und vor allem jenen, die sich die Mühe gemacht haben, auf Amazon, Goodreads oder ihren eigenen Homepages Rezensionen zu schreiben. Vielen Dank auch für die moralische Unterstützung über meine Facebook-Seite www.facebook.com/susannebaconauthor.

Dieter und Denise Mielimonka sind unbezahlbare Freunde, die mir mit konstruktiver Kritik beim Editieren meines Erstentwurfs geholfen haben und mit mir spazieren gegangen sind, wenn ich eine Pause brauchte.

Dr. Samuel Burns und Dr. Jeremy W. Reifsnyder, echte Ärzte in der Region South Puget Sound, haben mir unglaublich geholfen, als ich meine rechte Schulter gebrochen und ausgekugelt hatte; ebenso Dr. Julie Spataro, das Physiotherapie-Team, diverse Schwestern, Röntgenspezialisten und das medizinische Team des Madigan Medical Center.

Ohne Arnie und Gary, zwei echte Postangestellte beim Postamt von Steilacoom, hätte Wycliff immer noch kein eigenes Postamt.

Danke an Sarah Cannon vom gemütlichen Bair Bistro in Steilacoom (www.thebairbistro.com). An die wundervollen

Menschen von Hess Bakery & Deli für all die Inspiration – ohne euch hätte ich die Wycliff-Serie nie angefangen.

Danke an alle die wundervollen Menschen, die mir Signierstunden, Lesungen, Buchstände und Bücherpräsenz ermöglichen.

Ganz großer Dank gebührt meinen unglaublich unterstützenden Freunden Katerina Delidimou (http://culinaryflavors.gr/), Linda Shapiro (www.mealplanmaven.com) und den talentierten Hobbyköchen von The Kitchen Cabinet. Besonderer Dank an Karen Lodder Carlson (http://germangirlinamerica.com), Pamela Lenz Sommer (https://www.thegermanradio.com/) und Angela Schofield (https://alltastesgerman.com/).

Dank an all meine inspirierenden Autoren-Freunde für eure Ermutigung und für den Gedankenaustausch. Die Liste wäre zu lang – aber ihr wisst, wer ihr seid.

Danke auch an meine Familie in Europa und den USA, aber vor allem an meinen Mann Donald. Du lässt mir all die Zeit, die brauche um zu schöpfen und zu revidieren, leihst mir dein Ohr, unterstützt mich auf so vielfältige Weise und lässt mich oft genug Tränen lachen. Du bist meine größte Inspiration.

Susanne Bacon wurde in Stuttgart, Deutschland, geboren, hat einen Doppelmagister in Literaturwissenschaften und Linguistik und arbeitet seit über 20 Jahren als Schriftstellerin, Journalistin und Kolumnistin. Sie lebt mit ihrem Mann in der Region South Puget Sound im US-Bundesstaat Washington. Sie können mit ihr Kontakt aufnehmen über www.facebook.com/susannebaconauthor.

Made in the USA
Middletown, DE
30 August 2020